春に散る

上

沢木耕太郎

朝日文庫

本書は二〇一六年十二月、小社より刊行されたものです。

春に散る　上●目次

序章　ルート1　9
第一章　薄紫の闇を抜けて　48
第二章　四天王　70
第三章　壁の向こう　119
第四章　鳥海山　159
第五章　クロッシング〈交差点〉　210

第六章　昔をなぞる　244
第七章　雨　284
第八章　白い家　331
第九章　帰還　374
第十章　いつかどこかで　425

春に散る　上

序章　ルート1

1

アメリカの国道一号線、ルート1は、カナダとの国境を一方の起点として南下し、ボストン、ニューヨーク、ワシントンを経て、フロリダ半島のマイアミに至る長大な道路だ。しかし、そのマイアミが終点ではなく、道はさらに南へ向かうことになる。

南には何がある？

広大な海がある。

その海に向かって一直線に進んでいったアメリカのルート1は、海の果てにあるキーウェストという岩礁《がんしょう》の町に到達する。つまり、マイアミ以降のルート1は、マイアミからキーウェストまでの、珊瑚《さんご》礁や岩礁でできた島々を長い橋梁《きょうりょう》によってつないでハイウエーにしたものなのだ。

橋梁によってつながれたものとはいえ、その海上の道の長さは優に二百キロを超える。いま、そのルート1の、マイアミからキーウェストに向かう車線に、一台のタクシーが走っている。

周囲はカリビアン・ブルーとでもいうべき紺碧《こんぺき》の海である。しかし、その青さも一様ではなく、海底の形状によってさまざまに変化する。

休日には、南の楽園と呼ばれているキーウェストに向かう乗用車が連なるが、平日のこの日は商用車が多く見られる。それでも、タクシーというのは珍しい。

それもそのはず、この道の途中には、長い髭根《ひげね》に生えた小さな瘤《こぶ》のような町がポツンポツンとあるにすぎないからだ。

タクシーの運転手は、浅黒い肌のヒスパニック系と思われる中年の男だった。後部座席には、東洋系の顔立ちをした男の客がひとりだけ座っている。初老に差しかかっているらしく、髪は短くきちんと刈られているが、白いものがちらほらと見える。

車内には、カーラジオから軽快なラテン音楽が流れている。

それに合わせて、頭で軽くリズムを取っていた運転手が、バックミラーをのぞき込むように背後を見て、スペイン語なまりの英語で客に訊《たず》ねた。

「あんたは金持かい？」

金持かと訊ねられた客の男は、頰《ほお》に微《かす》かな笑みを浮かべながら短く答えた。

「いや」

すると、運転手はさらに訊ねた。

「運転免許証は持ってないのかい」

「ライセンスは持っている」

客の男は、流暢《りゅうちょう》ではないが正確な英語で答えた。

「じゃあ、どうしてレンタカーで行かないんだ。マイアミ空港からキーウェストまでは半端じゃない距離がある。俺《おれ》たちには神様のような客だけど、金がかかりすぎるだろう」

男は一瞬どう答えようか迷ったようだったが、すぐに淡々とした口調で言った。

「医者に長い運転を止められているんだ」

その答えを聞くと、運転手はバックミラー越しに客の眼を見て、申し訳なさそうに言った。

「そうか……悪かった」

「気にしないでくれ」

また、車内には、インストルメンタルによるラテン音楽が流れるだけになった。

真っすぐで単調な道が続く。右側はメキシコ湾、左側は大西洋。しかし、どちらも濃淡さまざまに変わる青い海であることには変わりない。その海を、客の初老の男は車の窓からじっと眺めている。

しばらくしてまた運転手が口を開いた。今度はバックミラーを見ずに、前方を向いたままだった。

「観光かい？」

客の男はまた一瞬視線を宙に泳がせかけたが、すぐに前と同じ調子で答えた。

「まあ、そんなところだ」

「パパの家に行くのかい」

「パパ？」

男が不思議そうに訊《き》き返した。

「パパ・エルネスト・エミングウェイ」

運転手は、アーネスト・ヘミングウェイの家に行くのかと言っていたのだ。

「キーウェストにはヘミングウェイの家があるのか……」

客の男が独り言のようにつぶやいた。

すると運転手がどこか自慢げに言った。

「パパはハバナに行く前はここに住んでいたんだ。海が好きだったんだろうな。ハバナでも海の近くに住んでいた。漁師だった俺の親父も、パパとよくモヒートを飲んだものだと言っていた」

「あんたはキューバ人なのか？」

客の男が訊ねると、運転手が嬉《うれ》しそうな口調で答えた。

「俺はハバナで生まれてハバナで育った。フィデルは嫌いじゃなかったけど、こっちの方が暮らしやすそうだったんで船に乗って渡って来たんだ。ちょっとしたアドベンチャー・クルーズだったけどな」

「そうか。でも、私はヘミングウェイの家に行く予定はないんだ」

「じゃあ、どこに行くんだ。キーウェストにはパパの家以外に見るところはないぞ」

「サザンモスト・ポイントに行きたい」

サザンモスト・ポイントとは最南端を意味する。キーウェストにはアメリカで最南端の地点があるのだ。

すると、運転手はバックミラー越しに男を見て、ニヤッと笑いながら言った。

「キューバ人には見えないが」

キーウェストのサザンモスト・ポイントからは、よく晴れた日には海の彼方《かなた》にキューバの島影が見えるという。そのため、望郷の念に駆られた亡命キューバ人が多く訪れると言われているのだ。

男はその言葉を受けて、軽く言った。

「私は日本人だ」

「そうか。金持のチーノと思っていたが、ハポネスか……」

そう言ってから、運転手は忠告した。

「しかし、サザンモスト・ポイントはやめた方がいいかもしれないな。がっかりするようなつまらない場所なんだ。キューバが見たいなら、昔の灯台に昇るといい」

「灯台？　そんなところがあるのか」

「いまはもう使われてないけどな。ああ、そうだった。そこもいちおう、キーウェストの観光名所だった」

運転手はそう言って、大声で笑った。


太陽がメキシコ湾の方に大きく傾き、日が暮れてきた。

「ホテルは決まっているのかい」

運転手が訊ねた。

「ウェスティンにつけてくれないか」

男が言うと、運転手が冗談ぽく言った。

「やっぱりあんたは金持らしい」

2

キーウェストの街に入ったときは、あたりはもうすっかり暗くなっていた。メインストリートらしい一本道に並んでいる店のネオンが明るさを増している。

タクシーはその通りを曲がって少し走ると、ホテルの敷地内に入ってレセプションのある建物の前で停まった。

男が、空港で取り決めた金額以外にチップとして二十ドルを上乗せして渡すと、運転手は「サンキュー・サー」と言い、上機嫌で走り去っていった。

建物に入り、レセプションのカウンターに向かうと、若い女性がにこやかに迎え入れた。すでに予約は取れていたため、クレジットカードを渡すと、あとは宿泊カードにサインをすればいいだけになっていた。

Jin Hirooka

男の名前は広岡仁一と言った。しかし、誰もが「ジンイチ」ではなく「ジン」とだけ呼んだため、いつしかサインも「Jin」とするようになっていたのだ。

荷物は柔らかそうな革でできた古いボストンバッグ型のものがひとつだけだった。広岡はカードキーを受け取ると、ポーターを断ってひとりで部屋に向かった。

部屋は三階建ての建物の二階にあった。桟橋に面しているため、そこに立っている街灯が、海面をオレンジ色に染めているのがよく見えた。

広岡は、シャワーを浴びてシャツを着替えると、レセプションで街の簡略な地図を貰《もら》って外に出た。食欲はさほどなかったが、いずれにしてもどこかで何かを食べなくてはならない。

街にはあまり人通りはなかった。さすがに二月の平日というのでは、避寒の客もさほど多くないのかもしれなかった。

しかし、同じ海沿いの土地とはいえ、今朝出てきたロサンゼルスとでは温度が違うような気がした。こちらの方が華氏で三、四度は高く感じられる。

その生暖かい夜気を浴びながら歩いていると、レストランが何軒か並んでいる一角に出てきた。だが、どれもあまり食べたいと思うようなものがない。

すると、その中の一軒に、簡易スタンドがレストランになったようなメキシコ料理の店があるのに気がついた。窓にガラスが入っていないのがいかにも涼しげだった。

広岡は店の前の壁に貼られているメニューに眼を通し、そこにブリトーがあるのを見つけると、中に入った。

黒い髪の若いウェイトレスが、体を開くようにして手で店の中を指し示し、カウンター席でもテーブル席でもどちらでも好きな方を、と愛想よく言う。

店の壁にテレビモニターが設置されている。広岡は、別にテレビが見たいわけではなかったが、モニターと向かい合うように並んでいるカウンター席に座った。

注文したのは、牛肉とアボカドの入ったブリトーと、ビールのコロナだった。酒に関しては医者も適量なら飲んでもかまわないと言ってくれていた。

コロナの瓶の口にのっていたライムを絞り込み、直接ビールを瓶の口から飲みながら、テレビに映っているバスケットボールの試合に眼をやった。さほど興味はなかったが、それはNBAの東地区に属しているチーム同士の戦いのようだった。

試合は、一方が二点差をつけると、すぐに他方が同点に追いつくという白熱したシーソーゲームが展開されていた。

そこに、皿にのったブリトーが運ばれてきた。その大きさを見て、広岡は一瞬怯《ひる》みかかった。なんとなくイメージしていた物より長く太かったからだ。

広岡は、皿の上のブリトーを紙ナプキンで巻くと、ナイフとフォークを使わず、手で摑《つか》んで食べた。

味は悪くなかった。トウモロコシ粉を薄く焼いたトルティージャの中には牛肉とアボカド以外にトマトやタマネギが巻き込まれており、ソースのサルサの辛さもほどがいい。

だが、半分ほど食べたところで充分になってしまった。

以前だったら、と広岡は思った。少なくとも、アメリカに来たばかりの若い頃だったら、これが二つあっても足りなかったかもしれない。やはり自分にも年齢というやつが……、と思いかけて、広岡はその考えを頭から振り払った。そんなことを考えても意味のないことだ。

ウェイトレスにチェックを頼むと、残りを持ち帰るかと訊ねてくれた。

「いや、結構。でも、とてもおいしかったよ」

店を出て、ホテルに戻ることにした。

街にはあまり人通りがない。それでも扉を開け放ったパブからは音楽に合わせてがなりたてる観光客たちの歌声が聞こえてきたりもする。それが逆に、人のいない観光地のわびしさを感じさせる。

通りすがりの路地の奥に、パティオのような庭があり、そこに木組みの屋根をかけただけのスポーツ・バーがあった。

広岡は、ふと、そこでモヒートを一杯だけ飲んでいこうかなという気になった。タクシーの運転手と話をしているうちに、ミントの葉の香りがするモヒートがなんとなく飲みたくなっていたものらしい。それに、さっきのバスケットボールの続きを見るのも悪くないかもしれないと思ったのだ。メキシコ料理屋を出るまで、二点差のシーソーゲームが依然として続いていた。

屋根で覆われたテーブル席の手前に、小さなバー・カウンターを備えた小屋のようなものがあり、そこで金髪の若い女性が酒を作っていた。

「モヒートをくれるかな」

広岡が注文すると、金髪の若い女性は一瞬営業用の笑顔を向けてからモヒートを作りはじめた。

酒ができるのを待ちながら、広岡はテーブル席の奥にある巨大なテレビモニターの方に眼をやった。

ちょうど何かのインターバルなのか、長めのコマーシャルタイムが続いている。

しかし、それが終わると、突然、ラスベガスのＭＧＭグランドのスポーツアリーナが映し出された。中央にリングがある。

それを見て、広岡はしまったと思った。このスポーツ・バーでやっているのは、バスケットボールではなくボクシングだったのだ。

ボクシングはあまり見たくない。このまま出てしまおうかなと思いかけたが、もう金髪の若い女性の手でモヒートはできあがりつつあった。仕方がない、これを飲んで、さっさと出ることにしよう。

「いくら」

「五ドルです」

広岡は、ポケットに入っていた少額のドル札の束から、五ドル札と一ドル札を一枚ずつ取り出してカウンターの上に置いた。

「サンキュー」

金髪の若い女性が一ドル分の笑顔を浮かべ、作り終わったモヒートを差し出した。

広岡はそのモヒートのグラスを手に屋根の下に入り、テーブル席についた。モニターに背を向けるというのも不自然なので、なるべく正面に見えないように座った。

ミントの葉の香りとラムの甘さが、この生暖かい夜気によく合っている。

広岡は速いピッチでグラスを口に運び、最後の一口を飲み干そうとしたとき、セミ・ファイナルに出場する選手を紹介するリング・アナウンサーの声が聞こえてきた。

グラスに口をつけたまま、思わず耳を澄ませてしまったのは、そのアナウンスメントの中に、日本人の名前が混じっていたからだ。

「二十七戦二十一勝五敗一引分八KO　トシオ・ナカニシ」

広岡は、首を横に向け、テレビモニターを見た。そのナカニシというボクサーは青コーナーに立っていた。

赤コーナーに立っているのはアフリカ系と思われる黒人だ。

「レッド・コーナー　十八戦十八勝十六KO　マーカス・ブラウン！」

それとともに場内から熱狂的な声援が沸き起こった。

テレビの実況を担当するアナウンサーの話を聞いているうちに、広岡にもこれがどのような意味を持つ試合なのかが少しずつわかってきた。

赤コーナーの黒人は、ウェルター級のランキングで世界一位。ボクシングではランキングにチャンピオンは入っていない。だから、世界一位は世界で一番強い男ということにはならないが、そのマーカス・ブラウンは自他ともに認めるナンバー・ワンであるらしい。チャンピオンが挑戦に応じてくれないためなかなかベルトを獲れないが、実力的にははるかに勝っていると見なされている。この試合も、いつになるかわからないタイトルマッチを前に、実戦の勘を鈍らせないため、まず日程ありきということで設けられたものらしい。

その相手としては、簡単に勝てることはもとより、ケガをさせられないようなボクサーがいい。そこで、日本のウェルター級の元チャンピオンだったナカニシが選ばれた。アンダー・ドッグ、咬《か》ませ犬として。

確かにナカニシの戦績はトップレベルのボクサーとしては物足りない。日本で東洋太平洋のタイトルマッチに敗れたばかりというだけでなく、二十一の勝ちのうち八つしかKO勝ちがないというのも、パンチ力のない楽な相手と見なされる理由でもあったのだろう。

一方、ナカニシにとっては、高額のファイトマネーを貰えるだけでなく、ボクシングの聖地となりつつあるラスベガスのＭＧＭグランドで、スーパースター予備軍の相手とセミ・ファイナルを戦えるというだけでよかったのだろう。たとえ、早い回でノックアウトされようとも、ファイトマネーの額に変わりはない。

広岡は、第一ラウンドのゴングが鳴ったとき、グラスをテーブルに置き、体をテレビモニターの正面に向けていた。

ゴングが鳴り、リングの中央でグラヴを合わせると、次の瞬間にはブラウンがすぐ距離を詰め、左のジャブから右のストレート、さらには左から右のフックを打ちはじめた。パンチにスピードがあり、ナカニシは両腕を顔の近くまで上げてガードをするのが精一杯だ。

ブラウンのプレッシャーを受け、ナカニシはじりじりと後退してロープを背負ったが、次の瞬間、ロープの反動を使って体をかわし、リングの中央に廻り込んだ。

しかし、ブラウンはパンチだけでなく足も速いらしく、左右に軽く体を揺するウィービングをしながらナカニシを追い、リズムのいい連打を繰り出す。

ナカニシはディフェンスするのに精一杯で、ほとんどパンチを出せない。

ブラウンが追い、ナカニシが逃げる。観客はすぐにも眼の前でノックアウト・シーンが見られるという喜びの声と、何もできないナカニシに対するブーイングの声を上げはじめた。

しかし、ナカニシはなんとか一ラウンドを逃げ切り、立ったまま青コーナーに戻ることができた。

第二ラウンドに入っても、状況は変わらなかった。ブラウンが追い、連打を浴びせるが、ナカニシは逃げるだけで、まったくパンチを当てることができない。ただ、ラウンドの終盤、ブラウンがナカニシの顔面への連打から、一転してボディーに強烈な右のフックを叩《たた》き込もうとした瞬間、ナカニシが必死に自分の顔面をガードしていた左のグラヴをスッと前に突き出した。

すると、それが偶然、カウンターのようになり、ブラウンの顔面にヒットした。カウンターとは相手が前に出たところに当たるため威力が増すパンチのことだ。ブラウンは一瞬驚いたようだったが、しかし、ほとんどダメージはなかったらしく、ふたたびナカニシにパンチを浴びせかけた。

ナカニシは両手のグラヴを頬の横にまで引き上げ、さらに堅くガードした。

第三ラウンドも第四ラウンドもまったく同じだった。ブラウンが追い、ナカニシが逃げる。ブラウンがナカニシをロープ際に追い詰め、連打を浴びせかけるたびに観客はノックアウトを期待して声を上げるが、ナカニシが巧みに廻り込むため、それが溜め息に変わる。

広岡は、その試合を見ながら、ふと、どこかでこれと同じ展開の試合を見たことがあったような気がした。

ナカニシは一方的に打たれているように見えて、両腕で徹底的にガードしているため、あまりダメージを受けていない。

そうだ、これはモハメッド・アリがジョージ・フォアマンと戦った「キンシャサの戦い」にそっくりではないか、と思いついた。誰もがフォアマンの圧勝を予想する中、そして第七ラウンドまで一方的に打たれつづけながら、必死にガードしていたアリが、第八ラウンド、たった五発のパンチでフォアマンをキャンバスに沈めた試合だ。

あのときのアリも、フォアマンの強打に耐えるため、ただガードするしかなかったように見えた。だが、あのときのアリはラウンドの終盤で、残り三十秒になると反撃していた。それが、フォアマンの疲労と、ダメージの蓄積を呼んだのだ。

ナカニシはあのときのアリと違ってほとんど反撃らしい反撃をしていない。時折、ブラウンが右のボディーを狙《ねら》ってくると、それに合わせて左でカウンター気味のジャブを伸ばすだけだ。それはあまり威力がないため、ブラウンにはまったくダメージを与えられていない。

だが、広岡には、その左のジャブが、囮《おとり》のパンチであるような気がした。ナカニシはただ逃げまわっているだけではなく、何かをやろうとしている。それがなんとなく伝わってくる。

第六ラウンドに入っても状況は変わらなかった。ただ、いくら堅くガードしているとはいえ、顔面に無数のパンチを受けているため、ナカニシの左右の眼の上が赤く腫《は》れ上がりはじめている。それと同時に、打ち疲れたのか、ブラウンのパンチのスピードがいくらか落ちてきたようだった。

テレビのアナウンサーによれば、場内にいる観客の声に、いつまでもナカニシを倒せないブラウンへのブーイングが混ざるようになっているらしい。

それもあったのか、ラウンドの中盤でナカニシをロープ際に追い詰めると、ブラウンはここでもう終わりにしようぜとでもいうような激しい勢いで襲いかかった。

ブラウンは、ガードしているナカニシの腕の上から左右のフックを浴びせただけでなく、腕と腕とのあいだを狙って左で鋭いストレートを打ち込んだ。そのパンチを鼻と額の中心で受けたナカニシの頭が、ガクッと背後にのけぞるのを見て取ると、さらにこれが最後の一発だというような凄《すさ》まじい右のフックをボディーに叩き込んだ。いや、叩き込もうとした。

しかし、その瞬間、ナカニシが左で軽く合わせるようにブラウンの顔面にストレートを放った。カウンターとなったそのパンチは、以前と同じくたいしたダメージは与えられなかったように見えた。

ところが、ブラウンの動きがふっと止まったのだ。しかも、右でボディーを打つときには、必ず自分の頰の近くでガードしていたブラウンの左のグラヴが、大きく下がっていた。

それまでのナカニシは、パンチを打ってもほとんど単発に過ぎなかった。ブラウンのボディーブローに対して放つ左のカウンターも、常にその一発だけで終わっていた。しかし、そのときは、左のカウンターに続き、ガラ空きになったブラウンの左の顎《あご》に渾身《こんしん》の力を込めて右のフックを放ったのだ。そのパンチは、ブラウンの首をねじ切るような勢いでヒットした。するとブラウンは、そのまま、フィギュアのスケーターのように体を回転させながら倒れていった。

ダウン！

一瞬、何が起こったかわからず静まり返った場内が、すぐに凄まじい喚声に包まれた。広岡の座っているスポーツ・バーの客たちも息を吞《の》み、それから声を上げた。

「オー、ノー！」

「何が起きたんだ？」

「まさか！」

ブラウンは一度立とうと試みたが、すぐにまたキャンバスに沈んだ。カウントがテンまで数えられ、ゴングが打ち鳴らされた。

ニュートラル・コーナーでブラウンを見つめていたナカニシは、レフェリーの両腕が大きく交差されてノックアウトが宣せられても、事態がうまく呑み込めないというような茫然《ぼうぜん》とした表情で立ち尽くしていた。

六ラウンド二分十五秒がノックアウト・タイムだった。

テレビで実況していたアナウンサーは、予定ではこのあとすぐ勝利者インタビューになるのだが、日本語の通訳を用意していなかったので探しているところだと言ったあとで、いまはまだ二月だが、これが今年最大のアップセット・バウト〈番狂わせ試合〉になることは確実だ、と驚いたように付け加えた。

広岡は、自分の喉《のど》がひどく渇いていることに気がついた。残りのモヒートを飲み干したが、まだ渇きは収まらない。バー・カウンターに歩み寄り、金髪の若い女性にもう一杯モヒートを作ってもらった。

グラスを持って、また席に戻り、テレビの画面を見た。ようやく通訳が見つかったらしく、ナカニシの勝利者インタビューが始まっていた。

「……九十九パーセント負けると思っていたけど、百パーセントじゃない。その一パーセントに何が起こるかわからないのがボクシングだ、と自分に言い聞かせていました」

それを日系人らしい若い男が英語に言い直した。

「百パーセント負けると思っていたが、幸運にも勝つことができた」

広岡は、まったくニュアンスの違う言葉になっていることを、ナカニシのために残念に思った。彼の言葉を正確に会場の観客とテレビの視聴者に伝えてあげたかった。

リング・アナウンサーが英語で訊ねた。

「その幸運をもたらしてくれたのは何ですか」

すると、通訳がたどたどしい日本語でナカニシに言った。

「どうして、勝った？」

恐らく、彼はプロの通訳ではないのだろう。会場内にいる関係者から、日本語のわかる人物を急いでリングに引っ張り上げただけなのだ。

「どうして、勝ったのか……」

ナカニシは、通訳の言葉を幼児のように繰り返してから、ようやく気がついたように話しはじめた。

「ブラウンの試合を録画で何十回も見て、攻撃も防御も完璧なボクサーだということはわかっていました。僕なんかとレベルが違う。でも、相手を追い詰めてラッシュをかけているとき、頭からボディー、特に脇腹に右で決めのフックを叩き込もうとするとき、左のガードが一瞬だけ大きく下がることがあるのに気がついたんです。ブラウンのディフェンスに穴が空くのは、そのときだけです。だから……」

ところが、そこで、通訳はナカニシの話の腰を折り、勝手に「通訳」しはじめた。

「ブラウンはエクセレントなボクサーです。自分とは比べものにならない。あのパンチはラッキーパンチでした」

広岡は、話をまったく異なる方向に要約してしまう通訳に腹を立てたが、一方で、ナカニシというボクサーの頭のよさに驚いていた。

ナカニシは録画でマーカス・ブラウンを分析し、唯一のチャンスは自分がピンチになったときだということを発見した。そして、そのときが来るまで、じっと待っていた。もしかしたら、その前にノックアウトされるかもしれない。その恐怖に耐えて、ひたすら待ちつづけた。そして、第六ラウンド、ついに「そのとき」はやってきたのだ。そして、たった一発で仕留めた。

アリがフォアマンに勝ったときも興奮した。ボクシングにはこんなことが起こるのだ。それがまだ現役のボクサーだった広岡を勇気づけてくれた。しかし、いま、自分がそのとき以上に強く心を動かされているのがわかった。

咬ませ犬が勝ったからか。それもある。その咬ませ犬が日本人だったからか。それもある。だが、それ以上に、ナカニシの勝ち方には、かつての自分には考えもつかないような思考の柔軟性があった。

アリがフォアマンを破ったのは、自分にとっても「奇跡」だった。

だが、そんな戦い方は、アリだから可能なのであって、他の誰かが応用できるものだとは思いもしなかった。

アリは、ロープを背にして、フォアマンに打たせるだけ打たせた。そして、フォアマンに疲れが見えたそのとき、わずか五発の連続パンチで打ち倒した。それをのちに、人は「ロープ・ア・ドープ」と呼んだ。まさにアリの姿は、恐怖のあまりロープにもたれ込む、つまりロープに「ドープ〈淫《いん》した〉」者のように思わせる戦法だったのだ。

ところがナカニシは、アリとほとんど同じような戦法を取り、アリよりも鮮やかに相手を倒してしまった。彼がそのような戦法を取ったというのも、別にアリの試合を研究した結果ではなかっただろう。ただ相手のボクサーについて考え、そのボクシングを分析した結果、辿《たど》り着いたところがアリと同じ地点だったというだけなのだ。

広岡は、自分の体の奥底から熱いものが込み上げてくるのを覚えた。それは、ここ何年、いやもしかしたら何十年と覚えたことのない感情だったかもしれない。

自分は、このナカニシというボクサーと同じような年齢の頃、ペドロ・サンチェスという老人のたったひとことで世界の頂点に登りつめるという夢を捨て去ってしまった。

メキシコ生まれのそのトレーナーは、なまりの強い英語でこう言ったのだ。

「君は努力しだいで普通のチャンピオンにはなれるかもしれない。しかし、私は特別なチャンピオン、チャンピオンの中のチャンピオンになれるボクサーしか教えるつもりはないんだよ」

いや、それからの一年は、その老人を見返すべくロサンゼルスの地で必死に努力した。だが、最後まで、その言葉の呪縛《じゅばく》から自由になることができなかった。

ナカニシに「チャンピオンの中のチャンピオン」になりうる素質があるとは思えない。むしろ、それがあるとすれば、対戦相手の方だったろう。しかし、ナカニシは諦《あきら》めなかった。考え、工夫し、耐え、たったひとつのチャンスを捉《とら》え切った。

広岡は、グラスに残っていたモヒートを一気に飲み干した。そして、思った。自分は、この若者の足元にも及ばないボクサーだった……。

3

朝、ホテルのベッドで眼を覚ますと、午前十時を過ぎていた。それは毎朝六時には起きている広岡にとって珍しいことだった。ロサンゼルスとフロリダのキーウェストには三時間の時差がある。いまロサンゼルスの太平洋標準時では午前七時のはずだからさほど寝過ごしたというわけではない。しかし、起きる時間が遅くなってしまったのは時差が理由というばかりではなかった。昨夜のスポーツ・バーで、結局五杯も飲んでしまったモヒートの酔いが残っていたのだ。

ナカニシという日本人ボクサーの試合を見たあとも、スポーツ・バーに居つづけてモヒートのグラスを重ねた。

だからといって、その直後に行われたメイン・イベントの、世界ライト級タイトルマッチを見ていたわけではなかった。ただ自分の思いの中に深く入り込んだまま、出られなくなってしまったのだ。

ナカニシと同じような年頃のとき、日本からハワイへ、そしてさらに西海岸のロサンゼルスへ渡ってきてボクシングのトレーニングに励んでいた。そうした日々のことが取り留めもなく思い出され、胸を鋭く食《は》んできた……。

部屋のカーテンを開け、ベランダのガラス戸を大きく開け放つと、潮の匂いを含んだ気持のいい空気が流れ込んできた。しかし、向かいの桟橋に巨大なクルーズ船が横付けされているため、視界が大きく遮《さえぎ》られている。前夜は停泊していなかったから、少し前にやって来たにちがいなかった。

しばらくすると、クルーズ船の横腹の部分が開き、そこから何百、いや何千という人が桟橋に降りはじめた。恐らく、この船には小さい市なら一個分くらいの住人に相当する客が乗り込んでいるのだろう。

リタイアー後の生活を楽しんでいるのか白人の中高年のカップルが目立ち、妙に肥満の人の割合が多い。これではまるで病院船だな、と思いかけて、いや、他人のことは言えないと内心で苦笑した。自分は正真正銘の病人だったからだ。

それは四カ月前のことだった。

朝起きて、いつものように部屋の中で軽く体を動かした。腕立て伏せを百回、スクワットを百回、腹筋を百回、あとは関節の回転運動と筋肉の伸縮運動をしてシャワーを浴びた。バスルームを出て、タオルで体を拭きながら、ジュースを飲むためキッチンに向かって歩きはじめた。すると、二、三歩も行かないうちに貧血のときのように頭の中の圧が薄くなった感じがした。立ち止まり、眼を閉じ、大きく深呼吸をした。

すると腹から胸にかけての部分に重い違和感を覚えた。痛みとは違う、息苦しさのようなものだった。とっさに、もしかしたら昨夜食べたものにあたったのかもしれないと思った。しかし、昨夜の夕食は自分で作ったパスタとサラダだった。パスタにあえたのはホウレン草とベーコンだけだ。それにあたるとは思えない。

ぼんやり考えているあいだにも、まるで手足から血でも引いたかのようにだるくなり、動かせなくなってきた。そしてそのまま、床に手をつくと崩れるように腰を落としてしまった。

自分の体に何が起きたのかまったくわからないまま大きく息をついたが、次の瞬間、手で上半身を支えることもできなくなり、気を失うように床に倒れ込んだ。

だが、気は失っていなかった。一瞬、救急車を呼ぼうかと思いかけたが、それほど大騒ぎをするほどのことではないはずだという意識が残っていた。貧血なら、しばらくこのまま横になっていれば、頭にも体にも血がめぐるようになるだろう。

そう思ってしばらく横になったままじっとしていたが、裸の体が冷えはじめているらしく、寒さを感じた。とにかく、下着だけでも身につけよう。寝室に向かっていざるように体を動かそうとしたが、まったく言うことをきかない。

――もしかしたら、俺はこのまま死んでしまうのだろうか……。

そのとき、広岡は恐怖とは異なる困惑のようなものを覚えた。

体が冷たくなっていくにつれて意志の力が弱まっていくように感じられる。何かをしようとか、しなくてはならないといった考えが浮かんでこない。ただ、時間だけが過ぎていく。

そのとき、不意に部屋のインターフォンが鳴った。コンドミニアムのエントランスに誰かが訪ねてきたのだ。

広岡は、ぼんやりした意識の中で、こんなに朝早く誰だろうと思った。

――誰だろう、誰だろう、誰だろう……。

しかし、ただそう頭の中でつぶやいているだけで、本当にそれが誰かを考えているわけではないということもわかっていた。

インターフォンは、二度ほど鳴って、静かになった。そのとき、もしインターフォンに出られたら、この窮状を脱するための助けを呼ぶことができたのかもしれないと思った。しかし、もう遅い……。

ところが、しばらくして、玄関のドアでカチッと鍵の開く音がした。靴を脱ぎ、部屋に入ってくる音がする。

——誰だろう、誰だろう、誰だろう……。

眼を閉じたまま頭の中でつぶやいていると、悲鳴のような声が上がった。

「ヒロオカさん、どうしたんです！」

その声を聞いて、そうかエミコさんだったのか、と広岡は安堵《あんど》するように思った。

エミコは、週一回、部屋のクリーニングを頼んでいる女性だった。

しかし、いつもは広岡がオフィスに出たあと、午前十時くらいにやって来ることになっている。

「どうして、こんなに早く……」

訊ねようとする前に、エミコが広岡の倒れているところに駆け寄り、言った。

「何があったんです！」

「貧血かも……しれない……」

「倒れたのはいつですか？」

「かなり前だと思う」

「それでも動けないんですか」

「手も足も動かない」

広岡が言うと、エミコが叫んだ。

「ただの貧血なんかじゃありません」

「食あたりかもしれない……」

広岡は、自信のないままつぶやいた。

「おなかが痛いんですか？」

エミコが言った。

「いや、胸から腹にかけて、なんか違和感が……」

「どっち側です」

「どっち側……」

何を言われているのかわからず、エミコの言葉を繰り返した。

「右ですか、左ですか」

「左……」

すると、エミコが本物の悲鳴を上げてから言った。

「ハート・アタックです。それはハート・アタックです。死んだハズバンドと同じです！」

ハート・アタック、心臓発作か……。

広岡がぼんやりその言葉を反芻《はんすう》していると、エミコは立ち上がり、寝室からブランケットを持ってきた。そして、それで広岡の体をくるむように覆うと、電話を掛けはじめた。

「すぐ救急車に来てもらいますからね」

エミコは広岡にというより、自分を落ち着かせるためのように言った。

「いや、そんな必要は……」

広岡が言いかけると、エミコが強い口調で言った。

「何をおっしゃってるんです。一分一秒を争う状況だと思います」

その言葉は正しかった。やがて救急車が到着し、医療保険の種類を確認されてから運ばれていった病院で、あと一時間遅れていたら手遅れだったかもしれないと言われたくらいだったからだ……。

クルーズ船から降りる客の列が果てしなく続いている。広岡は、ホテルのハウスキーピングの番号に電話を掛け、掃除をする必要のないことを告げ、部屋で本を読むことにした。外で朝食と兼用の昼食をとろうと思っていたが、このクルーズ船の客の大群が街中にあふれていると思うと、出かける気がしなくなってしまったのだ。二十ページほど読んで、ふとペーパーバックから眼を上げて外を見ると、まだ船の中の客が降り切っていないというのに、もう帰ってくる人の流れができはじめている。街に出ても、土産物《みやげ》を買う以外、何もすることはなかったのだろう。しばらくして、船に戻る人の流れが大きくなってきたのを見て、広岡は外に出ることにした。

昨夜、ホテルのレセプションで貰ったキーウェストの地図にも、タクシーの運転手が言っていた灯台、ライトハウスのある地点がポイントされている。食事の前に、まずそこに行ってみることにした。

街は、イナゴの大群が飛び去ったあとの野原のように閑散とした雰囲気に戻りはじめている。メインストリートのデュバル通りも、早足で船に戻ろうとしている人たちが目立つくらいだ。たぶん、帰船時間が近づいているのだろう。

しばらく歩き、デュバル通りを右に曲がると、地図にある通りへミングウェイの家があり、その向かいの区画に小さな白い塔が立っているのが見えた。それがいまは使われなくなったキーウェストの灯台らしい。

灯台の横にはおもちゃの家のような小屋が付属している。中に入っても誰もいないが、灯台に昇るのには金を払う必要があるらしい。カウンターの上に置いてある鈴を鳴らすと、奥から初老の男が出てきて、入場料は十ドルだという。この建物は灯台守の住居跡で、奥に往時をしのばせる品物が展示してあるともいう。

しかし、広岡には、メキシコ湾が見渡せる展望台があればいいだけだった。ビルの五、六階ほどの高さしかないように思える灯台の中に入り、螺旋《らせん》状になっている階段を一段一段ゆっくり昇った。五段、十段、十五段……小さな踊り場のようなところに着くたびに段数を数え直しながらようやく外に開けたバルコニー部分に辿り着いた。

広岡が狭いバルコニー部分に出ると、そこには、海の彼方に眼をやり、立ち尽くしているヒスパニック系の老夫婦がいた。夫が妻の肩にやさしく腕をまわし、妻が夫の頬に頭を預けるように寄り添っている。

二人の邪魔をしないように、そっと円形のバルコニーの反対側に廻った。

広岡は街の側にあるヘミングウェイの家を眺めながら、身じろぎもせず、静かにその二人が立ち去るのを待った。

キーウェストに来ようと思ったのは、前日の朝のことだった。いつものようにひとりで朝食をとり、オフィスに出かける支度をしているとき、ふとキューバと思った。キューバを見てみたい、と。

行ってみたい、とは思わなかった。もう行くには遅すぎる。

ロサンゼルスでボクサーとしてのトレーニングを積んでいたとき、広岡にとって唯一の希望の地はキューバだった。この人こそと思ったトレーナーのペドロ・サンチェスに「君を教えることはできない」と最後通牒《つうちょう》を突きつけられたとき、広岡はキューバにいると聞かされていたひとりのトレーナーに教えを乞おうと考えた。

サンチェスがいつも口にしていたそのトレーナーは、オリンピックにおいて三大会連続でヘビー級の金メダルを獲得したテオフィロ・ステベンソンを育てた人だった。決して表には出てこないが、彼こそがただの木偶《でく》の坊だった二メートルの大男を、力とスピードを兼ね備えた世界一スマートなボクサーに仕立て上げたのだという。

当時のステベンソンは、ジョージ・フォアマンとジョー・フレイジャーを打ち破ったモハメッド・アリにとって、最後に残された最高の対戦相手だった。もし、ステベンソンがキューバから亡命し、世界最強のアマチュアとしてアリと試合をすれば、巨万の富を手に入れられるはずだった。

しかし、ステベンソンは「自分のボクシングはキューバの国民のためにある」と言って、その誘いに乗らなかったのだ。

ステベンソンがアメリカのプロモーターたちの甘言に乗らなかったのは、彼自身の信念だけでなく、彼を育てたトレーナーの意向も強く反映されていたという。

「私は君を集金マシーンにするために世界一のボクサーにしたわけではない」

そのひとことが決定的だったともいう。

広岡はキューバに行き、ステベンソンを育てたというそのトレーナーに教えてもらいたいと本気で願った。

だが、断交中のキューバで長期間トレーニングしたということになると、アメリカに再入国することが難しくなると言われ、思いを残しながら諦めた。プロボクサーとしての成功の道は、アメリカにしか存在していないことは歴然としていたからだ。

ボクシングを断念し、ホテル業界の片隅で生きるようになって、いくつかの国を訪れるようになった。しかし、キューバにだけは足を踏み入れたことがなかった。

ところが、昨日の朝、ふと、かつての夢の国だったキューバを見てみたいという思いが沸き起こってきたのだ。行きたい、訪ねたい、ではなく、見てみたいと。

心臓の発作で倒れたあと、やはり人並に自分の人生について考えることがあった。もう自分の残り時間は少ないのかもしれない。心残りを心残りのままにしておくのはやめよう。しかし、そう思った次の瞬間、自分にはその心残りがまったく存在しないということに気がつき、愕然《がくぜん》とした。未来への希望といったものがないのはまだしも、過去における心残りすらない。それは自分の人生の貧しさを証明しているようでもあった。

アメリカで生きると決めたとき、生き抜くこと以外に心を振り向けないという道を選んだ。その結果が、心残りひとつないというこの貧しさだったのだ。

しかし、キューバを見たいという思いは、自分の内部に埋もれていたわずかな心残りのひとかけらなのかもしれなかった。その思いを取り逃がしてしまわないうちにキーウエストを訪れることにした。晴れた日には、キーウエストにあるアメリカ最南端の地点からキューバが見えると聞いていたからだ。

そこで、部屋の時計を見ると、午前八時半を過ぎたところだった。オフィスに来ているはずの秘書に電話をし、キーウエストまでの飛行機とホテルの予約をしてくれるよう頼み、タクシーを呼んで空港に向かった。だが、走るタクシーの中で、航空券はマイアミまでしか取れなかったので、あとは車で行ってほしい、という連絡を受けたのだ……。

そのキーウェストの元灯台の、海とは反対側のバルコニーに立って、長い時間が過ぎた。

しかし、広岡は待つことが少しもいやではなかった。キューバ人と思われる老夫婦からは、一瞥《いちべつ》しただけでいつまでも海の彼方を眺めていたいという思いのあることが伝わってきたからだ。

やがてバルコニーの反対側で人の動く気配がして、階段を降りる靴音が聞こえてきた。

老夫婦が去り、この元灯台の展望スペースには誰もいなくなった。

広岡は海の見える側に廻った。

空はよく晴れていたが、水平線上はモヤがかかったように霞《かす》んでいる。残念ながらキューバは見えそうもない。自分はともかく、あの老夫婦にキューバを見せてあげられなかったことが残念に思えた。

船が航行している姿は見えるが、キューバと思われるような陸地の姿はない。

あの老夫婦は長いあいだ何を見ていたのだろう。何も見えない水平線の向こうに何を見ていたのだろう。

いや、と広岡は思った。もしかしたら彼らには見えていたのかもしれない。心の中のキューバが、あの白いモヤをスクリーンにして映し出されていたのではないか。人には、見たいものを見ることのできる力があるものだともいう。

見たいものが見えるとするなら、いまの自分には何が見えるのだろう……。

冗談のように水平線上に眼をこらしていると、そこに、突然、淡い灰色の影のようなものが現れた。その影は蜃気楼《しんきろう》のように揺らめきながら左右に長く広がっていく。

眼がどうかしたのかもしれない。眼を閉じ、しばらくして開けると、水平線上には何も存在しなくなっていた。

いま、自分が見たのは何なのだろうか。あれがキューバの島影なのか。

いや、もしかしたら、と愕然としながら広岡は思った。もしかしたら、あれは日本だったのではないだろうか……。

馬鹿な、と広岡は自分を嗤《わら》いたくなった。メキシコ湾に日本列島か。アメリカに渡ってきてから四十年が過ぎたが、その間、ただの一度も日本に帰ったことがなかった。アメリカで生きていくと心を決めたときから、日本は自分にとって存在しないも同然の国だった。

そんな自分に日本が見えるはずはない……。

広岡は、島影が蜃気楼のように現れた方角に眼を向けたまま、茫然と立ち尽くしていた。

4

どれだけ時が経っただろう。広岡は水平線上を眺めつづけていた眼を空に向けると、おもむろにポケットから携帯電話を取り出した。そして「アドレス帳」からひとつの番号を選び、耳に当てた。

相手が出ると、広岡は英語で話しはじめた。

「こちらは広岡です。ドクター・ヨシダをお願いします」

しばらく間があって、また広岡が口を開いた。

「ええ、広岡です」

英語から日本語に切り替わっている。

「いま、キーウェストに来ています……いちど来てみたかったものですから」

「………」

「ええ、ありがとうございます。特に問題はありません」

「………」

「あっ、その手術のことなんですけど……申し訳ありませんが、やはり受けないことにします」

搬送先の病院で、応急処置的にカテーテルによる治療を行ってもらっていた。小さな風船を入れ、狭くなっていた冠動脈を拡げたのだ。しかし、退院後、二度ほど車の運転中に発作の予兆のような胸の息苦しさを感じたことがある。そのときは、すぐ車を停めてニトログリセリンの錠剤を舌の下に含ませることで事なきを得ていた。エミコに紹介された日本人医師のヨシダからは、バイパス手術を受けることを強く勧められていた。

このままにしておくと、いつどんなことになるかわかりませんよ、と。

広岡が医師への返事を保留したままだったのは、胸骨を二つに割って胸を開けるという手術をする前に、何かすべきことがあるような気がしてならなかったからだ。それがいったいどんなことなのかわからないままに、何かがありそうに思えてならなかった。

そこからは相手の話が長く続いた。

広岡は微かにうなずきながら黙って聞いていたが、相手の話が一区切りついたところで静かに言った。

「ええ、覚悟はしています」

「……………」

「実は……日本に帰ろうと思うんです」

広岡は、そう言ってしまってから、自分の言葉に驚いていた。まさか、自分がそんなことを口走るとは思っていなかったからだ。

日本に帰る？

帰ってどうしようというのか。四十年ぶりに帰ったからといって、何があるというわけでもなければ、誰が待ってくれているというわけでもない。どうして日本に帰らなければならないのか自分でもよくわからなかった。しかし、いったん日本という言葉を口に出してしまうと、直前に海の向こうに見えた幻の島影が一気に大きく広がっていくような気がした。

「……………」

「いえ、いったんロサンゼルスには戻ります。帰るとなれば、処理をしなくてはならないことや処分を必要とするものもありますし。先生のところにも一度ご挨拶《あいさつ》には……」

「……………」

「ああ、そうでした。ニューヨークにしばらく行くとおっしゃっていましたね」

「…………」

「いろいろお世話になりました」

「…………」

「ありがとうございます……わかりました、心臓外科の北川先生ですね……万一のときは……」

「…………」

「あ、はい、日本に着いたら、なるべく早い機会にうかがうようにします」

「…………」

「はい……先生もお元気で」

電話を切った広岡は、しばらくそこに佇《たたず》んだまま空を見上げていた。

その空を、キーウェストの空港から飛び立った小型のジェット機が鋭角的に上昇していく。

広岡はその姿を眼で追っていたが、視界から消えるとゆっくり元灯台の階段を降りはじめた。そして、自分でも意外なほど強く思っていた。日本に帰ろう、と。

第一章　薄紫の闇を抜けて

1

　窓際の席で、結婚記念日に妻が突然失踪《しっそう》してしまうというミステリーを読んでいると、機内にアナウンスが流れた。

「この飛行機は十五分後に成田国際空港に着陸いたします。シートベルトはしっかりお締めでしょうか。いま一度お確かめください」

　広岡はペーパーバックから顔を上げ、窓の外に眼を向けた。

　すると、それまで海ばかりだった景色が一変していた。房総半島らしい海岸線が見えるようになり、やがてなだらかな丘陵地帯の上を飛ぶようになった。

それを見た瞬間、広岡の胸にほんの少し込み上げてくるものがあった。

四十年ぶりに見るこのやさしい風景は、他のどの国にもない、日本固有の風景であるような気がしたからだ。

日本を出たときは羽田空港からだったから、この風景は初めて眼にするもののはずだった。しかし、田畑のあいだに見える瓦屋根《かわら》の灰色やこんもりとした鎮守の森の緑といった色には、遠い昔の記憶を呼び覚まされるような懐かしさがあった。

飛行機が着陸し、扉が開くと、広岡は乗客の流れに従ってパスポート・コントロールのブースに出た。係官が、ポン、と簡単に入国のスタンプを押してパスポートを戻してくれたとき、思わず「サン……」と言いかけて、慌てて言い直した。

「ありがとう」

係官は一瞬怪訝《けげん》そうな表情を浮かべて広岡の顔を見たが、何も言わずに通してくれた。

ターンテーブルで受け取る荷物はなかった。手に持っている古い革のボストンバッグが広岡の荷物のすべてだった。

税関の検査もパスポートを提示するだけで簡単に終わった。

「特に何もありませんね」

そう問われて、ええ、とうなずくと、そのままバッグの中を調べることもなく通してくれた。

税関の検査場を仕切っている半透明の自動ドアが開き、到着ロビーに一歩足を踏み出したとき、広岡は初めての国を訪れたときのように立ち止まり、あたりを見まわして軽く息をついた。

もちろん日本は初めての国ではないが、成田空港は初めてだった。広岡が日本を出るときにはまだ成田空港はできていなかった。三人の友人に見送られて飛び立ったのは羽田空港だった。

眼でゆっくり探すと、意外なほど近くにリムジンバスのチケット売り場があった。

広岡は近づき、カウンターの奥に座っている若い女性に言った。

「東京ドームホテルまで行きたいんですけど」

すると、明るい声で、まさに打てば響くように応えてくれた。

「箱崎《はこざき》経由で十七時の便がありますけど、それでよろしいでしょうか」

箱崎という地名に馴染《なじ》みがなく、女性の言っていることがうまく頭に入ってこないが、いずれにしても目的のホテルに行ってくれるのなら文句はなかった。

「はい、それにしてください」

言われた通りの代金を払うと、チケットを渡してくれながらカウンターの女性が付け加えた。

「そちらの出口からお出になりますと、左手にある十七番の乗り場から出発します」

そのてきぱきした過不足のない、しかしどこかやさしげな対応に、どうやら自分は間違いなく日本に帰ってきたのかもしれないな、と広岡は思った。


まだ暮れ切っていない時間帯の、薄紫の闇の中をバスが走っていく。

高速道路から見える風景は樹木に覆われた林のようなところが多い。成田空港は千葉にあるというのに、海側ではなくかなり内陸に作られているらしく、どこまでも緑の林と田植え前の田圃《たんぼ》が続く。だが、ところどころに桜の木があり、花びらが散っているのが見える。

広岡は窓の外に眼を向けながら、自分がまるで外国人のようにその風景を眺めていることに気がつき、苦笑したくなった。

日本にいた期間より、アメリカで暮らした年月の方がはるかに長くなっている。その意味では、外国人とたいして変わらないのかもしれない。

だがパスポートは依然として日本のものを使いつづけているし、飛行機のフライト・アテンダントの女性も降りるときは「お帰りなさいませ」と言ってくれていた。

その意味では自分は絶対に外国人ではない。しかし、アメリカに渡る前の、純粋な日本人とは違ってきてしまっているようにも思える。

やがて、右手に、グレイとブルーとが混ざり合ったような色を放つタワーが見えてきた。これがスカイツリーという名のタワーなのだろう。アメリカのテレビニュースで見たことがあった。

その寂しい色のタワーを眺めているうちに、広岡はいったい自分が何のために日本に戻ってきたのかわからなくなりかけた。

これから思いがけない世界に出会えるかもしれない、という旅の始まりの昂揚感《こうよう》はなく、ただ暗く沈んだ物寂しさに包まれているような気がする。

どこで何をするのか、したいのか。何ひとつ決まっていることはなかった。ただ、キーウェストの元灯台に昇り、ひとりで海の彼方《かなた》を眺めているとき、日本に帰ろう、という思いが押し寄せて来て、電話で口走ってしまったのだ。しかし、帰ったところで、何があるわけでもないことは、そのときにもすでにわかっていることでなかったか……。

広岡は軽く頭を振ると、窓から視線を戻し、座席の背もたれに寄りかかって眼を閉じた。

2

バスが最初に停まったのは、箱崎の「シティエアターミナル」というところだった。

ターミナルというにはずいぶん寂しいところだと思えたが、そこで客の半分ほどが降りた。さらにバスは、東京駅と、九段《くだん》のホテルグランドパレスに寄ってから東京ドームホテルのある水道橋に向かった。

　日本での宿泊先をどこにしようと考えたとき、オークラやウェスティンではなく東京ドームホテルを選ぶことにしたのは、虎ノ門や恵比寿などというところより水道橋の方がはるかに馴染みがある親しい土地だったからだ。

　ホテルに着く直前に、東京ドームと思われる施設が見えた。かつての後楽園球場では照明灯が見えていたはずのところが丸みを帯びた屋根になっている。

　それが日本に来て、自分のよく知っている場所の変化を、初めて、はっきりと見せつけられる経験となった。

　広岡はバスから降りて、ホテルのロビーに入ると、レセプションの前に立った。

「予約してある広岡、広岡仁一です」

　係の女性が、キーボードに名前を入力してデータを検索してから言った。

「承《うけたまわ》っております」

　そして、宿泊カードとボールペンを差し出して、こう続けた。

「ここにお名前と、サインをお願いいたします」

　広岡は、名前の欄に「広岡仁一」と楷書《かいしょ》の角張った字で書いてから、サインの欄で一瞬ペンが止まった。しかし、すぐに英語でいつもの「Jin Hirooka」というサインを書き入れた。

部屋に入り、窓の外をのぞくと、夜空に青い光を放ってゆっくり回転している巨大な観覧車が見えた。以前この近くにあった遊園地にも観覧車はあったはずだが、それよりも大きくなったような気がする。

しばらくその動きをぼんやり眺めていたが、シャワーを浴びて下着を取り替えることにした。

バスルームに入り、頭からシャワーを浴びながら、これが日本の湯なのだな、と広岡は思った。ただのシャワーの温水だったが、アメリカで浴びていた湯とは違っているような気がした。なんとなく水が軟らかいように思えるのだ。

いや、単なる気のせいだろう。広岡は湯を止め、バスルームを出た。

髭《ひげ》を剃《そ》ると、疲れた顔がいくらかましになったように思えた。洗面台にはドライヤーが備えつけられていたが、広岡には用がなかった。若い時から一貫して短髪のクルーカットにしていたので、洗ってもしばらく放っておけば自然に乾いてしまうのだ。

下着を新しいものに替え、服を着ると、ロビーに降りた。

広岡は、しばらく眼で探してから、ロビーの奥にあるデスクに近寄っていった。そこにはコンシェルジュの役割を果たすらしい若い女性が座っていた。

「今夜は、後楽園で試合はあるかな」

広岡が話しかけると、若い女性は一瞬何を訊《き》かれたのかわからないようだったが、すぐに表情を和《やわ》らげて応えた。

「ああ、ええ、東京ドームですね。ジャイアンツ対タイガースの試合をやっていますけど……チケットの方はもう……」

若い女性がそこまで言いかけると、広岡は軽い笑みを浮かべて首を振った。

「いや、東京ドームじゃないんだ。後楽園ホール」

すると、今度は本当に言われたことの意味がわからなかったらしく、若い女性が困惑したような顔になった。

「後楽園ホール、ですか？」

「ボクシングはやってるかな」

そこでようやく広岡の望んでいることがわかったらしく、若い女性が声を上げた。

「あっ、ちょっとお待ちください」

デスクからどこかに電話をしていた若い女性が、しばらくして顔を上げた。

「今夜は、東洋太平洋のライト級のタイトルマッチがあるそうです」

「ありがとう」

広岡は礼を言うと、後楽園ホールへの出口を眼で探した。

すると、若い女性が言った。

「後楽園ホールへはあちらの出口からが近くなっております」

広岡はホテルを出ると、壁の前面に色つきのパネルが貼られた建物の前に立った。

ずいぶん変わってしまったな、と広岡は思った。自分の知っているこの建物にこんなものは貼られていなかったはずだった。しかし、だからといって、それに文句をつける筋合いはなかった。四十年のうちに、変わるものがあるのは当然のことだったからだ。

しばらく後楽園ホールの入っている建物の前で立ち尽くしていたが、やがて一階正面にあるチケット売り場に向かった。

観客はすでに会場に入り切ってしまったのか、売り場の周辺は閑散としている。

「チケットはありますか？」

窓口で訊《たず》ねると、ガラスの向こうに座っている中年の女性が言った。

「椅子《いす》席の指定が一枚残ってますけど」

「ありがたい。それを貰《もら》えますか」

広岡はそう言い、料金を払いながら訊ねた。

「ホールにはどう行くんですか」

そして、独り言のようにつぶやいた。

「昔と様子が違ってしまって……」

するとと、窓口の女性が言った。

「お客さん、昔の後楽園ホールをご存じなんですか？」

「ええ、よく来てました」

「そうですか。わたしはその頃のホールは知らないんですけど、とてもオンボロに見えたらしいですね」

その言葉に誘われるように、広岡もふっと懐かしげな口調になって言った。

「いや、自分たちの時代はまだそれほどオンボロというわけでもありませんでした」

「そうですか。改装はしましたけど、別に建て替えたわけではないので、ホールの場所は以前と同じなんです」

窓口の女性はそう言ってから、親切に付け加えた。

「左手の通路にあるエレベーターに乗ってください。五階がホールです」

「ありがとう」

広岡はチケットと釣り銭を受け取り、エレベーターのある通路に向かった。

言われた通り五階で降り、入り口でチケットを差し出すと、プログラムを渡してくれた。そのプログラムに眼を落としながら、モギリをしている若者に訊ねた。

「いまは？」

「少し前に、メイン・イベントが始まりました。いまは、たぶん第三ラウンドが始まったところだと思います」

中央のドアを開けて、一歩場内に足を踏み入れると、大きな喚声に包まれた。

そこだけ明るくライトで照らされたリングでは、青コーナーで激しい打ち合いが行われており、背の高い細身のボクサーが、上半身に厚みのある背の低いボクサーをコーナーに追い詰め、パンチを浴びせかけているところだった。

背の高いボクサーが左のジャブの連打から打ち下ろすような右のストレートで顔面を打ち抜く。だが、背の低いボクサーも打たれっぱなしではなく、その攻撃を耐え切ると、伸び上がるような姿勢で左右のフックを放つ。

広岡はしばらく立ったままその打ち合いを見ていたが、レフェリーによってクリンチをしている二人が左右に分けられると、すり鉢の底にあるようなリングに向かって続く階段を降りはじめた。チケットに記されている番号の席は、どうやら通路に面している席らしい。

ようやく番号が記された椅子を見つけたが、そこには髪の長い若者が座っている。

自分の見間違いかもしれないと思い、チケットの番号と椅子の背中についている番号を照らし合わせていると、その気配に気がついた若者が機械じかけの人形のように立ち上がって言った。

「あっ、すいません！」

そして、頭を下げた。空席と思い、座っていたものらしい。

「悪いね」

広岡が言うと、若者が慌てて言った。

「いえ、こっちが勝手に……どうもすいません」

広岡がその席に腰を落とした瞬間、ラウンド終了のゴングが鳴った。

長身のボクサーの方がチャンピオンらしく、赤コーナーに戻ってきた。

ボクシングのリングにおいては、対角線上に塗り分けられた赤と青のコーナーのうち、ランキング上位のボクサーが赤コーナーを使うことになっている。

チャンピオンはほとんど打たれていないのか綺麗《きれい》な顔をしている。

一分間のインターバルが過ぎ、ラウンド開始のゴングが鳴った。

すると、赤コーナー近くのリングサイド席に座っている黒いパンツスーツを着た年配の女性が、リングの中央に歩み出していくボクサーに向かって短く声をかけた。

「バッティングに気をつけなさい」

その声は大きなものではなかったが、喚声と喚声の合間を縫った一瞬の静寂の中で広岡の席まで届いてきた。

ボクサーは女性をチラッと見てうなずくと、青コーナーから飛び出してきた相手とリングの中央で軽くグラヴを合わせた。

しかし、広岡の視線は、リングサイドに座っている黒いスーツ姿の女性に釘付《くぎづ》けになったままだった。一度は見間違いかとも思ったが、雰囲気は以前とほとんど変わっていない。背筋を伸ばし、どこか楽しげにリングを見上げている……。

不意に場内の喚声が大きくなった。

広岡がリングに視線を向けると、中央で二人が激しく打ち合っていた。長身のチャンピオンは、足を使い、距離を取って戦おうとしているが、がっしりとした体型の挑戦者は、体を低くして接近戦に持ち込もうとしている。そして、いま、挑戦者のパンチが一発、二発とヒットし、一気に距離を詰めようとしているところだった。

チャンピオンは、右のフックで引っ掛けながら体を入れ替えようとした。そこに、下から飛び込むように挑戦者が突進してきた。

その瞬間、頭と頭がぶつかるガツッという嫌な音が場内に響き渡った。

バッティング！

黒いスーツ姿の女性が恐れていたことが起きてしまったのだ。挑戦者は無傷だったが、チャンピオンの右の眼の上から鮮血が流れ出てきた。

レフェリーが試合を中断し、リングサイドに待機しているドクターをリングの袖《そで》に上げた。

チャンピオンが歩み寄り、血の流れている顔をドクターに向けた。

場内は静まり返り、観客は不安そうに成り行きを見守っていたが、傷の深さを診《み》ていたドクターがレフェリーに大きくうなずくと、ホッとした空気が流れた。

試合続行が許可されたのだ。

レフェリーがリングの中央でファイトを命じると、挑戦者が一気に距離を詰めてきた。別にダウンを奪ったわけではないが、やはり血を流しはじめた相手を見ると、どんなボクサーでも、チャンスのように思えてしまうものなのだ。

チャンピオンは接触を避けるかのようにさらに速い足を使いはじめた。左のジャブを伸ばすだけだが、それが挑戦者の顔面にストレートのような威力で決まる。挑戦者はバタバタとしたベタ足で追い、チャンピオンは軽やかに円を描くように廻り込みながら、ジャブを放ちつづける。

それがしばらく続いたところでラウンド終了のゴングが鳴った。

チャンピオンが赤コーナーに戻って椅子に座ると、セコンドが飛び込むようにリングに入り、必死の勢いで止血を始めた。

だが、その治療を黙って受けているチャンピオンは冷静だった。

次のラウンドも、チャンピオンは足を使って挑戦者との距離を取りつづけた。何回か打ち合いはあったものの、そのまま眉の上の傷が大きく開くこともなく、ラウンド終了のゴングを聞いた。

チャンピオン側のセコンドも、このラウンドのインターバルは、落ち着いてリングに入った。

第六ラウンド開始のゴングが鳴った。

チャンピオンはリングの中央に出ていくとき、リングサイドに座っている黒いスーツ姿の女性の方に眼をやった。何かの許可を求めるような視線だった。女性は、それを受けて、軽くうなずいた。

チャンピオンは、前のラウンドまでの足を使ったボクシングから一転して挑戦者に圧力をかけるように前進しはじめた。そして、左から右のストレートの連打、アッパー気味の左のフック、そしてリードパンチを伴わない、いきなりの右のストレート、と多彩なパンチで挑戦者を翻弄《ほんろう》した。

二分が過ぎたとき、防戦一方だった挑戦者が大きなパンチを振るって反撃を開始した。しかし、チャンピオンにはほとんど当たらない。それでもさらに勢いよく左、右とフックを振るったそのとき、チャンピオンが軽く左を伸ばすと、それが意外にも強烈なカウンターとなって挑戦者の顔を正面から捉《とら》えることになった。挑戦者は背中から倒れていき、後頭部をキャンバスに打ちつける生々しい音が響いた。

だが、挑戦者はすぐに立ち上がると、まだ戦えるというところを見せるため、必死にファイティングポーズを取った。レフェリーはカウントをセブンまで数えてから、試合を再開した。

「ファイト！」

チャンピオンは朦朧《もうろう》としている挑戦者に襲いかかった。左右のフックの連打を浴びせ、最後に右で顔面にフックを放つと、挑戦者は横転するように倒れ、そのまま起き上がれなくなった。その姿を見て、レフェリーはカウントを数えることなく両手を大きく交差し、ノックアウトを宣した。

3

勝利のセレモニーが終わり、興奮が冷めやらない観客が声高にしゃべりながら会場から立ち去りはじめると、アルバイトらしい若い係員たちがせわしなく場内の清掃を始めた。

しかし、広岡は、天井を見上げて、椅子に座りつづけていた。

アメリカでボクシングの世界との関係を断ってから、膨大な時間が流れた。

そして、いま、かつての自分にとっての聖地だった後楽園ホールに戻ってきて、こうして座っている。それが自分の心を波立たせているのか。いや、心が波立っているのはそれだけが理由ではない……。

場内の客はすべて立ち去り、広岡ひとり椅子に座っている。清掃の係員は、そんな広岡の姿をチラチラと眺めているが、特に「早く帰ってくれ」と声をかけることもなく、床に落ちたパンフレットや飲み物の紙コップなどを拾っている。

そこに、誰かが階下の控室から続く階段を急ぎ足で昇ってきた。天井を見上げている広岡の眼の端に、その人が出口に続くホール脇の通路を歩きながらこちらを見ているらしい様子がチラリと捉えられた。

――何をしているのだろうと奇異に思っているのかもしれない。

広岡は苦笑するような思いで天井を見上げつづけていたが、しばらくすると、通り過ぎたはずのその人がまた引き返してきたのがわかった。そして、自分の顔に強い視線を当てている。

天井から下ろした視線をそちらの方に向けると、そこにはチャンピオン側のリングサイド席に座っていた黒いパンツスーツ姿の女性が立っていた。

次の瞬間、広岡は椅子から立ち上がって直立不動の姿勢になった。

広岡と眼が合うと、女性の口から、信じられないという響きを持った言葉が洩《も》れ出した。

「広岡……君？」

広岡が小さくうなずくと、女性は椅子席の下までゆっくり近寄ってきて、言った。

「帰ってきてたの?」

「ええ」

「いつ?」

「今日です。近くのホテルにチェックインしたら、偶然、この試合があったもんですから」

「日本には、何かの用で?」

女性が訊ねた。

「いや……」

広岡が曖昧《あいまい》に口を濁すと、すぐに質問を切り替えた。

「そう。でも、何年振り?」

「……四十年になります」

それを聞いて、女性はふっと遠い眼になって言った。

「じゃあ、あれから、一度も帰ってきてないのね」

「ええ……」

広岡はうなずき、短く応えた。

そこに通路から若者が走り込んできて、パンツスーツ姿の女性に向かって早口で告げた。

「会長、下で車が待ってます」

「いま行くから、少し待ってもらって」

はい、と返事をして若者がまた出口に向かって走り去ると、広岡が怪訝そうな口調でつぶやいた。

「会長……？」

すると、女性が苦笑に近い笑みを浮かべながら言った。

「そう。兄さんが逃げとおしてしまったから、わたしがあのジムを引き受けざるをえなかったの」

そこまで言ってから、途中で気がついたように付け加えた。

「父は、死んだのよ」

「ええ……申し訳ありません」

広岡が微《かす》かに頭を下げながら言うと、女性が不思議そうに訊ねた。

「何を謝ってるの？」

「会長が亡くなったとき、まったく不義理をしてしまって……」

「父が死んだのは知ってたの？」

「風の便りで」

すると、女性はいくらかからかうような口調で言った。

「風って、アメリカまで便りを運んでくれるのね」

広岡は、困惑した顔つきになり、口ごもるように言った。

「ええ……日本語新聞で読みました」

広岡は日本語新聞を購読していなかったが、日系人の経営する理髪店に置いてあったのだ。

「そうなの。訃報がアメリカの新聞にも出ていたの」

記事は、偉大な日系人トレーナーと二人三脚で日本有数のボクシングジムを育て上げたオーナーとしての扱いだった。広岡はそれによって、ジムの会長だけでなく、自分に初めてボクシングを教えてくれたトレーナーもすでに死んでいることを知ったのだった。

「葬儀にはとうてい間に合いませんでしたが、お悔やみの電報くらいは打てたのに、申し訳ありませんでした」

「いいのよ、そんなこと。父も望んでいなかったでしょう」

「……」

「父が広岡君に望んでいたのは……もう、いいわね、過ぎたことだから」

「申し訳ありません」

広岡が頭を下げる姿を見て、スーツ姿の女性は楽しそうな笑い声を上げて言った。

「本当に広岡君は変わらないのね」

広岡は困ったようにしばらく視線を下に向けていたが、やがて感慨深そうにつぶやいた。

「そうでしたか、お嬢さんがジムの会長に……」

すると、女性がまた笑いながら言った。

「お嬢さんはないわね。いくつになったと思ってるの」

「でも、やっぱり……」

「そういえば、広岡君って、私の名前を呼んだこと、一度もなかったわね」

「お嬢さんは、お嬢さんですから」

女性はそれには取り合わず訊ねた。

「日本にいつまでいるの」

「しばらくは……」

「そう。だったら、一度うちのジムに寄って。建て替えたから、驚くかもしれないけれど」

広岡はどう反応してよいかわからないというように曖昧にうなずいた。

「それじゃあ」

そう言い残して、女性は立ち去りかけたが、途中で不意に足を止め、振り返るようにして言った。

「手紙をくれなかったわね、一度も」

「………」

「わたしの手紙、届かなかった？」

「………」

「ハワイに行ったとき、父のところに残していった住所を訪ねたことがあったけど、もう西海岸に移ったあとだったわ」

日系人のプロモーターを頼ってまずハワイのホノルルで最初の試合をした。ところが、それにノックアウトで勝つと、相手のボクサーを連れてきていた西海岸の有力なプロモーターの眼に留まり、誘われてさらに海を渡ることになったのだ。

「そうでしたか……」

広岡が口の中でつぶやくように言うと、スーツ姿の女性がさっぱりとした口調で言った。

「失礼するわ」

女性が立ち去ると、広岡はふたたび椅子に座り、小さく息をついた。

そして、天井を見上げてからゆっくり眼を閉じた。

第二章　四天王

1

夕方、私鉄駅の改札口を出て駅前の商店街を眼にしたとき、広岡はやはり強い感情のうねりに見舞われた。電車に乗っているときからあるていど予期していないことはなかったが、これほど激しく自分の心が動かされるとは思っていなかった。

十九歳から二十六歳までの七年間、ほとんど毎日通っていた商店街だった。

すでに店の多くが馴染《なじ》みのないものに変わっている。

携帯電話を売る店、小綺麗《こぎれい》なケーキ屋、ドラッグストアー、牛丼屋……。

しかし、その中に、はっきり記憶している店も何軒か残っていた。和菓子屋、文房具屋、よく食べた中華の定食屋もまだあった。

その商店街を学校帰りの高校生や買物袋を手にした女性たちが歩いている。これはロサンゼルスにはない風景だな、と広岡は思った。ロサンゼルスにはというより、アメリカにはない風景であり、もしかしたら他のどんな国にもない風景なのかもしれない。駅前の狭い通りにさまざまな小さな商店が密集し、そこだけで生活に必要なほとんどすべてが揃《そろ》ってしまう。

しばらく商店街の奥に向かって歩いていくと、三階に「真拳《しんけん》ジム」という看板が掛かっている建物が見えてきた。

以前のジムは古い二階家で、戦後すぐに建てられた木造建築のため、かなり傷んでいた。ジムの中に設置されたリングもくたびれていれば、磨き込まれた木の床もロープ・スキッピング、縄跳びをするたびにギシギシと音を立てていた。だが、ロサンゼルスに行き、ジムのことを思い出すたびに甦《よみがえ》ってきたのは、通りに面した窓から木の床に差し込んでくる西日と、近くの線路を走る電車の音だった。

そのジムが、五階建ての本格的なビルになっている。一階と二階は飲食店が入るフロアーになっているらしく、いくつかの店舗名が記された看板が別に出ている。四階と五階には学習塾と会計事務所が入っていた。

広岡は洒落《しやれ》た洋食屋の横の入り口から建物の奥に入り、小さなエレベーターに乗って上がっていった。

三階でエレベーターを降りると、眼の前は全面が素通しのガラス張りで、その奥にあるジムがよく見えるようになっている。扉もガラスで、そこに「真拳ジム」と大きく書かれている。

ジムの正式の名は「真田拳闘倶楽部《クラブ》」という。真田はサナダと読ませるが、いつの間にか略して真拳と呼ばれるようになっていた。シンケン、シンケンと。しかし、それは通称で、正式名はあくまでも、真田拳闘倶楽部であり、ジムの練習生もプロになったボクサーも、先代の会長からそう名乗ることを命じられていた。アマチュア時代、オリンピックに出場したことがあることを誇りにしていたジムの会長が、略称を好まなかったからだ。もし先代の会長が健在なら、「真拳ジム」と記すことを許さなかったにちがいない。

広岡は、ガラスの扉を引き開け、ジムの中に足を踏み入れた。

当然のことだったが、ジムの内部のレイアウトはすっかり変わっていた。リングのある位置も違っていれば、サンドバッグの本数も多くなっている。昔は一面だった鏡も、出入り口と窓の壁面を除く、二面に貼りめぐらされている。

入り口に立ったまま珍しそうにジムの中を見まわしていると、その広岡の姿に気がついたトレーナー風の男性が、扉の横にある事務室の中から訊《たず》ねてきた。

「何かご用事でしょうか」

「会長は？」

広岡があらためてジムの内部を見まわしながら訊ねると、男性が言った。

「用事を済ませてから来るんで、六時過ぎになるそうです」

「そう。じゃあ、ここで待たせてもらうけど、いいかな」

すると、男性は、事務室から出てきて丁重な口調で言った。

「もしお急ぎでしたら、携帯に連絡しますけど」

広岡は軽く手を振って断った。

「いや、急ぐようなことじゃない」

トレーナー風の男性は、スリッパを出しながら言った。

「どうぞ」

「ありがとう」

広岡は礼を言い、そこで靴からスリッパに履《は》き替えた。

さらに男性は、壁に立て掛けられていたパイプ椅子《いす》を座れるように広げると、広岡に勧めた。

「ありがとう」

広岡はまた礼を言ったが、しかし、それには座らず立ったままジムの中に視線を向けた。

リングの中では二人のボクサーが自分の体を鏡に映しながらシャドー・ボクシングをしており、三人がサンドバッグを叩《たた》いていた。その横の空間ではロープ・スキッピングをしたり、マットの上で体をほぐしていたりする若者たちがいる。

広岡が彼らの動きを眺めているうちにも、徐々に練習をする人数が増えてきた。

驚かされたのは、その中に複数の女性がいることだった。

アメリカで女性のボクシング人口が増えつつあることは聞いていたが、日本で女性が男性に混じって練習をしている姿を見るのは初めてだった。

女性たちの動きには、単にエクササイズのためのトレーニングという域を超えた激しいものがある。

やがて、そのひとりは、トレーナーを相手に、リングの中でミット打ちを始めた。

しかも、顔面へのワン・ツーのフックから左のボディー・ブローを打つ練習を繰り返している。とりわけボディー・ブローは腰の入ったいい打ち方をしている。

広岡が、その女性のシャープな動きに眼を奪われていると、不意に背後から声をかけられた。

「来てくれたの」

広岡は振り向き、そこに先夜とは色違いのグレイのパンツスーツを着た女性が立っているのを見て、言った。

「あっ、お嬢さん！」

広岡の声は、ちょうど一ラウンドごとの練習時間を刻んでいるタイマーが、インターバルの一分に入ったことを告げるブザーを鳴らし、皆がそれぞれのトレーニングの動きを止めて静かになったジムの中に響き渡った。

そして、その「お嬢さん」という言葉を耳にした若者たちの何人かが、驚いたように広岡とパンツスーツ姿の女性の方に視線を向けた。

それを見た女性が苦笑しながら広岡に向かって言った。

「お嬢さんはやめて。ジムの子たちがみんな卒倒しそうな顔をしてるじゃない」

「でも……」

「令子といううれっきとした名前があるんだから、名前で呼んで」

「ええ……」

広岡は曖昧《あいまい》に返事をしたあとで、その話題から離れようとするかのようにジムを見まわしながら言った。

「綺麗になりましたね」

「ありがとう。でも、古くからの街の人には、通りからジムの中の練習風景が見えた時代が懐かしいと言われるわ」

「…………」

「ボクシングだけではジムが維持できない時代になってしまったの。うちなんか、維持どころかむしろ持ち出しになっているくらいでね。収入のほとんどはこのビルのテナントの家賃収入に頼っているの」

令子の話を黙って聞いていた広岡が、ずっと気になっていたことを訊ねるというように口を開いた。

「後楽園ホールで、よく自分が座っているとわかりましたね」

「ちっとも変わってないから」

「いや、齢《とし》を取りました」

広岡が言うと、令子はうなずきながら言った。

「確かにそうかもしれないわね。でも、その髪形だけは同じだったの」

なるほど、そうだったのか。広岡が苦笑すると、令子が言った。

「いまどき、職人さんでもそういう髪形をしている人は少ないわ。アメリカでもそんなふうに刈ってくれる床屋さんがいるの？」

「ええ、日本人街の日系の方にずっとやってもらっていたもんですから」

「後楽園ホールの椅子席にポツンと座っている人がいるのを見たとき、あれっと思ったの。でも、そんなことがあるはずもないでしょ。だから、一度は通り過ぎたんだけど、気になって引き返したの。そして、見たら、やっぱり広岡君だった」

「そうでしたか……」

そこに事務室からトレーナー風の男性が近づいてきた。そして、広岡に軽く会釈すると、令子に向かって言った。

「会長、お話し中ですけど、いいですか」

「いいわよ」

「松原ジムの会長からマッチメークの相談がしたいという連絡がありました。あそこの飯島に、うちの丸山をぶつけたいそうです」

「どう思う?」

令子が訊ねた。

「いいんじゃないですか。ちょっと冒険ですけど、飯島に勝てば、ランキングが上がりますし」

「わかった。あとで、松原さんに電話しておくわ」

「お願いします」

それだけ言うと男性は二人から離れていきかかったが、令子が引き留めた。

「あっ、ちょっと待って」

そして、広岡を手で示すようにして言った。

「こちらは広岡さん、あなたたちの大先輩よ」

さらに令子は、広岡にその男性を紹介するように言った。

「彼はトレーナーの郡司《ぐんじ》君。選手を引退してから、もうずいぶん長くマネージメント関係のあれやこれやの手伝いをしてもらっているの」

その郡司は、令子の紹介が終わると、広岡の顔を見ながら言った。

「広岡……仁一さんですか？」

「よく名前まで知ってたわね！」

広岡がうなずく前に、令子がびっくりしたような声を上げた。

「亡くなった会長の口から頻繁に出ていた名前ですから」

郡司は、「亡くなった会長」という言葉に、どこか懐かしげな響きを滲《にじ》ませながら言った。

「そうね。酔うと、いつも言ってたわね」

令子もふっと柔らかい表情になって言った。

広岡が知っている真田は酒を飲んでもほとんど酔わなかったが、晩年はかなり弱くなっていたのかもしれない。

「ええ。我が真田拳闘倶楽部にも黄金時代があった。四天王がいたって。広岡仁一、藤原次郎、佐瀬《させ》健三、星弘。みんな強かったのに、どうして世界に届かなかったんだろうって……。あっ、失礼しました」

郡司が慌てて広岡に頭を下げた。

「いや……」

広岡が口の中で小さく言うと、令子が微《かす》かに首をかしげるような仕草をしながらつぶやいた。

「ほんとに、わたしも不思議だったわ。誰が世界チャンピオンになってもよかったはずなのにね」

藤原次郎と佐瀬健三と星弘の三人は、広岡と同じ時期に真拳ジムでトレーニングを積んでいた仲間だった。ほとんど同じ年頃ということもあって、もつれるように一緒に生きてきた。広岡がアメリカに向かうとき、羽田空港まで見送りに来てくれたのも彼ら三人だった。

そのときも、口に出して言う者はなかったが、四人の中のひとりくらいは世界チャンピオンになれると思っていた。自分こそなれるはずだという自負もなくはなかったが、他の誰かがなれればそれでもいいと思うようなところもあった。あるいは、それが四人の甘さだったのかもしれない……。

ほんのしばらくだったが、広岡と令子と郡司の三人は、それぞれの思いの中に入ってしまったかのように黙り込んだ。

広岡がためらいながら令子に訊《き》いた。

「あいつら……いま、どうしてます？」

「さあ……」

そう言ってから、令子は少し怒ったような口調で付け加えた。

「わたしがこのジムを引き受けたとき、過去のＯＢの名簿を作ろうとしたんだけど、行方のわからない人が多くて困ったわ。特にあなたたち四人は全員わからなかった。住所が変わっても、連絡してくるような人たちじゃないものね、あなたたちは」

「すみません」

広岡は頭を下げた。

「でも、広岡君も知らないの？」

「ええ。アメリカに渡ってからは、まったく連絡を取ってないんです」

「あんなに仲がよかったのに」

「………」

「珍しいわよね、ボクサー同士があんなに仲がよかったなんて」

「たまたまみんな属するクラスが違ってたからじゃないですかね」

「広岡君がウェルター級で藤原君がライト級……」

「佐瀬がバンタムで星がフェザー」

「ほんとに、誰が世界を取ったってよかったのにね……」

「あいつらの住所、どうしたらわかりますかね」

「さあ……」

　すると、それまで二人のやりとりを黙って聞いていた郡司が、遠慮気味に口を挟《はさ》んだ。

「あの……」

「なに？」

「藤原さんは、わかりますけど」

「あっ、そうだったわね」

「どこにいます、藤原は」

「わからないけど……調べればわかるはずなの」

　言っていることの意味がわからず、広岡は令子の顔を見た。

「藤原君は……刑務所に入ってるの。どこの刑務所だかわからないけど」

「刑務所？」

　広岡は思わず声を上げてしまった。

「傷害事件を起こしてね」

「藤原が、傷害事件？」

「藤原君が喧嘩《けんか》をして相手に傷を負わせてしまったの。藤原君はずいぶん我慢したらしいけど、どうしても我慢ができなくなって手を出してしまった……」

「あいつが……そうでしたか」

「前にも一度それに似たことがあったらしくて前科がついていたものだから、今度は裁判所も厳しくてね」

「どのくらいの刑期になったんですか」

「どうだったかしら」

令子がトレーナーの郡司に訊いた。

「二年です」

「二年……」

「それでも、うちの顧問弁護士に頼めば示談で済んだかもしれないんだけど、藤原君がジムに迷惑はかけたくない、顧問弁護士なんて御免だと言って、さっさと国選の弁護士に決めてしまったものだから……」

郡司がその言葉を引き取るようにして、広岡に言った。

「その弁護士の先生の連絡先は控えてありますから、問い合わせればどこの刑務所に入っているかわかると思います」

「そうですか。もしわかったら……」

「広岡君は、まだホテル？」

令子が訊いた。

「ええ」

「じゃあ、二、三日したら、ここに電話して」

令子が事務室に入り、手にしたジムのカードを渡そうとすると、広岡が言った。

「いや、電話番号はわかります。さっき一階の郵便受けのところで見ましたけど、以前と変わってないんですね」

「そう、そうなの、昔の番号に3がついただけだから。でも、昔の番号をよく覚えていたわね」

「忘れていませんでした……」

小さくつぶやいてから広岡が言った。

「そろそろ、失礼します」

2

広岡はジムのある三階からエレベーターで降り、商店街に出た。

外はすっかり暗くなり、立ち並ぶ商店の照明が輝きを増している。

広岡は駅の方に歩きはじめて、ふと、立ち止まった。そして、何かを考えるようにしばらく地面に眼をやっていたが、やがて踵《きびす》を返すと、駅とは反対の、商店街の奥の方に向かって歩き出した。

そのはずれに近いところに、街の小さな不動産屋があった。

広岡はその前で立ち止まると、しばらく店の外観を眺めていたが、ガラス戸に貼ってある物件案内に眼を通しはじめた。

戸建ての家やマンションの売り物件の横に、賃貸の物件が記されたビラが貼られている。昔の不動産屋の店頭には、和紙のような紙に筆で書いた物件情報が無数に貼られていたものだった。中には赤い墨汁で二重丸がつけられ、「掘出物」などという文字が添えられたりもしていた。

しかし、いまは、プリンターで印刷されたかのようなツルツルした用紙に建物の外観や部屋の内部の写真まで載ったものが小綺麗に貼られている。

それでも、その物件案内からはあまり具体的なイメージが湧いてこない。

以前は「アパート」とか「貸間」とか書いたものが多かったが、眼の前に貼られているのは「ワンルーム」とか「2LDK」とか「メゾネット」などと表記されているものばかりだ。

広岡はしばらく眺めていたが、意を決したようにガラス戸を引き開けて店の中に入った。

狭い店内には、手前のデスクに若い女性の事務員が座っており、奥には店主らしい中年の男が座っている。

その店主はいくらか太り気味の体つきをしている。広岡が知っているかつての店主は痩せぎすだったが、顔立ちが似ているように思えなくもない。もしかしたら代が替わったということなのかもしれない、と広岡は思った。

不動産屋の店主は、入ってきた客が年齢のいったジャンパー姿の男なのを見て露骨に嫌な顔をしたが、若い女性の事務員は明るく迎え入れた。

「いらっしゃいませ」

そして、さらにこう声をかけた。

「賃貸の部屋をお探しですか」

店の中から、広岡が眼を通していた物件が賃貸のところだというのを見ていたようだった。

広岡が黙ってうなずくと、女性の事務員は壁際の簡易な応接セットのソファーを手で示しながら言った。

「どうぞ、そこにおかけください」

広岡は勧められるままソファーに腰を下ろした。

「ご家族は何人ですか？」

前に座った女性の事務員が訊ねた。

「家族？」

何を言われているかわからず、広岡は訊き返した。

「同居なさる方は何人ですか」

「ああ、ひとりです。自分だけです」

「そうですか。どんなお部屋がよろしいんですか」

「どんな……」

広岡はまた戸惑ったようにつぶやいた。

すると、女性の事務員はやさしい口調で言い換えた。

「部屋の間取りとか……」

「ああ、そういうことですか」

広岡は軽くうなずくと言った。

「自分ひとりが普通に暮らせれば、別に広さはどうでも……」

「そうですか。では、家賃のご予算はいくらくらいですか？」

広岡は、自分が、東京での住まいについて何も考えていなかったことにあらためて気づかされた。

「そうですね……それもいくらでもいいんだが……」

すると、奥で、そのやりとりを聞いていた店主が割って入るように言った。

「いまはどんなとこに住んでるの」

店主の言い方にはいくらか見下すようなところがあったが、広岡は斜め後ろを振り向きながら静かに答えた。

「ホテルですけど」

「ホテル？　ホテルに住んでるの？」

そこには信じられないというような響きがあった。

しかし、店主はすぐに納得したようにひとりでうなずくと言った。

「ああ、そう。カプセルホテルかなんかに泊まってるわけね」

「カプセルホテル？」

広岡が訊き返した。すぐには具体的なイメージが湧いてこなかったからだ。

「それとも、どこかの簡易宿泊所？」

広岡にも、それがドヤ街のカイコ棚のようなベッドを意味するのだということがわかった。

面倒だったので、広岡は曖昧に返事をした。

「ええ、まあ……いちおうホテルはホテルですけど」

店主がさらにずけずけと訊ねた。

「どうして、そんなとこにいるの？」

「いままで、東京を離れていたもんでね」

「どこに住んでたの」

「ちょっと遠くに……」

広岡が漠然とした答え方をすると、店主が疑わしそうに畳みかけてきた。

「言えないようなところなの」

「いや……」

広岡がどう説明しようか迷っていると、先に店主が言った。

「保証人はいる？」

「保証人？」

広岡は、ようやく、以前日本で部屋を借りていた過去のことを思い出しはじめていた。

そういえば、部屋を借りるときは確かに保証人というものを求められていた。

「ひとり暮らしの老人は、特にしっかりした保証人がいないと、どこの大家も貸したがらなくてね。それでなくても、寝込まれたり、死なれたりして、面倒なことになるんでね」

店主の口調にはいかにも帰ってくれと言わんばかりのものが含まれていた。

「それなら……」

広岡が椅子から立ち上がりかけると、そのやりとりを黙って聞いていた女性の事務員が、手にしたファイルブックを開きながら、押しとどめるように明るく言った。

「これなんかどうですか」

それは、店主の言葉を軽く受け流すような、ごくさりげない口調だった。

「二階建てのアパートの一階ですけど、フローリングの台所が別になった、とても日当たりのいい部屋ですよ」

広岡がソファーに座り直すと、店主が顔をしかめながら言った。

「カナちゃん、あそここそ、ちゃんとした保証人がいないと……」

しかし、女性の事務員は、それを柔らかく遮《さえぎ》るようにうなずきながら広岡に説明しつづけた。

「まわりも静かで、とても住みやすいと評判で……」

「カナちゃん！」

店主が声を荒らげると、広岡が女性の事務員に言った。

「すみませんが、電話を貸してもらえませんか」

それを聞いて、店主が嫌みのように言った。

「携帯、持ってないの？」

「ええ。でも、都内ですから」

女性の事務員は、店主の相手にならず、自分のデスクから電話の子機を持ってくると、通話ボタンを押して広岡に手渡した。

広岡は番号をプッシュし、相手が出ると言った。

「もしもし、広岡ですけど、会長はいらっしゃいますか」

それを聞いて、広岡の斜め後ろのデスクに座っている店主が慌てた様子で女性の事務員に向かって首を振った。そして、顔をしかめながら頰《ほお》に人差し指で傷をつける仕草をすると、声を出さずに「ダメ、ダメ」というように口を動かした。

その慌てふためいた店主の姿が、壁に貼られている鏡で広岡にもよく見えた。どうやらヤクザと間違われてしまったものらしい。広岡は面白くなり、さらに会長という言葉を続けざまに口にした。

「あっ、会長。広岡です。いま不動産屋にいて、部屋を借りようとしているんですけど、保証人というのが必要らしくて、会長にお願いできないかと思って……ええ、会長が保証人になってくださったら、断るはずがないと……はい、わかりました」

広岡は女性の事務員に向かって子機を差し出しながら言った。

「代わってもらえますか」

広岡から電話の子機を受け取った女性の事務員も、いくらか恐る恐るというように声を出した。

「あの……こちら、進藤不動産と申しますが……ええ、そうです……ああ、そうですか……はい、わかりました」

そして、女性の事務員は、しばらく下を向き、笑いを噛《か》み殺すと、店主に子機を差し出しながらことさら脅《おび》えたような声を出して言った。

「社長に出てくださいって」

店主は「ダメ、ダメ」と声を出さないように口を動かし、さかんに手を横に振りつづけていたが、ついに仕方なく子機を受け取って、電話に出た。

「こちら進藤……あっ、これは失礼しました、真拳ジムの真田さんでしたか……いつも、いつも、お世話になっております。あの……そちらの一階の奥のテナントはいつ空くんですかね……どうしても借りたいというお客さんがいらっしゃいましてね……ええ？……はあ、この方……いえ、真田さんが保証人なら、誰も文句は言いません……わかりました……はい、間違いなく」

女性の事務員が「やれやれ」というように軽く肩をすくめると、広岡に笑顔を向けて言った。

「これが間取り図です」

広岡はそれをろくに見ずに言った。

「そこに決めましょう」

「部屋を見なくてもいいんですか」

女性の事務員がびっくりしたような声を上げた。

「君が勧めてくれる部屋なら間違いない」

急に心配になったらしく、店主があいだに入って言った。

「やっぱり、部屋を見てから決めた方がいいんじゃないの」

「わたしもそう思います。今夜は少し遅すぎるので……もし明日の昼間に時間があったら、もう一度いらしていただけませんか。車でご案内しますから。昼間だと部屋の明るさもよくわかりますしね」

広岡は、女性の事務員の言葉に素直に従うことにした。

「わかりました」

そう言って広岡が立ち上がりかけると、女性の事務員が少し慌てて言った。

「あの、もうしばらくよろしいですか」

広岡は浮かしかけた腰を下ろし、女性の事務員を見た。

「用紙にお名前と連絡先だけでも残しておいていただけるとありがたいんですけど」

女性の事務員は立ち上がり、デスクの上に載っていたクリップボードとボールペンを持ってきて、広岡に差し出した。

広岡はボールペンを手にすると、クリップボードに挟んである用紙の名前の欄に「広岡仁一」と書き入れた。しかし、連絡先をどこに書いていいかわからず、考えていると、女性の事務員が勘よく先まわりして言った。

「現住所の欄に、ホテルの名前と電話番号だけ書いていただければ……」

広岡はジャンパーのポケットに入れてある宿泊カードを取り出し、ホテルの名前とルームナンバーと電話番号を書き入れた。

それを見て、女性の事務員が言った。

「わぁー、素敵。東京ドームのホテルに泊まってらっしゃるんですね。東京ドームのホテルって、東京ドームの中にあるんですか？」

広岡が少し頬をゆるめながら言った。

「いや、さすがにその中にはないんだよ」

「そうですか、あっちの方にはぜんぜん行かないもので知らないんです」

女性の事務員が恥ずかしそうに言った。

「自分も泊まったのは初めてでね」

そして、広岡は思っていた。確かに、多摩川に近いこのあたりの住人にとっては、水道橋というのは遠い彼方《かなた》という感じがするのだろうな、と。それは、若いときの自分の感覚でもあった。後楽園ホールで試合をしたり、体重の計量をしたりすることがなければ、水道橋は自分にとってもほとんど縁のない駅だったかもしれない。

「ホテルで暮らすって、どんな感じなんですか」

女性の事務員が興味深そうに訊ねた。

「そう……」

ホテルで暮らすことと、ロサンゼルスのコンドミニアムで暮らすことに、何かの違いがあっただろうか。どちらも無機質な空間であることには変わりない。ロサンゼルスの部屋からは海が見え、海の音が聞こえたが、ただそれだけだ。

「たいして変わらないかもしれないな」

「一度ホテルで暮らしてみたいですね」

そう言ってから、女性の事務員は悪戯《いたずら》っぽい表情を浮かべて訊ねてきた。

「そこではベッドの中で朝食なんて食べられるんですか」

「食べられるかもしれないけど、食事はテーブルでしたいな」

「でも、アメリカの映画の中によく出てくるじゃないですか。朝、女の人がベッドに小さなテーブルを運び込んでもらって食事をするというシーンが。一度わたしもやってみたくて」

広岡は笑いながら立ち上がると、ジーンズのポケットから十円玉を取り出し、応接セットのテーブルの上に置いた。

意味がわからず女性の事務員が広岡の顔を見た。

「電話代」

「あっ、そんな、結構ですから……」

しかし、その言葉を背に、広岡はガラス戸を引き開け、外に出ていた。

3

翌日の午後、広岡は真拳ジムのある私鉄駅で降り、そこから真っすぐ延びている商店街を歩きはじめた。

午後も早い時間帯のせいか夕方ほどの人通りはない。

あらためて両側に続く店舗を眺めていくと、多くが建て替えられて新しくなっている。建て替えられていないまでも、ほとんどが店構えを一新している。そのため、商売替えをしていても、そこがかつてどんな商売をしていた店だったのか思い出せないところが少なくない。

真拳ジムの前を通り過ぎ、しばらく歩いて目的の不動産屋に着いた。ガラス戸を引いて中に入っていくと、若い女性の事務員が明るい声を上げた。

「いらっしゃいませ！」

奥に座っている店主は、デスクにのっている週刊誌から顔を上げないまま、上目使いに広岡を見た。前夜ほど露骨に嫌な顔はしなかったが、さほど歓迎しているという表情も見せないまま、ふたたび週刊誌に眼を落とした。

「部屋を見せてもらえますか」

広岡が言うと、女性の事務員が椅子から立ち上がりながら言った。

「お待ちしてました」

そして、壁際の書類棚の上に置いてあるスチール製の引き出しを開け、鍵の束を手にすると、店主に向かって言った。

「それじゃあ、行ってきます」

店主は週刊誌に眼を落としたまま、意味不明の生返事をした。

「ホーイ」

女性の事務員は、鍵の束を自分のデスクの上に置いてあるポーチに入れ、広岡の方を向いて笑いかけた。

「準備完了。さあ、行きましょう」

出入り口のガラス戸の近くの壁には、各種の鍵が掛かったボードが打ちつけられている。女性の事務員は、そこの「車」という小さなプレートが貼られているフックから鍵を取り、店を出た。

店の横には屋根だけの車庫があり、そこに白い軽乗用車が停まっている。女性の事務員は、手にした鍵のアンロック・ボタンを押して開錠した。

「広岡さんには狭いかもしれませんけど、後ろにどうぞ」

「ありがとう」

そう言いながら、広岡は体を縮めるようにして後部座席に乗り込んだ。

女性の事務員は慣れた手つきで車を発進させると、狭い車庫から上手に商店街の通りに出した。

すぐに商店街は途切れ、住宅街の道路に入った。

「これから行く部屋は、駅から少し歩くことになります」

ハンドルを握り、前を向いたまま、女性の事務員が言った。

「そうですか」

広岡が言うと、女性の事務員が付け加えた。

「十五分……十七、八分くらいかな」

「いい運動になる」

広岡が笑いを含んだ声で言うと、女性の事務員もつられて笑いながら言った。

「そうですね。ウォーキングは健康の基本ですから」

「歩くのは嫌いじゃない。前に住んでいたところでもよく歩いていたから」

アメリカで住んでいたコンドミニアムはビーチ沿いにあったが、毎朝、車でロサンゼルスのダウンタウンにあるオフィスに向かう前の一時間を散歩に充《あ》てていたものだった。

「以前はどこに住んでらしたんですか」

女性の事務員が訊ねた。

「アメリカ」

それを聞くと、女性の事務員はハンドルを握ったまま後ろを振り返りそうな勢いで声を上げた。

「アメリカ！　アメリカって、あの外国のアメリカですか？」

「そう、外国のアメリカ」

広岡が笑いながら言った。

「昨日の晩、広岡さんがおっしゃっていた、ちょっと遠くにって、アメリカのことだったんですか？」

「そう」

「いつまで、住んでらしたんですか？」

「ついこのあいだまで」

「ほんとですか！」

「日本に帰ってきても、住むところがなくてね。それで、こうして部屋を探しているというわけなんだ」

「アメリカでは、どんなお仕事をしてたんですか」

「そう……ホテル……」

そこまで広岡が言いかけると、女性の事務員が今度は本当に後ろを振り返って言った。

「わあ、ホテルにお勤めだったんですか」

「うん……まあ……それより、前を向いて運転した方がいいかもしれないな」

広岡が冗談めかして言うと、女性の事務員は小さく舌を出して謝った。

「すいません」

そして、前を向いて運転しながら、羨《うらや》ましそうに言った。

「いいなあ……アメリカのホテルで働くなんて」

そこには素朴な憧《あこが》れが含まれているようだった。まだアメリカに憧れを抱いている若者が存在しているということが広岡には新鮮だった。

「こちらでもホテルのお仕事を?」

「いや、何も決めないまま帰ってきてしまったんでね」

「アメリカにはどのくらいいらしたんですか」

「四十年……」

「そんなに長く!」

女性の事務員はそう言ってから、バックミラーでチラッと広岡の顔を見ながら訊ねた。

「どうして、日本に帰っていらっしゃることになったんですか」

「どうして……」

そう言って、広岡は窓の外に眼をやった。そして、しばらくして、つぶやくように言った。

「ふと、帰ろうと思ってしまったんだよ」

「そうですか……」

それ以上は踏み込んではならないと判断したらしく、女性の事務員はそこで訊ねるのを止《や》めた。

しかし、少しすると、我慢しきれなくなったらしく、また質問を始めた。

「真拳ジムの真田会長とはどういうお知り合いなんですか。会長は今朝も電話を掛けてきてくださって」

「電話を？」

「ええ、広岡さんのことをよろしく頼むって」

「そう……昔、真拳ジムで練習していたことがあってね」

「広岡さん、ボクサーだったんですか」

「うん、そうなんだ」

「見えません」

運転していた女性の事務員が言った。

「見えない？」

広岡が訊き返した。

「ボクサーには見えません」

「何に見える」

興味を覚えて広岡が訊ねた。

「なんとなく……大工さんとかそういうお仕事の方かなって」

「それはいいね。大工か」

「わたしの知り合いの大工さんになんとなく似てたもんですから」

「やっぱり、この頭かな」

広岡が右手で頭髪に軽く触れながら言った。

「それだけじゃなくて、なんとなく全体の感じが……」

大工というのは意表をつかれる職種だった。しかし、自分は、毎日コツコツと同じことをするのが決して嫌いではないことをアメリカに行って知った。もしかしたら、職人のような仕事に向いていたのかもしれない……。

「広岡さんは、強いボクサーだったんですか」

「そう……どうだったろう……」

広岡が、また意外な質問に、どう答えたらいいか考えていると、女性の事務員が声を上げた。

「あっ、すいません。いつも社長に怒られるんです。おしゃべりの知りたがり屋だって」

「いや、いいんだ」

そして、広岡は考えながらひとことずつ口に出した。

「強かったか、弱かったか……そう、中途半端に強かった」

「中途半端に？」

「本当には強くなかった」

「本当には……」

「だから、ボクシングをやめたんだ」

「そうだったんですか……」

女性の事務員は広岡の言葉の意味を考えるようにつぶやいた。

しばらく運転に集中していた女性の事務員が、また口を開いた。

「広岡さんは長男ですか」

「違うけど、どうして？」

「名前は仁一ですよね」

「ああ、そうか。確かに名前に一は入っているけど、三男なんだ」

「珍しいですね」

「そうかもしれない」

「広岡さんは三人兄弟なんですか」

「うーん……」

広岡はそこで迷った。話せば長くなる。しかし、この女性の事務員にはていねいに説明してみたいと思わせるところがあった。

「里見八犬伝というのは知ってる？」

「何かで聞いたような記憶はありますけど」

「江戸時代の小説なんだけど、そこにお姫様が持っていた数珠《じゅず》というのが出てくるんだ。お姫様は事情があって洞窟で自分を愛してしまった屈強な犬と暮らしている。そこに、お姫様を犬の手から奪い返したいという若い武将が現れる。うまい具合に犬を鉄砲で撃ち殺すことができたけど、お姫様にも瀕死《ひんし》の傷を負わせてしまう。犬の子を宿しているのではないかと疑われていたお姫様は、死を前にして自ら腹を切ってそれが誤解であったことを証明する。そのとき、お姫様の持っていた数珠の八つの珠が空に飛び散って、各地で生まれてこようとしている八人の子供たちのもとに運ばれる。その八人によって、滅亡したお姫様の家が再興される、というのがストーリーでね」

そこまで広岡が話すと、女性の事務員が言葉を挟んだ。

「それって、ホラーなんですか、ファンタジーなんですか」

広岡はその質問にまた戸惑った。

「さあ、ホラーといってもいいし、ファンタジーといってもいいかもしれないけど
……」

広岡が困惑したようにつぶやくと、女性の事務員が訊ねた。

「それで、そのお姫様の持っていた数珠と広岡さんのご兄弟とどういう関係があるんですか」

「ああ、そうだったね。その数珠の八つの珠にはそれぞれひとつの文字が記されていて、仁、義、礼、智、忠、信、孝、悌《てい》と書いてある。自分の父親は九州の片田舎で印刷屋をしていたんだけど、昔気質《かたぎ》の古いタイプの男でね。御国のために八人の息子を持って、その子たちに里見八犬伝に出てくる文字で名前を付けたいと思ったらしい。まったく、おふくろにはいい迷惑だったろうけどね」

広岡が苦笑して話を中断すると、女性の事務員はハンドルを握り前を向いたまま、先をうながすように大きくうなずいた。

「そこで、初めて生まれた男の子に忠とつけた。戦前のことだったから、御国のために忠義を尽くしてくれるようにということだったんだろうな。次に出征中に生まれた次男

に孝とつけた。もし自分が戦死するようなことがあったら、残された妻に孝行をしてほしいという願いがこめられていたのかもしれない。だけど、この次男は病気で二歳にならないうちに死んでしまった。そして、戦後、中国の戦地から帰ってきた翌年に生まれた三男に仁の名を当てることにした。忠と孝はタダシとタカシと読ませていたから、それと同じ伝でいけば仁はヒトシとなるはずなのに、なぜかそこに一を加えて仁一とした。長男でもないのにおかしいと周囲は反対したらしいんだけど、親父は一をつけるといってきかなかった。それで三男なのに仁一という妙なことになってしまったんだ」

「でも、いいですね。仁一。素敵な名前だと思います」

女性の事務員が単なるお世辞とは思えない口調で言ったが、広岡は自分がいつになく饒舌《じょうぜつ》になっているのに驚いていた。

広岡は、日本に帰ってきて以来、ほとんど会話らしい会話をしていなかった。ホテルや外の食堂で食事をオーダーするときを除くと、誰とも言葉を交わさないという日さえある。それが、この不動産屋の女性の事務員とは不思議なほど会話が続く。あるいは、借り主がどういう人物なのか知っておこうという、商売上の一種のインタビューなのかもしれないが、それ以上の熱意のようなものが感じられる。

たぶん、それはこの女性が本来持っている、相手のことをよく知りたいという素朴な好奇心によるものなのだろう。その明るい好奇心が心地よく会話をリードし、つなげていってくれている。広岡は、車の運転をしている女性の事務員に興味を覚えた。

「君は？」

「はあ？」

「君の名前は」

「ああ、カナコ、ドイカナコです」

「どういう字を書くの」

「ドイは土の井戸。名前のカナコは、にんべんに土ふたつの佳に、菜っぱの菜と、子供の子で、土井佳菜子です」

「いい名前だね」

「ありがとうございます。でも、名前に土が三つも入っているんです。すごく泥臭いですよね」

そこで土井佳菜子はクスッと笑った。

「そんなことはないよ。佳菜子というのは字も美しいし、響きもいい」

「そうですか。広岡さんにそんなふうに言われると、なんだか本当にいい名前のように思えてきます」

佳菜子が嬉《うれ》しそうに言った。

4

車は、ところどころに小さな畑が残っているエリアに入り、やがて長い塀に囲まれた大きな家の前を通過した。

「ここが大家さんの家です。ここ一帯の土地を持っている大地主さんです」

そして、佳菜子はそこから百メートルほど離れたところで車を停めて言った。

「着きました。ここです」

そこには、一階と二階に四部屋ずつ、計八部屋のアパートが建っていた。建物の周囲にはゆったりした空き地がある。

「一方通行があるんで遠まわりしましたけど、歩くときは最短コースで来られますからもっと近い感じがすると思います」

佳菜子はそう言いながら建物の脇にある空き地に車を入れた。

「少し古いんですけど、建物はしっかりしていると思います」

そして、一番奥にある一階の部屋の玄関前に立つと、ポーチから鍵の束を出し、そのひとつで扉を開けた。

「どうぞ、上がってください。靴下のままでも大丈夫です。部屋のクリーニングに入ってもらったばかりで綺麗ですから」

広岡が靴を脱いで上がると、佳菜子がその靴を揃えてから部屋に上がって説明を始めた。

「ここは四畳半のフローリングのダイニング・キッチン。あちらは六畳の和室。お風呂はユニットバスですけど、こういうアパートには珍しく、少し広めです。広岡さんのような体格の方でも狭く感じないかもしれません」

外見の古さに比べて、内部は明るく感じられる。

「それに、この六畳の部屋の南側に物干し用のベランダがついているんです。いまどきこんなに広いベランダがついているアパートはありません」

ガラス戸を開けると、確かにそこはウッドデッキ風のベランダになっていた。

「ありがとう。もうけっこう」

佳菜子が戸惑ったような表情を浮かべて言った。

「お気に召しませんか」

「いや、ここにしよう」

広岡がきっぱりとした口調で言った。

「収納とか、よく見なくていいんですか」

「君が勧めてくれるところなら、きっと間違いはない」

「わぁー、責任重大！」

　佳菜子はそう声を上げたが、しかし、すぐ笑顔になって続けた。

「でも、絶対ここはお勧めです」

　アパートの脇に停めてあった軽乗用車に乗り、不動産屋に戻る途中で佳菜子が言った。

「いつ引っ越しをされますか？」

「いつでもいいんだが……」

「そうですか。今日、店に戻って契約すれば、明日から住むことも可能ですけど」

「そんなに早く？」

「ええ、普通は申し込みをされた方の情報を大家さんに上げて、契約してもいいかどうかお訊ねすることになっているんですけど、あのアパートの大家さんとは、先代の社長のときからの古いお付き合いがあるものですから、すべてうちに任せてくれることになっているんです。それで社長もよけい変な人を入れられないとこだわるところがあって、昨日の晩はあんな失礼なことを……」

「いや、別にあれは……そうでしたか」

　そして、広岡は訊ねた。

「先代の社長というのは……」

「いまの社長のお父さんです」

「やっぱり、なんとなく似ていたから、そうかなとは思っていたんだけど」

「先代の社長をご存じなんですか」

「あそこの親父さんには、よくチケットを買ってもらっていてね」

「チケット？」

「試合のチケット、ボクシングの」

「広岡さんがボクシングの試合のチケットを売ってたんですか」

佳菜子が不思議そうに訊ねた。

「いまはどうか知らないけど、以前はボクサーのファイトマネーというのは現金とチケットが半々でね。チケットを売らないとやっていけなかったんだ」

半分は現金でくれる真拳ジムはまだいい方だったかもしれない。ジムによっては全額チケットというところもあって、そこのボクサーたちがチケットを売るのに苦労していたのを広岡も知っていた。

「そうなんですか。まるで小さな劇団の俳優さんたちみたいですね。お客さんの中にもそういう方がいます」

確かに、無名の俳優とボクサーとは似ているところがあるかもしれない。どちらも叶《かな》うかどうかわからない夢のためにチケットを売りさばかなくてはならない。

「真拳ジムが主催する試合になると、メインの試合だけじゃなく前座にもいろいろ出るんで、その選手がみんな買ってくれそうなあの店の親父さんのところに行くことになってね。それでも、みんなから二枚ずつ買ってくれたもんだよ」

広岡が言うと、佳菜子が応じた。

「いまの社長も先代を見習ってほしいですね。わたしが知り合いになった俳優さんの芝居のチケットを買ってくださいって頼んでも、ぜんぜん相手にしてくれませんからね。眠りに行くだけにそんな金は払えないって。ほんとにどこでも眠っちゃうんです」

そう言って自分から笑い出した佳菜子の言葉に、広岡も表情を崩した。

「先代の社長……進藤さんは、おまえたちが殴《なぐ》られるところを見るのはいやだって、試合場に来てくれたことは一度もなかったけど、買うだけは買ってくれた」

「いい方だったんですね」

「会ったことがないの？」

「わたしが入ったときは亡くなっていましたから」

「そうか、もういないのか……」

広岡がつぶやき、独り言のように付け加えた。

「当然なのかな……」

「でも、いまの社長も、口は悪いんですけど根はいい人なんです。お年寄りの借り主さんが家賃を払えなくなったりすると、なんとか住みつづけられるように生活保護の手続きをしてあげたり、病気になって入院するとお見舞いに行ったり……」

佳菜子はそこまで話すと、急に思いついたように訊ねた。

「アメリカの荷物はいつ頃届くことになっているんですか」

「いや、家財道具はすべて処分してきたんで、持ち物と言えばバッグひとつだけなんだ」

「それでは、家具を揃えなくてはいけませんね」

佳菜子が広岡に言った。

「ああ……そうだね」

そう答えてから、それについては自分がまったく考えもしていなかったことに気がついた。確かに、ホテル暮らしを切り上げて部屋を借りるとすれば、佳菜子が言う通り一から家具を揃えなくてはならない。

「必要なのは、冷蔵庫、洗濯機、テレビ、布団、あっ、寝るのはベッドですか」

「いや、布団にしたいと思っている」

「あのフローリングのダイニング・キッチンにはテーブルと椅子を置いた方がいいですよね」

「そうすると、テーブルがデスクの代わりになってくれるのかな」

「ええ……それと、食器棚もあった方がいいし……」

佳菜子が楽しそうにしゃべっているのを聞いていると、広岡もこれから始まる新しい生活が期待に満ちたもののように思えてくるのが不思議だった。

「ひとりで買いに行けますか」

「さあ、大丈夫だと思うけど」

「明後日《あさって》だと、店の定休日なんで、この車で一緒にお手伝いできますけど」

「この車で？」

「ええ、通勤用にこの車を使ってもいいことになってるんで、休日は自由に使えるんです」

「そんなこと……いいのかな」

「どうせ、お休みの日は掃除と洗濯くらいしかすることがありませんから」

話していているうちに車は商店街に入り、店の前に出てきた。佳菜子は器用にバックで車庫へ車を入れると、広岡を促して車を降り、店のガラス戸を引き開けた。

中では、依然として店主の進藤が週刊誌を読んでいた。

「社長、あの部屋、借りてくださるそうです」

「そう」

進藤が顔を上げずに返事をした。

「広岡さん、ボクサーだったんですって」

佳菜子が言うと、進藤が顔を上げた。

「ボクサー？」

「ええ、すごく強かったんですよ」

佳菜子がまるで自分のことを自慢するように言った。

「いや、そんな……」

広岡が困ったように否定しかかると、進藤がつぶやくように言った。

「ボクサーで……広岡……」

そして、広岡の顔をじっと見ると、微かに首をかしげながら言った。

「あんた、広岡……仁一さん？」

すると、佳菜子が弾《はじ》けるような声を上げた。

「えぇーっ、社長、知ってるんですか」

「知ってるも、何も……」

進藤はそこで言い淀《よど》んだが、すぐに言葉を継いだ。

「ファン、だったんだ」

「ほんとですか、すごい！」

佳菜子が驚いたような声を上げたが、広岡はそれ以上に驚いていた。この国のこの街に、ボクサー時代の自分の記憶を持っている人がまだ存在しているなどと考えたこともなかった。しかも、ファン、だったという。

「親父のチケットで友達とよく後楽園に行ったんだ」

進藤が昔を懐かしむ口調で言った。

「あまり殴り合いの好きじゃなかった親父は子供のあたしがボクシングを見に行くのは賛成じゃなかったようなんだけどね。でも、親父のデスクの引き出しからチケットを盗み出して見に行くのまでは止めなかった」

広岡は、きっとこの商店街を歩いていたにちがいないこの人物の子供時代を思い出してみようとしたが、もちろん記憶の中にとどめられてはいなかった。

「あたしは広岡仁一が好きでね。ウェルター級にしては少し線が細いとか言われていたらしいけど、誰よりも足が速くてスピードがあった」

進藤は、広岡や佳菜子に向かってというより、自分の内部に埋もれている記憶を掘り起こすかのように話しつづけた。

「小気味がいい試合運びで、子供の眼にも並のボクサーじゃないということがすぐにわかった。もっとも、後楽園ホールに行くようになったのは中学生になってからだったから、広岡さんの試合は四試合しか見ていないんだけどね」

ということは、最後の一年半ということになるな、と広岡は思った。

「あの頃、真拳ジムには強いボクサーがいたよね。四天王とか言って……」

「藤原、佐瀬、星……」

広岡が並べ上げると、進藤が嬉しそうにうなずいた。

「そうそう。それぞれみんな得意なパンチを持っていてね。広岡さんは、たしか、クロス・カウンター……そう、左のクロス・カウンター。あたしはクロス・カウンターなんて言葉を覚えられたのが嬉しくて、友達と実演し合ったりしてね。それにしても広岡さんのクロス・カウンターは凄《すご》かった。実際に試合で見たのは一度だけだったけど、何がなんだかよくわからないうちに相手が引っくり返っていた」

そこまで黙って進藤の話を聞いていた佳菜子が口を挟んだ。

「やっぱり広岡さんは強かったんですね」

「強かった。だから、広岡さんが日本タイトルに挑戦したとき、誰もが勝つと思っていた……」

「思っていた……」

佳菜子が口の中でなぞるようにつぶやくと、進藤が声のトーンを落として言った。

「でも、負けてしまった。負けるはずがないのに負けてしまった。いや、勝っているのに負けてしまった」

そのとき、広岡の胸を鋭く突き刺すように甦った感覚があった。勝ったと思った判定が、リング・アナウンサーによって「チャンピオンの防衛」と宣せられた瞬間の絶望感だ。日本では、こんな理不尽なことがまかり通るのか……。

「日本タイトルマッチに負けてから、ぜんぜん試合が組まれなくなったんで、学校の帰りにジムをのぞきにいくと、練習もしていない。それで、あるとき、ジムの人に訊いたんだ。広岡さんはどうしたんですかって。そうしたら、アメリカに行ったと教えてくれた……」

進藤が広岡にとも佳菜子にともなく話しつづけた。

「いつ戻って来るんだろうと思っていたけど、ついに戻ってこなかった。そのうち、あたしもボクシングに興味を失ってしまってね。というか、それより興味のあるものができてしまってね」

「社長って、アイドルの追っかけをしてたんですよ」

「よけいなことは言わなくていいの」

進藤が佳菜子に向かって叱《しか》るように言ったが、それは掛け合い漫才のやりとりのように親しげなものだった。

「みんな遠い過去のことになってしまったけど……」

そこまで言うと、ふと思いついたように進藤が訊ねた。

「アメリカで何を？」

「ホテルにお勤めだったんですって」

佳菜子がその問いを引き取って答えた。

「こっちで、何をするつもりなの」

進藤の問いに広岡が答えた。

「特に決めていなくって」

「収入の当てはあるの」

「…………」

「国民年金なんて払ってないだろうし……そうか、アメリカの年金があるんだね」

「ええ……まあ……」

「なら、家賃の心配はしなくていいね」

「ええ、それは大丈夫です。決してご迷惑はかけません」

広岡がきっぱりした口調で答えた。

「そうか、広岡さんがねえ……」

そして、進藤はどこか詠嘆の響きを滲ませながらつぶやいた。

「真拳ジムに世界チャンピオンが生まれるとしたら、広岡仁一だと思っていたけどね……」

第三章　壁の向こう

1

午後、広岡は、アパートの部屋の台所に置かれたテーブルの前に座って、ぼんやりしていた。さて、これから何をしよう。だが、とりわけしたいこともなければ、しなくてはならないこともなかった。

この日も、朝食後は、ホテルから引っ越してきてからというもの決まってそうしている散歩に出た。多摩川まで行き、土手を歩いた。そこは、真拳ジムでトレーニングを積んでいた時代、毎日、ロードワークで走ったところだった。しかし、以前とずいぶん景色が変わっていた。対岸の神奈川のエリアにも、戸建ての家々だけでなく、マンションのような高い建物が増え、視界を遮《さえぎ》っている。

広岡は土手に腰を下ろし、春の風を浴びながら長い時間を過ごした。

帰りに、それまで通ったことのなかった道を歩いていると、洒落《しゃれ》た店構えの蕎麦屋《そばや》があり、ふと入ってみる気になった。そして、品書きから適当に注文し、食べて、蕎麦というものがこんなにおいしいものだったのかと驚いた。

ロサンゼルスでは、日本食レストランで出されるうどんのような蕎麦か、自分で茹《ゆ》でる乾麺の蕎麦しか食べてこなかった。

だが、その蕎麦屋で出された蕎麦は、すり下ろされたばかりのワサビの香りから始まって、つけだれのほのかな甘さといい、蕎麦の微妙な噛《か》みごたえといい、初めて口にする食べ物のように思えた。

そこを出て、ゆっくりアパートの部屋に戻ったが、まだ二時にもなっていない。

さて、これから何をしよう、とまた部屋の中を見まわしながら広岡は思った。

いちおう家具は揃《そろ》っている。アメリカで使っていたものと比べるとひとまわりもふたまわりも小さいが、充分に用は足りている。

それらは、すべて進藤不動産の土井佳菜子が選んでくれたものだった。佳菜子は、店の定休日に、軽自動車でホームセンターというところに連れていってくれ、必要と思われるものを次々と買い揃えてくれたのだ。

ホームセンターでの佳菜子は、かりに品質がよさそうでも高価なものを避け、とりあえず最低限の役割を果たしてくれそうなものを選んで買った。それが、広岡の懐《ふところ》を配慮してのことだということはよくわかった。広岡は佳菜子の心遣いをありがたく受け止め、造りも素材も安直な家具を買うことに反対しなかった。

小さな物は車に積み、大きな物は配送してもらうことにして、一日ですべてを買い揃えてくれた。

冷蔵庫や洗濯機のような電化製品をはじめとして、食器棚やテーブルなどの家具も、それから三日もしないうちにアパートに届けられ、部屋の各所に収まった。

暮らすのに困らないだけのものはこの部屋に揃った。だが、いったい自分はなんのために日本に帰ってきたのだろう。佳菜子に訊《き》かれたときは、ふと帰ろうと思ってしまったのだと答えた。それ以外に答えようがなかったからだ。

これから、何をしたらいいのか。いや、先のことはさておき、今日一日、これから何をしたらいいのだろう……。

茫然《ぼうぜん》と考えていると、不意に玄関の呼び鈴が鳴った。そして、一拍置いてから女性の声が聞こえてきた。

「ごめんください」

それが佳菜子の声だということはすぐにわかった。

広岡が玄関に出て扉を開けると、明るい笑顔を浮かべた佳菜子が立っていた。

「ラッキー！　いらっしゃいましたね」

そして、手にした白い箱を広岡の方に向かって掲げるようにして言った。

「これケーキですけど、甘いものなんて、お食べになります？」

「大好きだよ」

広岡が言うと、佳菜子がホッとしたように言った。

「よかった。二つ買ってきました。もしいらっしゃらなかったら、家に帰ってひとりで二つも食べなくてはならないんで、恐怖だったんです」

「どうして」

「これ以上太ったら困りますからね」

そんな台詞《せりふ》をアメリカの女性に向かって言ったら、相手に笑われるどころか、嫌みに受け取られかねない。佳菜子は、痩せてはいないが、とても太っているなどとはいえない伸びやかな体つきをしていた。

しかし、広岡はその佳菜子をどう扱ったらいいのかわからなかった。二つ買ってきたということは自分と一緒に食べるつもりなのだろう。だが、男のひとり住まいにこんな若い娘を上げていいのだろうか。

「部屋に上がる？」

「いいですか」

そう言って、佳菜子は玄関で靴を脱いで上がった。広岡はテーブルの前に二脚ある椅《い》子《す》のひとつに座った佳菜子に言った。

「コーヒーでもいれようか？」

「ええ、ありがとうございます」

広岡がやかんに水を入れて湯を沸かしはじめると、佳菜子も立ち上がり、食器棚から白い皿を二枚取り出して、テーブルにのせた。そして、そこに箱の中から取り出したケーキを置きながら言った。

「あれから、小さなフォークなんて買い足しましたか？」

「いや」

「そうですか。そうかもしれないと思って、ケーキ屋さんで貰《もら》ってきました。プラスチック製なので頼りないんですけど」

「ありがとう」

広岡が礼を言うと、佳菜子がクスッと笑った。

何を笑われたのかわからなかった広岡が振り向くと、佳菜子が言った。

「広岡さんて、すぐありがとうって言うんですね」

「おかしいかな」

「いえ、とても嬉《うれ》しいです。うちの社長なんて、ありがとうという言葉を忘れちゃったんじゃないかと思うくらい、言ってくれないですからね」

広岡は沸いた湯をドリップ式の容器に注いでコーヒーをいれた。それは、広岡があとで自分で買い足した台所用品のひとつだった。

コーヒーの香りが匂い立つと、佳菜子が言った。

「本格的なんですね」

「スーパーマーケットで売っていたコーヒー豆だから、そんなにたいしたものじゃないけどね」

そう言いながら広岡はコーヒーカップをテーブルに運んだ。

広岡が椅子に腰を下ろすと、佳菜子が言った。

「やっぱり、椅子は二つで正解でしたね」

広岡がひとつで充分だというのを、誰が来るかわからないから少なくとも二脚は買うべきだと主張したのは佳菜子だった。

「そうだね」

「わたしのために買ったようになってしまいましたけど」

ケーキはイチゴの入った日本風のショートケーキだった。

「自分の好きなものを買ってきてしまいました」

そう言われると、佳菜子の好きなケーキがイチゴのショートケーキであるのが当然のように感じられる。

それにしても、と広岡は思った。日本のスーパーマーケットに並んでいるイチゴはまるで宝石のように美しい。深紅色に熟れていたり、熟れる寸前の硬さをはらんだ赤紅色をしていたりする。食材を買うためスーパーマーケットに行くと、ついイチゴのパックが並んでいるところで何分も立ち尽くして眺めてしまう。

広岡はショートケーキをひとくち食べてから言った。

「とてもおいしいよ」

そして、ふと気がついて訊《たず》ねた。

「仕事の途中？」

「いえ、今日はお休みです」

「そうか……あれから、もう一週間になるんだね」

店の定休日に一緒に買い物に付き合ってくれてから一週間になるのだ。

早いような、それでいてゆっくりのような、不思議な気がした。しかし、だとすると、わざわざ来てくれたことになる。

「何か用だったのかな？」

広岡が訊ねた。

「大事なことを後回しにしてしまいました」

佳菜子はそう言って肩をすくめると、テーブルの上に置いてあった大型の封筒からクリアーケースを抜き出した。そして、それを広岡の眼の前に差し出しながら言った。

「真拳ジムの真田会長から保証人の判をいただいて、正式な賃貸契約書ができたので、広岡さんに一通保管しておいていただきたいと思って」

広岡はクリアーケースの中に挟《はさ》まれている書類を一瞥《いちべつ》しただけで言った。

「そうだったのか。わざわざ申し訳なかったね。連絡してくれればこちらから出向いたのに」

「いいえ、それだけじゃなくて、何か足りない物はないかと気になっていたものですから」

佳菜子が開け放たれている襖《ふすま》の奥の六畳間の方にチラッと眼をやりながら言った。

「ありがとう……でも、大丈夫。ポツポツ買い足しているから」

「アメリカで住んでいらしたところとはずいぶん違うんですか、ここの感じは」

「いや、たいして違わないよ。そう……海の音が聞こえないくらいかな」

「アメリカでは、どこにお住まいだったんですか」

「ロサンゼルスのダウンタウン……市内からは少し離れた海沿いの町だよ」

「いいなあ。わたしもアメリカで暮らしてみたい」

「いや、日本に居られるなら、日本に居たほうがいい」

すると、佳菜子が意外そうに訊ねた。

「広岡さんは、どうしてアメリカに行ったんですか」

「気が短かったからじゃないかな。我慢ができなかった」

そこに複雑な響きがこもっているのに気がついたらしい佳菜子が、ことさらのんびりした口調でその話題を笑いのうちに終える意思を示した。

「わたしは気が長いほうだから、ずっと日本だな、きっと」

その言葉のやりとりのうちに、広岡は佳菜子の賢さだけでなく、他人の傷つきやすいところに踏み込むのを恐れる気持が強いらしいことも感じていた。

ケーキを綺麗《きれい》に食べ終えると、佳菜子が訊ねた。

「いつも何をなさっているんですか」

「散歩をしたり……」

そこで広岡は言い淀《よど》んでしまった。散歩以外に決まってすることというのがなかったからだ。

「散歩くらいかな」

広岡が言い直すと、佳菜子が言った。

「ウォーキングは健康の基本ですものね」

この台詞は前にも聞いたことがあるなと思い、広岡がフッと笑いながら言った。

「でも、明日はすることがある」

「何をなさるんですか」

「甲府に行くつもりなんだ。友人を訪ねようと思ってね」

藤原次郎が収監されているのは甲府刑務所だということがわかったのだ。

「お友達、山梨県にお住まいなんですか」

刑務所で刑期を務めることを「住む」とは言わないだろうが、わざわざ友人が「住んでいる」のは刑務所だと説明する必要もないと思えた。

「そう、山梨県にいる」

「山梨県と言えば、ホートーですね」

「ホートー？」

「ええ、山梨の名物料理」

広岡は聞いたこともなかった。

「どんなもの？」

「実は、わたしもよく知らないんです」

そこで佳菜子は自分から笑い出した。そして、ようやくその笑いが収まると、さらに言った。

「きっと、頼めばお友達がご馳走《ちそう》してくれますよ。そうしたら、今度お会いしたときにどんなものか教えてください」

佳菜子の楽しげな物言いにつられて、広岡も思わず笑い顔になりながら言った。

「それにしても、何から何まで、君にすっかり世話になってしまったね。本当にありがとう。いつか、お礼に、食事でもご馳走させてもらおうかな」

「わぁー、嬉しい」

佳菜子が子供のような歓声を上げた。

2

新宿駅から中央本線の特急「あずさ」に乗ったのは、午前十一時だった。

広岡には、新宿駅が大きく変わっているに違いないという思い込みがあった。迷うといけないと思い、時間に充分の余裕をもって出かけたが、実際に「あずさ」が発着するプラットホームを探すと、あっけないほど簡単に見つかってしまった。

乗り込んだ「あずさ」は、平日の昼間ということもあったのか、意外なくらい乗客の数が少なかった。広岡は窓際の席に座り、移り変わっていく外の景色に眼を向けた。

桜の季節が終わったばかりというのに、窓からは初夏のように暖かい陽光が差し込んでくる。車内放送によれば、甲府まで立川《たちかわ》と八王子にしか途中停車しないらしい。広岡には列車が中央線の各駅を停車しないで通過していくのが新鮮だった。

多くの駅が高架になっているが昔もこうだったのだろうか。思い出そうとしてみたが、うまく思い出せない。それは、広岡にとって、中央線があまり馴染《なじ》みのある線ではなかったからかもしれなかった。

西荻窪《にしおぎくぼ》の駅を通過した直後、ビルの向こうに、不意に富士山が姿を現した。頂にまだ白い雪を残して全体が蒼《あお》く輝いている。

その瞬間、広岡の心が波立った。

若い頃、富士山を見たことがないわけではなかった。だが、そのときは、これほど気持が動かされることはなかった。

列車がスピードを増し、吉祥寺《きちじょうじ》、国立《くにたち》と通過していくにしたがって、見え隠れしていた富士山の姿がしだいに大きく見えるようになってきた。

それとともに、最初に覚えた感動が薄れていった。繰り返し見たからだろうか。あるいは近づいていったからだろうか。広岡は富士山に眼をやりながら、さらに思っていた。どんなものでも、遠くから見ているときの方が美しく見えるからだろうか。どんなに恋い焦がれているものでも、近づいてはいけないということだろうか、と。

甲府駅には十二時半に着いた。

どこかで食事をしてから行こうかなとも思ったが、まだそれほど腹が空いていなかった。刑務所に古い友人を訪ねるという行為が知らず知らずのうちに自分を緊張させ、食欲を奪っているのかもしれなかった。

駅前からタクシーに乗った。駅から刑務所まで適当なバスの便がないということだったからだ。

行き先を告げると、初老の運転手がのんびりした口調で訊ねてきた。

「ご面会ですか」

もしかしたら、それは刑務所までの客を乗せたときの挨拶《あいさつ》がわりのような質問だったのかもしれない。

「ええ」

広岡が短く答えると、運転手が軽く頭を下げるような気配を見せて言った。

「ご苦労さまです」

二十分後にタクシーが停まった。

広岡はタクシーを降りると、広大な敷地を持つ刑務所を眺め渡した。

長い塀の端には門衛の立つ出入り口があり、その横に一種の待ち合い所のような小さな建物がある。

そこで面会を申請し、許可され、刑務官によって案内されたところは、大きな事務所棟の横にある、細長い建物だった。

中に入ると、そこはいくつかの小部屋に分かれている。

広岡はそのひとつの部屋に通され、パイプ椅子に座って待つよう指示された。

一坪ほどの空間が二つに区切られ、厚く透明なアクリル板のようなものでこちらとあちらに仕切られている。

やがてあちら側の空間の奥の扉が開き、坊主頭の男が入ってきた。

藤原次郎だった。

藤原は、広岡の顔を見ると、ニヤッと笑って向かいの椅子に座った。

そのあとから、刑務官が入ってきて、藤原の横の椅子に座った。そして、ノートのようなものを開くと、筆記具を手にした。どうやら、二人の会話を記録するらしい。

藤原が先に口を開いた。

「いつ帰ってきた」

「半月ほど前になるかな」

広岡が答えた。

「アメリカで食い詰めたか」

藤原の口調は以前と変わらない遠慮のないものだった。

広岡が否定も肯定もしないで苦笑すると、藤原が真面目な口調で訊ねた。

「結局、アメリカで何試合やったんだ」

「ハワイで一試合、ロスで四試合」

「負けたのは最後の一試合だけだろ？」

「そうだ」

「どうして、それでやめちゃったんだ」

広岡はどう答えたらいいのか迷い、口ごもった。

「それは……」

「どうしてなんだ」

「……世界には、俺《おれ》より本当に強い奴がいるってことがわかってしまったんだ」

すると藤原が吐き捨てるように言った。

「馬鹿な奴だ」

藤原の「馬鹿な奴だ」という言葉には、昔と変わらない友情とも愛情ともつかないものが込められていた。

広岡はそのことに動揺した。そして気持を落ち着かせるために、自分の方から質問することにした。

「次郎はどうなんだ？　東洋を獲得したところまでは知っているけど」

「そこまでだった」

「世界は？」

藤原は言葉を詰まらせるようにほんの一瞬だけ間を置いたが、すぐに淡々とした口調で言った。

「二度挑戦したが駄目だった」

「次郎が一番可能性があったのにな」

それは安易な慰めではなかった。真拳ジムの四天王といわれた広岡たちは、全員がスピードとスタミナを兼ね備えていたが、パンチの強さにおいては藤原が飛び抜けたものを持っていたのだ。

しかし、広岡の言葉を聞くと、藤原が首を振りながら言った。

「いや、それは違う。死んだ会長がいつも言ってたのは、仁が日本を飛び出さなければ、世界チャンピオンにしてやれたのにということだった」

「………」

「俺もそう思う。確かにあの日本タイトルマッチは絶対に仁の勝ちだった。ジャッジたちはとんでもなく恥知らずの判定を下した。だからといって、日本に見切りをつけるのは早すぎた」

「………」

「死ぬまで会長は仁が帰ってくるのを待ってたよ」

そこで、しばらく沈黙が訪れた。

その沈黙を打ち破ろうとするように藤原が口調を変えて言った。

「それにしても仁は少しも変わらないな」

「おまえも」

すると、藤原が笑って言った。

「一緒に同じだけ齢《とし》を取ってるからわからないだけで、別の奴から見たら立派なジジイ同士だろうけどな」

「それはそうだ」

広岡が苦笑しながらうなずいた。

「雑居房でも俺がいちばん年寄りだ」

「何人で入っているんだ」

「六人」

「そうか……」

だが、広岡はそのあとに続けようと思っていた「たいへんだな」という言葉を呑《の》み込んだ。なんとなく、藤原の隣に座ってノートを取っている刑務官の存在が気になったからだ。刑務所内の待遇の愚痴《ぐち》などこぼさせない方がいいのではないか。

広岡がそこで口をつぐむと、藤原が言った。

「ここの刑務所はルイハンがほとんどなんだけど……」

「ルイハン？」

広岡が訊き返した。

「前科持ち」

藤原が苦笑しながら答えた。

「ああ、累犯《るいはん》か」

「プロのヤクザ、窃盗、ヤクの売人、ヤク中。傷害の俺なんてかわいいもんさ」

「それにしても、なんでおまえが傷害事件を？」

広岡にはそれが不思議だった。藤原にも気性の激しいところはあったが、喧嘩《けんか》をして人を傷つけるようなことは決してしないはずだった。真拳ジムに入り、合宿生としてすべて無料でジムの二階で暮らすことを許されたとき、会長の真田浩介《こうすけ》に申し渡されたのは、リング以外で決して他人に拳を向けてはならないということだった。たとえ、威嚇としてだけでもまかりならないと。藤原は、会長とのその約束を、誰よりも忠実に守っていた。

「ああ……」

藤原は呻《うめ》くように言ってから、悔しそうに唇を嚙んだ。

それは傷害事件の相手に対する悔しさなのか、事件を起こしてしまったことへの悔しさなのか広岡にはわからなかった。

「刃物を使ったわけじゃないよな」

広岡が訊ねた。

「まさか」

「拳か」

「そうだ」

「おまえが……」

「どうしても我慢できなくてな」

そこから藤原がポツリポツリと話してくれたところによれば、きっかけは定食屋で見ていたテレビの番組だったという。

テレビでオリンピックの特別番組が始まり、過去の大会の有名なシーンが次々と流された。陸上や水泳をはじめとする競技だけでなく、ベルリン大会のヒトラーや東京大会の昭和天皇の開会宣言、そして二〇一二年のロンドン大会のところでは、開会式のあるシーンが映し出された。

オリンピック旗が会場を一周し、最後に大柄な黒人男性のところにやって来る。しかし、その男性は立っているのがやっとで手さえ動かすことができない。付き添いに助けられ旗にわずかに触れることができただけだ。その特別の存在であるらしい黒人男性は、元世界ヘビー級のチャンピオン、モハメッド・アリだった。

そのシーンを見て、別のテーブルに座っていた、建設関係の仕事をしているらしい四人連れの男たちがアリを口汚く嘲《あざけ》りはじめた。

「なんだあれは、廃人じゃないか」

「パンチドランカー、ボクサーの成れの果てさ」

「恥ずかしいよな、あんな姿を人目にさらすなんて」

それを間近で聞いていた藤原はどうしても黙っていられなくなった。

「違うんだよ」

横から声をかけた。

「あれはパーキンソン病という病気なんだよ」

四人組のひとりが、その藤原を馬鹿にしたように言った。

「殴《なぐ》られたから、そのパーキンソン病とかになったんだろう」

「いや、パンチとパーキンソン病の因果関係ははっきりしてないんだ」

藤原が静かに説明すると、もうひとりが断定的に言った。

「頭を殴られすぎたからに決まってるさ」

別のひとりも嘲るように言った。

「ボクサーは殴られてみんなあんなふうにヨレヨレになる」

「そんなことはないんだよ」

藤原がさとすように言うと、ひとりが傲慢な口調で言った。

「クソジジイが一丁前のことを言う」

その瞬間、それまで押さえていた「怒りの貯蔵庫」の蓋《ふた》がパタッと開いてしまったのだという。

「ジジイでも、馬鹿を仕付け直すくらいには体が動く」

藤原が啖呵《たんか》を切ると、ひとりが言った。

「ほう、仕付け直してもらおうか」

「店に迷惑をかけるから外に出よう」

そう言いながら、藤原は内心面倒なことになってしまったと後悔しかけたが、アリのことを貶《おとし》められたまま聞き流すわけにはいかなかった。それでも、ひとりを殴るとき、顔面は避けて腹部にした。その鮮やかさに、他の三人が怯《ひる》んでいるあいだに、素早く立ち去ったが、問題はそれで終わらなかった。殴った相手の脇腹に入ったパンチで、脾臓《ひぞう》が損傷してしまったのだ。内臓出血をし、手術をするという騒ぎになった。命に別状はなかったが、重大な傷害事件として立件されることになり、その定食屋が藤原の行きつけの店だったため、すぐに殴ったのは誰か特定されてしまったのだ。

藤原は、喧嘩の際も、あとで問題が起きないように相手が手を出すのを待って殴ったが、最初に争いの種をまいたのは藤原の方と言えなくもなかった。他の三人が口裏を合わせたこともあって、正当防衛が成立しなかった。

「そうだったのか……」

広岡は、藤原が傷害事件を起こしたと聞いたとき、顔面からの流血をイメージしたが、そうではなかったらしい。

「俺は、そいつたちがボクサーをコケにしたから怒ったわけじゃない」

藤原が言った。

「ボクサーにはろくでもない奴が確かにいる。とりわけ引退したあとのボクサーは残念ながら物置のガラクタのような存在になってしまう。だが、アリは違う。アリは、単なる金持のための見世物にすぎなかったボクシングを、世界中の人に勇気を与えるスポーツに変えたんだ。俺はアリをコケにする奴を許せなかった」

「………」

「アリは世界最高のスポーツマンだった。いま、アリは体が不自由になっている。でも、逃げも隠れもしないで、その体をさらしながら生きている。そんな勇気のあるスポーツマンがどこにいる。アリは、過去だけじゃなくて、いまも最高のスポーツマンなんだ」

「………」

「そんなアリをボクサーだった俺たちが守らないでどうする」

そこで藤原は、自分の熱っぽい口調に照れたように話を中断して、ひとこと付け加えた。

「……なんて、な」

広岡はその藤原の口調に懐かしさを覚えながら、ぽつりと言った。

「偉いな」

「えっ？」

「次郎は偉いな」

藤原が意味がわからないというように広岡を見た。

「何を言ってる」

「おまえの言ってることは正しい。だけど、自分がその場にいたとしても、次郎のように行動できたかどうかわからない」

「仁でも、いや仁なら、そうするよ」

「………」

「俺はそのとき、仁がここにいたらそうするだろうと思ったことをしただけさ」

藤原のその言葉を聞いて、広岡の胸が痛んだ。藤原は、事あるごとに自分のことを思い出してくれていたらしい。しかし、自分は、アメリカで藤原だけでなく佐瀬のことも星のことも思い出さなかった。いや、思い出さないようにしていたと言った方がいいかもしれない。日本でのボクシングの日々はなかったことにしよう。そう思って生きているうちにいつしか本当に思い出さなくなった。

ところが、本当か嘘《うそ》かわからないが、藤原は長年の禁を破る行動をとるときに自分を思い浮かべてくれたという。いや、藤原が嘘を言うはずがない。藤原が自分を飾ったり弁解するために嘘を言うのを聞いたことがない。広岡は自分の動揺を表に出さないようにするために、まったく関係ないことに話題を移した。

「何か必要なものはないか」

「特にない」

「不自由はしてないのか」

「不自由と言えばすべて不自由だが、それなりになんとかやっている」

そして、藤原が続けた。

「ここでは、みんな、どういうわけか俺が東洋を取ったボクサーだということを知っていて、一目置いてくれているから」

「文句はないか」

「ただ、房が狭い。ひとりが布団を敷く広さしかないくらいだ」

「昔を思い出すか」

ジムの二階では、それぞれが三畳くらいしかない狭い部屋で暮らしていた。

「いや、あのときは寝る部屋と飯を食うところは別々だったろ」

居住空間は、ただベニヤ板で区切っただけのようなものだったが一応個室になっており、それ以外に大きなテーブルが据えつけられた食堂があった。

「ところが、ここじゃあ、寝るのも食べるのも糞《くそ》をするのも同じ部屋なんだ」

「しかし、健康そうだ」

「粗末なものだが、三食きちっと食べてるからな」

「結構なことだ」

広岡が言うと、藤原が溜め息まじりに応じた。

「文句を言う筋合いはないが、冷たいビールが飲みたい」

四人の中で最も酒が好きなのは藤原だった。強いのは佐瀬だったが、藤原は試合後の祝勝会で出されるビールを本当においしそうに飲んでいたものだった。

「ここを出たら、キューッと一杯……」

「いいな。いつでも相手をするぞ」

広岡が笑いながら言うと、藤原も表情を崩して笑った。そして、広岡の顔をあらためて眺めるようにして言った。

「それにしても、おまえがいきなり面会に来たら、まず門前払いされただろうな」

「どうして」

「ヤクザの仲間が、娑婆《しゃば》に出たときのために悪の道に誘いに来たと思われる」

広岡が苦笑すると、藤原が言った。

「面会リストというのがあって、そこにあらかじめ届けてない奴がいきなり来てもまず会うことができない。おまえが手紙をくれたんで追加申請しておいたからよかったようなもんだけどな」

それは藤原の弁護士に勧められたのだ。いきなり面会に行っても会わせてもらえないだろうから、あらかじめ手紙を書いておいた方がいいと。

「いや、違った。そもそも俺は面会リストに誰の名前も届けていなかったから、おまえが最初で最後だったんだ」

藤原が言った。

「最後？」

「ああ、もうすぐ出るんでな」

「刑期は二年だろ？」

「まだ半年残っているけど、二カ月後に仮釈放されることになっている」

そして藤原は、すぐ横でノートを取っている刑務官の方に向いて言った。

「だから、変な奴と面会させるわけにはいかないんですよね」

しかし、刑務官はそれには反応せず、視線をノートの上に落としたままだった。

「二カ月後か……そいつはよかった」

広岡が喜ぶと、藤原がほんの少し口を歪《ゆが》めるようにして言った。

「何もいいことなんかありゃしないよ」

「どうして」

「出たからといって、どうすればいい。仕事もなければ、住む家もない」

「家族は？」

「女房子供とは、とっくに別れてるよ。どこで暮らしているかも知りゃしない」

傷害で刑務所に入っていると聞いたときから、あまり順調な人生を送っていないのではないかと思っていたが、それほどまでとは想像していなかった。事件当時は、運送会社の車庫兼倉庫で、住み込みの管理人をしていたのだという。

「仁はどうなんだ」

藤原が訊いてきた。

「なにが」

「家族」

「俺もひとりだ。結婚はしなかったから」

「馬鹿な奴だ。あっちには、金髪の可愛い姉ちゃんがいっぱいいたろうに」

それには反応せず、広岡は真面目な口調で言った。

「出てきたら、俺のところに来てくれ。布団くらい用意しておくから」

「どこに住んで……」

藤原は、そう言いかけて、何かを思い出したように言った。

「ひょっとして、あの手紙の住所は……」

「そう、ジムの近くだ」

「そうか。またあのあたりで暮らしているのか」

そこにはどこか羨《うらや》ましそうな響きがあった。それに導かれるようにして、広岡の脳裡《のうり》に四人で暮らしていた四十年前の時間が甦《よみがえ》った。朝のロードワーク、ジムでのスパーリング、夜のベニヤ板越しの会話……。

広岡が訊ねた。

「星や佐瀬はいまどうしているか、知ってるか？」

「星は知らないが、佐瀬は知ってる」

「どうしてる」

「佐瀬は、山形の田舎に帰って百姓をしてるらしい」

佐瀬はよく自分は三男だから田舎には居られないと言っていたが、故郷で農業に従事しているらしいという。

「それはよかった」

広岡の安心したような口調につられて、藤原も口元を緩めておかしそうに言った。

「毎年、秋になると新米が一袋届くんだ。手紙も何もなくて、いきなりドーンと送りつけてくる」

「あいつらしい」

「だから、どこに引っ越しても、あいつにだけは住所を知らせておいたんだ」

「ここもか？」

「そう。だから、二年は米を送る必要はないって」

そこで藤原は声を上げて笑った。

3

広岡は刑務所の外に出ると、ポケットからタクシー会社のカードを取り出した。来るときに乗ったタクシーの運転手が「もしよかったら」と渡してくれたものだ。日本で買い求めた携帯電話でそこに記されている番号に掛けると、すぐに出た運転手が「近くにいるので少し待っていただければすぐ向かいます」と言った。

しばらくして、刑務所に来るときに乗ったタクシーがやって来た。

乗り込むと、初老の運転手が車を走らせながらゆっくりとした口調で言った。

「ご苦労さまでした」

広岡はどう返事してよいかわからなかったので、曖昧《あいまい》に口の中でつぶやいた。

「ええ……」

それを受けて、運転手が訊ねてきた。

「お元気でしたか」

「ええ、齢は取っていましたが」

「というと、久しぶりだったんですか」

「四十年ぶりでした」

その答えに、運転手がびっくりしたような声を上げた。

「ずいぶん長くお入りになっているんですね」

広岡は、運転手に誤解させてしまったことに気がつき、訂正するように言った。

「いや、そうじゃなくて、自分が遠くにいたもんですから」

すると、運転手はその言葉の意味を考えるように黙り込み、それから探るように訊ねてきた。

「遠くというのは……だいぶ遠くで？」

「ええ、海の向こうでした」

「本州じゃなく？」

なんとなく話が嚙み合っていないような気もしないではなかったが、間違いなく本州ではなかったのでうなずいて言った。

「ええ」

広岡のその答えを聞くと、しばらくして運転手が恐る恐る訊ねてきた。

「あちらは……やはり寒かったですか」

そこで運転手が勘違いをしていることに気がついた。妄想を逞《たくま》しくして、網走刑務所にでも入っていたと思ってしまったらしい。誤解を解いてやろうかとも思ったが、少し静かにしていてもらいたかったので、さらに脅《おど》かすようなことを口にした。

「凍えるようでした」

そう言うと、運転手はチラッとバックミラーで広岡の顔を盗み見してから黙り込んでしまった。

静かになった車内から窓の外に眼をやりながら、広岡は別れ際に藤原がポツリと洩《も》らした言葉を反芻《はんすう》していた。

「俺たちに、元ボクサーという以外の生き方があるんだろうか……」

自分は、ボクシングをやめてからというもの、ボクシングの世界からできるだけ遠い場所で生きることを心がけてきた。自分が元ボクサーだったことを知る者は、いまやロサンゼルスでもわずかにすぎない。元ボクサーという以外の生き方をしようと思い、実際にすることができた。

しかし、それは、ボクシングというスポーツを本当には愛していなかったからではないだろうか。藤原のようにボクシングを愛し、ボクサーという生き方に誇りを持っていた男は、どこに行っても、何をしていても、元ボクサー以外の者にはなれなかったのではないだろうか……。

確かに自分はボクシングの世界から出て行こうとして出て行くことができた。いくつかの偶然と幸運に導かれて、ロサンゼルスで何不自由なく生活ができるまでになった。たとえ、そこに至るまでにどのような困難があったとしても、傍《はた》から見れば、器用にもうひとつの人生を選び取り、歩むことのできた者と映るだろう。

かりにその世界から出て行こうとしても出て行かれなかったにちがいない藤原のようなボクサーこそ、本物のボクサーなのかもしれない。本物のボクサーは、ボクサーであることをやめても、元ボクサーとしてしか生きていけない。

それにしても、ボクサーはボクシングをやめたあと、どう生きていけばいいのだろう。

とりわけ藤原のように齢を取った元ボクサーは……。

もしかしたら、と広岡は思った。世界タイトルを取ることのできた少数のボクサーを除けば、老いた元ボクサーの多くが藤原と同じように途方に暮れているのかもしれない。

自分が日本にいてボクシングをしていた頃も、引退したボクサーの悲惨なその後の人生については、周囲の人から話を聞いたり、新聞や週刊誌のネタになったものを眼にしたりして知っていた。

だが、それも、かつてボクサーだったというだけで、必ずしも老いてはいなかった。むしろ、壮年といってもいい男たちの「転落の軌跡」として語られていた。

ボクシングは、ある時期プロスポーツとしての興隆期を迎えたが、その世界に飛び込み、生きてきた人たちがしだいに老いはじめている。老人となった彼らにどっと負荷がかかるようになっている。

広岡は、いままで、まったく考えたことのない「老いた元ボクサー」という存在の末路に暗然としたものを覚えていた。

だが、佐瀬健三は大丈夫らしい。山形の故郷で幸せに暮らしているようだ。

かつて無口な佐瀬が、故郷について熱く語っているのを何度か聞いたことがある。海が近くて、山が見えて、米がおいしくて、酒もうまい。

きっと、佐瀬は、夜になると、子供や孫に囲まれて、ほろほろと酒にでも酔っているのだろう。その姿を想像すると、広岡の口元に自然と笑みが浮かんできた。

星弘はどうしているだろう。誰よりも女の扱いがうまく、次から次へと新しい恋人を作っていた。いまはそのうちのひとりと身を固めているのかもしれない。あるいは、いまも昔のように、女から女へと渡り歩いているのだろうか……。

いずれにしても、彼らは藤原ほど厳しい人生を送っているわけでもなさそうだ。そう思うと、広岡の気持もいくらか明るくなった。

甲府駅に着いた。

タクシーを降りるとき、運転手は釣銭を渡しながら、どこか広岡を労《いたわ》るように言った。

「お疲れさまでした」

それが、いったい、刑務所から甲府駅までの比較的長かったタクシーの乗車について言っているのか、網走刑務所での「幻の受刑」について言っているのかよくわからなかったが、広岡はいつもと変わらない口調で言った。

「ありがとう」

駅の階段を昇り、窓口で東京までの乗車券を買おうと、特急の時刻表を眺めているうちに、このまま山形に行ってみようかという考えがチラッと浮かんだ。

藤原は、佐瀬の詳しい住所は手紙で知らせると言ってくれていた。

だが、広岡も、佐瀬の実家がある駅の名前はうっすらと記憶していた。酒田から三つ目か四つ目だとかいうことだったが、いずれにしても小さな村か町のはずだ。その駅まで行けば佐瀬が住んでいるところくらいはすぐにわかるだろう。

甲府からだと、酒田まではどう行けばいいのか。窓口に置いてある時刻表の路線図でルートを探しはじめて、いや、と思った。いったん東京に戻ろう。そして、あらためて酒田に行こう、と思った。

そのとき、広岡の脳裡に浮かんだのは一匹の子猫の姿だった。

進藤不動産の土井佳菜子が買い揃えてくれた電化製品や家具類は、配送してくれた人たちが置き場所まで運び入れてくれただけでなく、梱包《こんぽう》していた段ボールや発泡スチロールの類いをすべて持って帰ってくれた。広岡はその親切さに驚いたが、ただひとつ、炊飯器の入っていた段ボールの箱だけは、何かに使うかもしれないと思い、そのままの形で残しておいてもらった。

その段ボール箱を物干しのあるベランダの隅に置いておくと、翌日の朝、段ボール箱と建物の壁のあいだにできた狭い隙間《すきま》に一匹の子猫が眠っていた。

最初はそんなところに子猫が眠っているとは思いもしていなかった。そのため、いつものように大きな音を立てながらガラス戸を開け放った。すると、びっくりした子猫が慌ててベランダから飛び降り、草むらに消えてしまった。いなくなってから、段ボール箱と壁とのわずかな隙間で眠っていたということがわかったのだ。

安眠を妨害したことを詫《わ》びるつもりで、夕方、小さな陶器のボウルにミルクを入れて段ボール箱と壁の隙間に置いておいた。すると、翌朝、また同じ子猫が小さく丸まるように眠っており、見るとボウルの中のミルクも空になっていた。その日の夕方もボウルにミルクを入れて出しておいたが、翌朝にはやはり空になっていた。

それにしても、どうしてこんなところで眠っているのだろう、と広岡は思った。野良猫ということなのかもしれないが、こんなに小さな猫が一匹で生きているということが信じられなかった。何かの事情で母猫と別れてしまったのだろう。生き別れか死に別れか。あるいは、猫の飼い主に、生まれた子猫が邪魔になり、捨てられてしまったのかもしれない。野良猫にしてはさほど汚れてはおらず、白地に灰色と黒とでできている縞《しま》模様も綺麗だった。

だが、そうやって毎日ミルクをあげているうちに、ボウルを出そうとしているところにぶつかっても逃げようとはしなくなった。そして、ベランダにミルク入りのボウルを置くと、待ちかねたように舐《な》めはじめる。そのようなことがここ数日続いていた。

子猫とはいえ、野良猫だ。野性の獣としての本質は持っているはずだ。かつてロサンゼルスでボクシングを諦《あきら》めて生きはじめたときの自分と同じように、どのようにしても生き抜こうという強い意志を持っているはずだ。一日や二日、自分がミルクをやらなくとも死にはしないだろう。

しかし、たぶん、今日の夕方も、あのベランダに行けばミルクにありつけるものと思っているにちがいない。それを裏切るのはかわいそうに思えた。

やはり、山形へ行くのは明日以降にしよう。そう思い決めると、急に腹が空いてきた。

甲府駅には、付属したビルの中に何軒かの飲食店が並ぶレストラン街があった。歩いてみると、その中の一軒に佳菜子の言っていた「ホートー」を出している和食屋があった。「ホートー」は「ほうとう」であり、平たいうどんのような一種の麺類であるらしい。

あまり食べたいとは思わなかったので、そことは別の店で、これは甲府の名物とは思えないステーキ丼なるものを食べることにし、「ほうとう」は佳菜子への土産《みやげ》に買っていくことにした。

遅い昼食を済ませ、改札口の近くにある土産物屋で二人前の「ほうとう」が入っているという包みを買い求めながら、奇妙な成り行きになってしまったことを苦笑したくなった。なんと、子猫のためのミルクと若い女性への土産物が、自分とこの日本とをつなぐ細い糸になっている……。

来るときと同じ「あずさ」で東京に戻った広岡が、アパートのある私鉄駅に着いたのは午後六時を少し過ぎた頃だった。

駅前の商店街を歩き、進藤不動産の前を通りかかった。

車庫を見ると、佳菜子が乗っている軽自動車の姿が見えない。客をどこかの物件に案内しているらしい。

一瞬どうしようか迷ったが、すぐにガラス戸を開けて中に入った。

やはり佳菜子の姿はなく、奥のデスクで進藤があいかわらず週刊誌に眼を落としていた。しかし、入ってきたのが広岡だとわかると、意外にも表情を和《やわ》らげて言った。

「いらっしゃい」

広岡が頭を下げると、進藤が訊ねた。

「部屋はどうです」

「とてもいい部屋ですね」

「少し狭くありませんか」

進藤はそう言うと、嬉しそうな顔をして続けた。

「実は、借り主が真拳ジムにいた広岡さんだと説明すると、大家さんがとても驚きましてね。ボクサー時代の広岡さんのことを知っていたんです。アメリカから帰ったばかりだと言うと、もう少し広い部屋じゃなくていいのかと心配するほどでね」

「いえ、ひとりが暮らすには充分すぎるくらいです」

「それはよかった」

そう言ってから、進藤は広岡にあらためて訊ねた。

「何か用事でしたか」

広岡は手提げの紙袋を上の方に掲げながら言った。

「これを土井さんに渡してくれませんか」

進藤に訝《いぶか》しげな表情が浮かんだのを見て広岡が続けた。

「甲府の土産なんです」

「甲府の？」

「ええ、今日、甲府に行ったもんですから、ほうとうを買ってきました」

進藤は充分には状況が呑み込めないようだったが、よけいな質問をせずに言った。

「わかりました」

広岡は佳菜子のデスクの上に紙袋を置くと、ガラス戸を開けて出て行きかけた。すると、その背中に向かって進藤が声をかけた。

「広岡さん！」

広岡が振り向くと、進藤が照れたような笑みを浮かべながら言った。

「……お帰りなさい」

それが甲府から帰ってきたことに対しての言葉なのか、アメリカから帰ってきたことに対してのものなのかはわからなかったが、思いがけない温かさがこもっていた。

「あっ、はい！」

広岡は頭を下げて外に出た。

まだ充分明るい夕方の光の中の商店街を歩きながら、広岡は戸惑っていた。子猫といい、佳菜子といい、進藤といい、思いがけず小さな関わりが生まれてしまう。こうしたものを手に入れるために自分は日本に戻ってきたのだろうか……。

第四章　鳥海山

1

早朝、広岡はJRの電車に乗って東京駅に向かっていた。

東京駅から新幹線で新潟まで行き、そこから在来線に乗り換え、日本海に沿って酒田に向かうつもりだったのだ。

甲府から戻った広岡は、すぐにでも山形の故郷で暮らしているという佐瀬健三に会いにいくつもりだった。しかし、ゴールデンウィークに差しかかり、遠隔地に旅行をするのが厄介な時期になっていた。

広岡は、国民の大移動の最中を避け、世の中が落ち着きを取り戻してから行くことにした。

早朝のせいか東京駅に向かう電車は空いていたが、途中の四ツ谷駅でドアが閉まる直前に駆け込み乗車をしてきた男性客がいた。そして、車両を移動しようとするのか早足で通路を歩きはじめた。その男性客が自分の座席の前を通過した瞬間、広岡の胸にふと甦《よみがえ》った遠い昔の感覚があった。

まだJRではなく、国鉄といっていた時代の山手線の車両の中。その通路を車両から車両へと荒々しく渡り歩いている十八歳の自分がいる。気持が荒《すさ》み、それを抑えることができなかったのだ。

広岡は、少年時代から一貫して野球をやりつづけていた。中学までは軟式野球で三塁を守っていたが、県立高校に入ってからは肩のよさを見込まれて硬式野球部で投手をつとめるようになっていた。

県には、私立と県立に名門の野球部を抱えた二校があり、広岡の入った県立の普通高校は、どのような大会でも、準々決勝に行くのがやっとというレベルだった。

しかし、広岡が三年になった夏の県大会は違っていた。

広岡は、コントロールはなかったが、伸びのある速球を投げた。四球によって自滅することも少なくなかったが、稀《まれ》に球道が定まると、その速球と大きなカーブだけで三振の山を築いた。

三年の夏の県大会は、広岡の絶好調の時期にぶつかり、一気に決勝まで勝ち進むことができた。地元では、もしかしたら、甲子園の常連校を破って初出場できるのではないかと大騒ぎになった。

五連投となった決勝でもまったく調子は落ちず、名門私立高校の強力打線を相手に三振を奪いつづけた。広岡は七回に四球とヒットで無死一塁三塁という絶対のピンチに見舞われたが、四番、五番、六番の打者を連続三振に切って取り、零点のまま切り抜けた。しかし、味方も得点を奪えないまま延長戦に入り、ついに十一回、四球とエラーと犠牲フライによって奪われた一点に涙を呑《の》んだ。

甲子園に出場はできなかったが、広岡のボールの速さは実業団や大学野球の関係者のあいだで評判になり、スカウトが高校だけでなく家にも訪ねてくるようになった。

とりわけ熱心だったのは、県内の製鉄会社の一社と東京の東都大学の一校だった。

広岡はできるだけ早く家を出たいと思っていた。東京の大学は、授業料を免除してくれるだけでなく、野球部の寮に入れてくれるという。その寮費もいっさい不要というのに強く惹かれて東京に出て行くことにした。父親に迷惑をかけなくて済む。それは、思いやりからというより、父親に対する反発心からだった。もうこれ以上、父親の世話にはなりたくなかったのだ。

母親は戦後、広岡を産んですぐに死んでいた。自宅で分娩《ぶんべん》した母親は、助産婦の処置の誤りから産褥《さんじょく》敗血症にかかり、二カ月後に死んだのだ。父親は再婚しようとしなかったので、近所に住む母方の伯母《おば》が通いの家政婦のような立場で一切の家事を引き受けてくれた。兄と広岡、とりわけ広岡はその伯母に育てられたといってよかった。

広岡は、幼い頃から、父親の自分を見る眼になんとなく冷たいものがあるのを感じていた。出来のよい兄と比べると、スポーツ以外ではすべてに劣っているからかもしれないと思っていた。だが、あるとき、その様子を哀れに思ったらしい伯母から、父親が冷たいのは、おまえのことを、愛する妻である母親を奪った存在と見なしているからだと聞かされて、すべてが氷解した。

それからはできるだけ早く自立して家を出ようと考えた。自分には国立大学に入った兄のような頭のよさはない。スポーツ、とりわけ天が与えてくれたこの肩を生かせる野球の世界に行くのが最も自分に合っている。プロの野球選手になること、それが広岡の少年時代からの変わらぬ夢だった。

広岡は、実業団に入るのと大学に進むのとどちらがプロの選手になりやすいか秤《はかり》にかけた。結論は実業団だったが、最終的に大学を選んだ。とにかく、できるだけ早く九州から出て行きたかったのだ。

東京に行き、入った大学の野球部は、部員が百名を超える大所帯で、寮も一軍、二軍、三軍と分かれていた。広岡は入学当初から一軍用の寮に入れられた。一年生で同部屋になったのは、甲子園の優勝チームのキャプテンだった。

練習でも特別待遇だった。新入部員のほとんどが、先輩たちの練習するグラウンドを取り囲み、膝に両手を当てて中腰になり、意味のない声を上げるだけしかできないとき、広岡は上級生の投手たちと投球練習を始めていた。自分がどれほど期待されているかがわかって、有頂天になった。

ところが、入学して半月も経たないある日、力を込めて直球を投げていると、不意に肩に激痛が走った。

その日は練習を中断させてもらって、見学にまわったが、翌日になっても、翌々日になっても痛みが引かない。動かさなければ痛みはないのだが、ボールを投げようとすると、肩に激痛が走る。監督に勧められて大学病院で精密検査を受けた。結果は、俗に野球肩と言われる関節唇《かんせつしん》断裂だった。

高校時代から、練習でも試合でも力任せに速球を投げつづけ、投げたあとの肩の手入れをまったくしてこなかった。学校には指導者にふさわしい野球部の監督がいなかったので、自分の好きなように練習し、好きなように投げつづけていた。知識のないまま肩を酷使していたツケが回ってきたのだ。

医師によれば、しばらく使わなければいくらかよくなるが、完全に元に戻ることはないという。

それから三カ月、病院だけでなく、整骨院をはじめとしてさまざまなところで治療を受けたが、ついに以前のような速いボールを投げられるようにはならなかった。投手としての投球だけでなく、かりに野手に転向しても、三塁から一塁までもまともな送球ができないということもわかった。

どうしたらいいのか。監督から、野球部の寮を三軍に移り、マネージャーになるという道も提示された。しかし、それには耐えられそうになかった。

広岡は、自分の将来をプロ野球の選手になることと一途《いちず》に見定めていた。それ以外の人生など考えたこともなかった。その野球の道を断たれて、絶望的になった。そして、日に日に気持が荒んでいった。どうしても気持を鎮《しず》めることができない。

そんなある日、山手線の電車に乗っていて、降りるため車両内を歩いていると、大きく脚を投げ出している男の靴に引っ掛かってしまった。

「馬鹿野郎！」

声を上げられ、よろめくところを踏みとどまった広岡が、振り向いてその男を睨《にら》みつけた。

その顔がよほど険しかったらしく、声を上げた男が、恐れるように眼をそらせた。

それからというもの、広岡は荒んだ心を持て余すと、山手線に乗って、車両から車両を渡り歩いた。そして、席に座って大きく脚を投げ出している男を見つけては、その脚を払うようにして蹴飛《けと》ばしていった。

「何をするんだ！」

いまにも立ち上がりそうになった相手も、大柄な広岡の険しい表情を見ると、そのまま黙り込んでしまう。

広岡には、乗客の迷惑も顧みないで脚を投げ出している奴らが悪いのだという思いがあった。自分は間違ったことをしているわけではない、と。しかし、広岡は、本当は殴《なぐ》り合いをしたかったのだ。それまで、喧嘩《けんか》など一度もしたことがなかったが、そのときの広岡は喧嘩がしたかった。

ある日の夜遅く、いつものように前に投げ出された脚を蹴飛ばして歩いていると、蹴飛ばされた若い男が声をかけてきた。

「待てよ！」

広岡が振り向くと、若い男が言った。

「謝れよ」

「謝るのはそっちの方だろ」

すると、若い男は席から立ち上がり、微《かす》かに笑いながら言った。

「喧嘩を売ってるのか？」

その若い男は広岡より身長が低く、しかも痩せぎすの男だった。広岡はこんな貧弱な体格で自分に因縁《いんねん》をつけるということが信じられなかった。そこで、不審に思いながら言った。

「売りはしないが買うことはできる」

すると、若い男は、今度ははっきり笑いながら言った。

「馬鹿が粋《いき》がってやがる」

そして、うんざりしたように続けた。

「次の駅で降りようぜ」

広岡は、次の駅に着くと、先になって電車を降りた。

人影がまばらなプラットホームで向かい合うと、その若い男は相変わらず口元に薄い笑いを浮かべたまま広岡に言った。

「駅から出るのは面倒だ。ここでいいか」

広岡がうなずくと、若い男は拳を握った両方の手を胸の前に構えた。喧嘩に慣れていなかった広岡は、それにつられて自分も拳を握って構えようとした。

そのとき、若い男の右の拳がいきなり広岡の左の頰《ほお》に飛んできた。そのパンチはスピードはあったが、力はほとんど入っていない軽やかなものだった。しかし、綺麗に頰を打ち抜かれた広岡は、一瞬意識が飛び、腰を落として片膝《ひざ》をガクンとプラットホームについてしまった。

それを見て、若い男は何も言わず、サッと振り向くと、近くの階段を駆け昇って消えてしまった。立ち上がり、その男のいない階段を見上げながら、広岡はいったい自分に何が起こったのだろうと茫然《ぼうぜん》とした。

そして、時間が経つにつれて考えはひとつのところに収斂《しゅうれん》していった。あれはボクシングの構えではなかったか。あの若者はボクサーではなかったか、と。

それが広岡がボクシングというもの、ボクサーというものに遭遇した初めての経験となった。もちろん、それまでもテレビでボクシングの試合を見たことがなかったわけではない。だが、ボクシングというものが、たった一発で、しかもあれほど軽やかな一発で、人を倒すことができるものなのだということを身をもって知ったのはその夜が初めてだったのだ……。

ぼんやり十代の頃の自分を思い出しているうちに電車は東京駅に着いた。広岡は、東北や北陸方面に向かう新幹線が発着するプラットホームに上がっていった。

停車している車両はどれもカラフルだった。車体にピンクやグリーンといった鮮やかな色が流れるように塗られている。新幹線の車両といえば白とブルーとばかり思っていた広岡には意外だった。しかし、その中でも比較的落ち着いた色に塗られた列車が上越新幹線の「とき」だった。

ゴールデンウィークを避けたおかげか、乗り込んだ「とき」は、甲府に行った際の「あずさ」よりさらに空いていた。

広岡は、列車が走り出すと、新潟までどんな風景が現れるのか、ときめきのようなものを覚えながら窓の外に眼を向けた。

東京から上野、大宮までは特に変わった景色は現れなかった。しかし、高崎を過ぎると、左右に高く低く連なる山並みが現れはじめ、さまざまなかたちの田畑が続くようになった。

そのところどころで黄金色の穂が揺れている。もう稲穂が実っているのかと驚きかけたが、そんなはずはないとよく見ると、それは麦の穂だった。

田圃《たんぼ》には水が張られ、植えられたばかりの苗が可憐《かれん》に並んでいる。

やがて長いトンネルに入り、そこから出ると、深い緑色の葉をつけた木々が生い茂る山林地帯を走りはじめた。

東京は曇っていたが、いくつかのトンネルを抜け、日本海に近づいていくにつれて晴れ間が広がっていき、日差しが強くなっていく。日本海に近づくに従って暗くなっていくのではないかと思っていた広岡には思いがけない変化だった。

ちょうど二時間で新潟に着いた。ここからは羽越本線に乗り換えて酒田に向かうことになる。

新幹線から在来線に乗り換えるとき、通りすがりの売店で駅弁を売っているのが眼に留まった。

店の前に広げられていた何種類もの駅弁の中で、広岡が特に惹かれたのは、酢めしの上に車海老《くるまえび》と炙《あぶ》った秋刀魚《さんま》がのっているものだった。いまは秋刀魚のシーズンではないはずだがと思いながら、その弁当と緑茶のペットボトルを買い求め、始発の特急「いなほ」に乗り込んだ。

新幹線の「とき」と同じように、羽越本線の「いなほ」もかなり空いていた。広岡の車両には乗客がパラパラといるだけであり、中央に八人ほどの初老の男性のグループが固まって座っているのが目立つくらいだった。

その男性たちは、座席を向かい合わせにしてビールを飲みながら楽しげに話をしている。ほぼ年齢が揃《そろ》っているように見えるところからすると、学校の同窓会か会社の同期会のような集まりなのかもしれないなと広岡は思った。これからどこかの山でハイキングでもするつもりなのか、軽装ながら山登り風の服装をしている。いずれにしても、自分とあまり年齢の違わないと思われる彼らは、すでにそれぞれの仕事をリタイアーし、老後の人生を楽しむという時期に入っているらしい。

その親しげな会話を聞くともなく耳にしていた広岡は、本来なら自分も藤原も彼らのような生き方をしていて不思議はなかったのだなと思った。

走り出した「いなほ」は、途中、大きな川を渡った。岸辺に「あがのがわ」と記した看板が立っている。東京駅で買い求めた小型の地図帳を開いて調べてみると、「あがのがわ」は「阿賀野川」と書くらしい。

車窓からは、田植えが終わったばかりの田圃が一面に広がっているのが見えるようになった。

畦《あぜ》で区切られた田圃には水が張られているため、ひとつひとつがまるで長方形のプールのようでもあった。深さ数センチにしかすぎない無数のプールがどこまでも続いている。

その風景を見ながら、広岡はあらためて日本は水の国なのだなと思った。

海や川だけでなく、至るところに水が満ちている。あるいは、田植えどきというこの時期に特有なことなのかもしれなかったが、水分が眼から入って自分の体の奥深くにまで浸透してくるような気がする。それは何にも代えがたい日本という国の豊かさのようにも思える。

この豊かさの中で佐瀬は生きているらしい。それは幸せなことだな、と広岡は思った。

かつて佐瀬は、和製の「無冠の帝王」と呼ばれた。日本の上位ランカーが佐瀬の強さを嫌ってなかなか対戦してくれなかったため、仕方なく外国人選手と戦いつづけ、日本や東洋のタイトルを取らないまま世界ランクの三位にまで登り詰めるという異例の選手だったからだ。世界チャンピオンへの挑戦は広岡たち四天王の中で一番早かった。しかし、不運だったのは、佐瀬が「奇跡のバンタム」と呼ばれる、絶対的な強さを誇る二人の世界チャンピオンと同時代のバンタム級ボクサーだったことだ。

広岡は、佐瀬がそのひとりであるサントス・エルナンデスに挑戦し、敗れた試合までは見届けていたが、そのあとどうなったか詳しく知らなかった。だが、ついに世界タイトルを手に入れられなかったらしいことは、真拳ジムのトレーナーの話からうかがい知ることができた。

それはつらいことだったろうが、その後の佐瀬は故郷に帰り、とにかく幸せな老後を送っているらしい。

新潟からしばらく平野部を走っていた列車は、ひとつの長いトンネルを抜けると不意に真っ青な海に出た。

日本海、のようだった。

確かにアメリカの西海岸で毎日のように見ていた太平洋の海の色とはかなり違っている。光の反射の具合によるのか濃く深い色をしている。青というより藍《あい》といった方がいいのかもしれない。だが、それでもやはり美しい海であることには変わりなかった。

列車はくねくねとした海岸線のきわを走りはじめた。砂地の少ない、荒々しい岩が続く海岸線だ。

広岡は駅弁を食べながら、トンネルを抜けるたびに現れる、海岸と崖《がけ》のあいだのわずかな平地にへばりつくように存在している小さな集落に眼を奪われつづけた。

このようにして日本人はずっと生きてきたのだな、とあらためて思い知らされるような気がしたからだ。

やがて温泉と名のつく駅で初老の男性のグループが降りた。そしてしばらくすると車窓の左手に、山頂から中腹にかけて雪渓の白い筋を持つ大きな山が見えてきた。どうやらその山が、いつも佐瀬が誇らしげに口にしていた鳥海山《ちょうかいさん》らしい。

列車は、その鳥海山が車窓の左手から右手に見えるようになるまで大きな弧を描きながら走りつづけ、着いたところが酒田だった。

酒田からは各駅停車に乗り換えることになる。三両編成の列車に乗り、三十分ほどで佐瀬が住んでいるはずの駅に着いた。

2

そこは、木造の一軒家のような小さな駅舎を持つ無人駅だった。

駅員がいないだけでなく、駅の周囲には何もない。一緒に降りた数人の客も駅前の空き地に停めてあった車や自転車でいなくなってしまった。広岡はひとり取り残されたかたちになり、駅を出たところで立ち尽くした。

――さて、どうしよう。

駅前には商店街というものがなく、ただごく普通の民家の続く通りがあるだけだ。刑務所にいる藤原からの手紙はまだ届いていなかった。そのため佐瀬の正確な住所はわからなかったが、駅で降りて、どこかで訊《き》けばわかるだろうとタカをくっていた。しかし、実際に降りてみると、どこでどう訊けばいいかわからない。稀に車は走り過ぎるが、歩いている人がまったくいないのだ。

さてどうしよう、とまた広岡は思った。

どちらに行こうか駅前の通りの左右を見渡していると、そこに一方の側から腰の曲がった老人がゆっくり歩いてきた。

「すみません」

広岡が呼びかけた。

老人は立ち止まり、曲がった腰を伸ばすようにして広岡を見た。

「佐瀬という家を探しているんですけど」

広岡が言うと、老人はうなずいているのか自然とそうなってしまうのかわからないような動きで何度も上下に小さく頭を振りながら訊ねてきた。

「どこの、佐瀬かな」

「どこの？」

「ここには、佐瀬の家がたくさんある。屋号は、何かな」

屋号というのはまったく意表をつかれる質問だった。

「屋号……屋号はわからないんですけど、名前は佐瀬健三と言います」

「ああ、マルトの佐瀬の三男坊かね」

マルトが何を意味するのかよくわからなかったが、佐瀬は間違いなく三男だった。広岡は救われたような思いで言った。

「きっと、そうだと思います」

そして、言葉を続けた。

「家を教えていただけますか」

すると老人は、もういちど大きく腰を伸ばし、広岡の頭から足先までを眺め渡すような仕草をしてから言った。

「あんたさんは借金取りかな」

「いえ、昔の友人です」

広岡の返事を聞くと、老人はまた何度も細かく頭を上下させた。

「そうかい。それならいいだろう」

案内してくれるつもりらしく、老人は来た道を戻りはじめた。

「いえ、場所を教えていただければ……」

広岡は慌てて断ったが、老人はその言葉にはすぐに反応せず、先に立って歩きつづけた。そして、しばらくしてから、思い出したように言った。

「わかりにくいところにあるんだ」

広岡は黙ってついていくことにした。

駅前から続く通りを曲がり、緩やかな傾斜のある道を上りながら老人が言った。

「あの三男は、酒田で仕事に失敗して借金をこしらえて、マルトの長男にえらく迷惑をかけたとかでな」

そして、坂の途中で立ち止まると、家と家のあいだの路地のような道の奥を指さした。

「あそこだ」

そこには古い廃屋のような家が一軒ぽつんと建っていた。

「あれはもともとマルトの分家のものだったんだが、みんな酒田や山形に出て行ってしまってな。誰も住まなくなったんで、マルトの三男がひとりで住むようになったのはいいんだが、手入れをまったくしないもんだからあんなふうになってしまった」

老人が哀れむような口調で言った。

「ありがとうございます」

広岡が頭を下げると、老人は言葉だか呻《うめ》き声だかよくわからないものを発した。

「あう……」

老人がまた坂を下っていくのを見送ってから道の奥に入っていくと、庭先の木の枝に麻袋で作ったサンドバッグのようなものが吊り下げられているのが見えた。

その木の横には廃車同然の古い軽トラックが放置されている。

広岡の胸に不安の念がきざした。ここに佐瀬は本当に住んでいるのだろうか。

いや、佐瀬の家であることはサンドバッグが示している。だが、もし住んでいるとすると、この荒涼とした家の佇《たたず》まいは何を物語っているのだろうか……。

玄関は大きいが、表札が出ていない。建てつけの悪い戸を開け、暗い家の中に呼びかけた。

「ごめんください」

だが、返事がない。玄関の戸に鍵がかけられていないところからすると、留守とは思えない。誰かはいるのだろう。

広岡は少し待ってから、もういちど奥に向かって呼びかけた。

「佐瀬さんのお宅ですか」

依然として中からの返事はない。そこで広岡は大きな声で怒鳴った。

「いないのか、サセケン！」

佐瀬健三を最初にサセケンと呼ぶようになったのは藤原だった。佐瀬という名字だけだと呼びにくいからというのが理由だった。サセケンというニックネームは単純に名字と名前から頭の二つの音を取ったものにすぎなかったが、ついてみると佐瀬健三はサセケン以外の何者でもなくなった。佐瀬の代名詞となったパンチは、左のジャブの「三段打ち」というものだった。それはジャブというより、ほとんどストレートと同じ威力のあるものだったが、連続的に繰り出されるジャブを槍《やり》のように前に前にと伸ばしていく佐瀬は、まさにサセケンという名前にぴったりだったのだ。サセケンという名は「刺せ健」とも「刺せ拳」とも字を当てることができた。

「サセケン！」

広岡がもういちど呼びかけた。

すると、奥から独り言のようなつぶやきが聞こえてきた。

「……サセケン？」

そして、むさ苦しい格好の老人が玄関に出てきた。

頭の髪の毛はだいぶ薄くなっているが、佐瀬健三に間違いなかった。

スウェットの上下だか寝間着だかわからないようなものを着ている佐瀬は、広岡をじっと見て、言った。

「……仁か？」

広岡は黙ってうなずいた。

「本当に、仁か？」

「そうだ」

すると、佐瀬はふっと顔をほころばせて言った。

「生きてたか」

広岡は、佐瀬がときどき浮かべるその子供のような笑顔が好きだった。髪は薄くなり、腹のまわりに肉はついているが、その笑顔は若いときと少しも変わっていなかった。広岡も嬉《うれ》しくなって言った。

「生きてたぞ」

佐瀬は広岡の言葉を受けて、ぶっきらぼうに言った。

「上がれ」

広岡が佐瀬のあとをついていくと、囲炉裏《いろり》が切ってある広い部屋に案内された。

その部屋の様子は、佐瀬があまり幸せな人生を送っていないことをうかがわせるに充分なものだった。道を案内してくれた老人が言っていたように、佐瀬はひとりで暮らしているらしい。ほとんど片付けもしないのか、部屋中に屑《くず》が散乱している。

「そのあたりに座ってくれ」

言われるままに腰を下ろし、囲炉裏を挟《はさ》んで向かい合った。そこであらためて顔を見て、広岡は佐瀬が想像以上に老いているのに胸をつかれた。刑務所の面会室に現れた藤原の顔には、老いの中にもまだ生気の宿る若さが残っていた。しかし、佐瀬の表情には重く淀《よど》んだ疲れのようなものしか滲《にじ》んでいない。これがあのサセケンなのだろうか……。

広岡が言葉もなくただ顔を見つめていると、佐瀬が口を開いた。

「いつアメリカから帰ってきたんだ」

「先月」

「それまでアメリカに住んでいたのか？」

広岡がうなずくと、佐瀬が信じられないというように訊き返した。

「ずっと？」

「四十年間、アメリカの西海岸にいた」

広岡が言うと、佐瀬が火箸《ひばし》を手に取り、燠《おき》も何もない囲炉裏の灰をかきまわしながら、つぶやくように言った。

「そうか……おまえがアメリカに行ってしばらくは、ボクシング雑誌の短信欄に戦績が出ていたけど、そのうちまったく見かけなくなった。しばらくしたら日本に帰ってくるのだろう、帰ってきたら必ず俺《おれ》たちに会いにくるはずだからと待っていたが……そのうち俺はジムから離れてしまった。でも、おまえがどうなったか……」

　そこで佐瀬は言葉を区切り、ぽつんと投げ出すように言った。

「ずっと気になっていた」

　広岡は藤原と面会したときと同じ種類の胸の痛みを覚えながら、話題を変えるように言った。

「あれから世界のチャンスはもうなかったのか」

「あれが……最初で最後だった」

「それからどうした」

「二年後に引退して、会長が紹介してくれた不動産会社に勤めた」

「どんな仕事を？」

「営業だ。いろいろやったが、土地の買い上げが長かった」

「そうか」

　あるいはそれは適職だったかもしれない。会社の経営者にはその粘り強さと真面目さが見込まれたのだろうし、買い上げの相手の地主からは言葉少なに向かい合うだけで信頼感を勝ち得ることができたはずだ。

「会社には十年ほどいたが、どうしてもまたボクシングをやりたくなって辞めさせてもらった」

　佐瀬の言葉に、広岡が驚いて訊《たず》ねた。

「カムバックしたのか？」

「さすがにカムバックは無理だ」

佐瀬は苦笑し、言った。

「山形に帰って、酒田の町なかでボクシングジムを開いたんだ」

そういえば、何かの折に、佐瀬が故郷でいつかジムを開きたいという夢を語るのを聞いた記憶があった。

「それはよかった。夢を実現したんだな」

広岡が言うと、佐瀬が暗い表情を浮かべてつぶやいた。

「夢か……」

そして、しばらくしてから自嘲《じちょう》するような口調で言った。

「日本チャンピオンですらなかった元ボクサーのところなんかには、ろくに練習生も集まらなかった」

それでもプロテストの合格者は何人か出すことができたが、地方ではマッチメークもうまくできないため大きく育てることはできなかった。稀に才能のある若者が来ることもあったが、すぐに東京に出て行ってしまった。細々と十五年ほど経営を続けたが、ついに維持できなくなってジムを閉めたのだという。

道案内をしてくれた老人の話では、佐瀬は酒田で仕事に失敗して借金を作ったということだった。その借金とは、このボクシングジムの経営にまつわるものだったのだろう。

だが、たとえそれによって長兄に迷惑をかけることになったとしても、結果として故郷に戻って農業をすることにつながったとすれば、ジムの閉鎖も存外悪いことではなかったのかもしれない。

広岡はここに来る途中で見かけた田圃の様子を思い浮かべながら訊ねた。

「田植えはもう終わったのか」

「田植え？」

「米を作ってるんだろう」

「俺が？」

佐瀬が意外そうに訊き返してから、すぐに吐き捨てるように言った。

「まさか」

広岡には意味がわからず、確かめるように訊ねた。

「ここで農業をしてるんじゃないのか」

「俺に農地なんかあるもんか」

「それじゃあ、次郎のところに送っていた米というのは……」

すると、それまで囲炉裏の灰に視線を落としていた佐瀬が、パッと眼を上げて言った。

「次郎に会ったのか？」

「刑務所で面会した」

「どうだった」

「元気だった」

「そうか」

「次郎は相変わらずの次郎だった」

「それはよかった」

やはり刑務所に入ったことを心配していたのか、佐瀬が安心したように言った。

しかし、佐瀬に耕作する農地がないとしたら、藤原に送る米はどうしていたのだろう。

「米は、兄さんの家かどこかで貰《もら》っていたのか」

「あいつらがくれるもんか。農協のストアーで買っていた」

広岡は、佐瀬が店で買うようなことをしてまで藤原に米を送っていたということにまた胸をつかれた。

佐瀬は故郷で農業をしているのではないという。もし農業でないとしたら何をしているのか。

広岡はためらいながら訊ねた。

「ここで……何をしてるんだ」

「何も……」

そう言いかけてから、佐瀬が苦笑しながら付け加えた。

「ああ、冬は除雪作業の手伝いをしたり、夏は海水浴場の清掃をしたりして小銭を稼いでいる」

「それで暮らせるのか」

「最近は年金が下りる。わずかな金だが、それでなんとか食いつないでいる」

「よく年金を掛けていたな」

「おふくろが自分の年金から掛けつづけておいてくれたんだ。俺がいつか困るようになるだろうからと言って」

「お母さんは？」

「十二年前に死んだ」

広岡は、佐瀬が世界タイトルの挑戦に失敗した夜、控室でジムの会長をはじめとする周囲の人たちに、すみません、すみませんと頭を下げつづけていた佐瀬の母親の姿を思い出した。

「いいお母さんだったな」

自分の母親の記憶のない広岡には、その佐瀬の母親の姿が、観音像の観音や聖母子像の中の聖母のように神々しく見えたものだった。

「よかったよ。ボケる前に死んでくれて」

佐瀬がぞんざいだが愛情のこもった声で言った。

広岡が黙っていると、佐瀬が独り言のように付け加えた。

「八十五まで生きれば充分だ」

あるいはそうかもしれないと広岡も思った。頭がはっきりしたまま八十五まで生きることができれば、そして、そこで死ぬことができれば、幸せな一生と言えるかもしれない……。

「俺はあと何年かすると七十になる」

佐瀬が言った。俺も同じだ、と広岡が相槌《あいづち》を打とうとすると、その前に佐瀬がうんざりしたように言った。

「生き過ぎてしまったよ」

それは佐瀬のボクサー引退後の人生が必ずしも順調ではなかったことを物語っているのかもしれなかった。

「そんなことはないさ」

広岡は否定したが、佐瀬にはどこか人生を降りてしまったようなところがあるのを感じていた。

佐瀬はそこで黙り込んでしまったが、しばらくすると激したように話しはじめた。

「世界戦でノックアウトされたとき、俺が控室で泣いていると仁が言ったよな。泣くな。

自分の部屋に戻ったら、いくら泣いてもいい。死ぬまで泣くがいい。だけど、ここでは泣くな。歯を食いしばれ、唇を噛《か》みしめろ。唇から血を流しても、涙は流すな。ここはまだ戦場の続きだぞ」

確かにそんなことを言ったかもしれないなと広岡は思った。控室では、佐瀬の母親が周囲の人に頭を下げつづけている。それなのに当の佐瀬が人目もはばからず泣いているのが耐えられなかったのだ。

「仁がいなくなって、やはり俺は世界チャンピオンにはなれないのかと絶望的になるたびに、いつもおまえの言葉を思い出していた。歯を食いしばれ、唇を噛みしめろ。血は流しても、涙は流すな。そうして頑張りつづけたが、ついに世界チャンピオンにはなれなかった」

「でも、世界三位になった」

「世界チャンピオンになれなければ、たとえ世界一位になろうが同じことだ」

それはある意味で正しかった。ボクサーには二つの人種しか存在しない。チャンピオンとそれ以外のボクサーだ。ボクサーは自分より強いボクサーがいるということに我慢できず、そのボクサーを打ち破るためにトレーニングを重ねる。そして、ついに自分より強い相手がどこにもいなくなった状態のボクサーをチャンピオンと呼ぶのだ。チャンピオンというのは唯一無二の存在のはずである。だから、かつて広岡や佐瀬を育てた真拳ジムの会長は、偶然世界王座についてしまったような二流の王者を日本に呼び、ホームタウン・ディシジョン、地元有利の判定を出させてベルトを奪い取るというような行為を嫌悪していたのだ。本物のチャンピオンを倒してこそ本物のチャンピオンになれるのだと。佐瀬の不運は、戦った相手が本物中の本物のチャンピオンだったということにあった。

「世界チャンピオンにもなれず、不動産の仕事も中途半端なまま放り出し、酒田でのジムの経営にも失敗した……負け犬だ」

佐瀬が自嘲するように言った。

「だが、おまえには故郷がある」

広岡が佐瀬の心を落ち着かせるように静かに言った。

「なにが故郷なものか！」

その言い方は、広岡が驚くほど激しいものだった。

「兄さんたちがいるじゃないか」

「兄弟なんか、糞《くそ》くらえだ。俺は親類ともいっさい付き合いをしていない。どこにも訪ねて行かないし、誰も訪ねても来ない。たまに役場の若造が、まだ死んでないか確かめに来るだけだ」

佐瀬はこの地でただひとり孤立して生きているらしい。佐瀬の顔に表れている淀みのようなものは、孤立している者の持つ、周囲への苛立《いらだ》ちや憤りから来るものだったのだ。

「海も山もある。いいところじゃないか」

広岡が素直に思ったことを口にすると、佐瀬は口を歪《ゆが》めるようにして言った。

「こんなところ、金があれば、明日にでも出ていくんだが、先立つものがない」

「……………」

「二カ月に一度、通帳に振り込まれるわずかな年金で食いつなぐだけしかできない」

そう言うと、また佐瀬はふっと考え込むように囲炉裏の灰に視線を落とした。

そして、しばらくして顔を上げると、広岡の顔をじっと見つめて言った。

「仁、俺は生きているか？」

死んでいる。サセケン、おまえは死んでいるぞ。口にまで出かかったが、広岡はその言葉を呑み込んで言った。

「……生きてるよ」

「死んでないだけじゃないか？」

死んでいないだけではないか。佐瀬のその問いは広岡自身にも突き刺さってくるものだった。自分もまた死んでないだけの存在なのではないのか。心臓発作で倒れたときも、たまたま死なずに済んだだけで、生き残ったいま、何をどうすればよいかわからないいま、こうして昔の友人を訪ねたりしている……。

広岡は話題を変えるように言った。

「てっきり、結婚して子供や孫に囲まれているんだと思っていた」

「結婚は一度もしていない」

「そうか。おまえがいちばんいい家庭人になると思ってたけどな」

佐瀬は苦笑し、逆に広岡に訊ねた。

「仁は？」

「俺もずっとひとりだ」

「そうか、仁もか」

「…………」

「仁は強かったからな。外国でひとりきりで生きていけても不思議じゃない。俺は弱い。大事な試合に負けて泣くような男だ」

自分は佐瀬の言うように本当に強い人間だったのだろうか、と広岡は思った。ただ痩せ我慢をして、必死にひとりで生きていただけなのではないか。自分には誰かと暮らす資格がありはしないのだと……。

「仁はどうなんだ」

佐瀬がいきなり訊ねてきた。

「どう？」

「ああ、そうか……うん、そうだな、食うに困らないくらいのものはある」

「そいつはよかった」

そこには人を羨《うらや》むような気配がまったく感じられなかった。素直に喜んでくれている。佐瀬が、いくら貧《ひん》していても鈍《どん》していないらしいことに、広岡は救われる思いがした。

佐瀬は、芯のところで、やはりあの時代の佐瀬のままなのかもしれない。

「そうだ、土産があった」

広岡は思い出し、脇に置いたバッグから白い長方形の箱を取り出した。

受け取った佐瀬は、その包装紙を眺めながらつぶやいた。

「これは……もしかしたら……」

「そうだ、あのレーズン・サンドだ」

広岡がうなずきながら答えると、佐瀬が微かに震えるような声で言った。

「懐かしい……」

あるとき、会長の家に届けられるべき贈答品がジムに間違えられて配送された。会長はその贈り主だけを確認すると、あとは君たちで処分しろと置いていってくれた。それは有名な西洋料理屋の菓子の箱詰めだった。レーズンの入ったクリームがビスケットでサンドイッチされている。それを四人で食べたときの佐瀬のひとことが印象的だった。

「景気はいいのか」

「いままで、こんなうまいものを食べたことがない！」

佐瀬が世界タイトルの挑戦に失敗した翌日、広岡はその西洋料理屋に行って菓子を一箱買ってきた。そして、布団をかぶったまま部屋から一歩も出ようとしない佐瀬の部屋の前に立つと、勝手にドアを引き開け、山のように盛り上がった布団の上にその箱を投げつけた。

「しばらくはウェイトを心配する必要がない。ひとりで好きなだけ食べろ！」

広岡が大きな声で怒鳴ると、ようやく布団から顔を出した佐瀬が、その箱を見て泣き笑いのような表情を浮かべた……。

ふと、広岡は、佐瀬もそのときのことを思い出しているような気がした。

「ひとりで好きなだけ食べろ」

広岡が笑いながら言うと、佐瀬が少し声を震わせるように言った。

「せっかく、こんなところまで来てくれたのに、茶の一杯も出すことができない。もうだいぶ前に茶を切らしている。俺は、何も、もてなすことができない。おまえをここに泊めたいが泊められない。まともな布団の一組もない……」

佐瀬の言葉を遮《さえぎ》って、広岡が言った。

「いいんだ。おまえの元気な顔が見られただけで充分だ」

「俺の顔なんか見たって……」

佐瀬はそう言いかけて、ふと思いついたように訊ねた。

「日本に帰ってきて温泉に行ったか」

「いや」

「そうか。温泉に行かないか」

「温泉に？」

「この近くに、町が掘った温泉施設があるんだ。それで外から人を集めようとしたんだが、あまり思うようにいってない。でも、いい温泉なんだ。銭湯並の料金で誰でも入れる。そこなら、俺でも連れて行ける」

ロサンゼルスに住む日本人の中には日本の温泉について熱く語る者がいる。しかし、広岡はさほど温泉に関心がなかった。日本に居たときもほとんど入ったことがなかったため、その魅力を具体的にイメージしにくいということもあったのかもしれない。

だが、温泉に連れて行きたいという佐瀬の好意を無駄にしたくはなかった。

「いいな」

広岡がうなずくと、佐瀬はすぐに立ち上がって言った。

「そうか。それなら、いまから行こう」

広岡もつられて立ち上がったが、バッグを囲炉裏端に置いたままなのを見て、佐瀬が言った。

「バッグは持っていってくれ。ここには盗まれるものがないんで、玄関の鍵はかけないことにしてるんだ」

3

家の外に出ると、佐瀬は廃車同然の軽トラックに近づき、運転席のドアを開けた。

「動くのか」

広岡が笑いながら訊くと、佐瀬が真面目な顔で答えた。

「ここでは車がなければ生きていけない」

「ロサンゼルスと同じだな」

広岡はそう言いながら助手席に乗り込んだ。佐瀬がつけっ放しにしてあるキーを回転させると、意外にもすんなりエンジンがかかった。

佐瀬の古い軽トラックは、咳込《せきこ》むようなエンジン音を響かせて坂を下り、駅前を通り過ぎ、羽越本線の踏切を渡って線路の反対側に出た。

そこには大きな川が流れていて、海に注ぎ出る河口が広がっている。軽トラックは長い橋を渡ると、背の高い松が生い茂る暗い道に入った。

その松林の一帯は、海辺のキャンプ場になっているらしく、よく似たログハウス風のコテイジが五、六棟建っている。

町営温泉の建物はその奥にあった。軽トラックを駐車場に停め、佐瀬は物慣れた様子で建物に入っていった。

広岡も黙ってあとに続いた。

料金は一人四百円とある。広岡には、それが銭湯より高いのか安いのかはわからなかったが、いくら町営とはいえ、一種の娯楽施設への入場料としてはかなりの安さのように思えた。

佐瀬は、灰色のスウェットのような服のポケットから一枚だけ入っていた皺《しわ》の寄った千円札を取り出し、若い男性の従業員に払った。

いかにもなけなしの金という気配が感じられる。

広岡は一瞬自分が払うからと口に出しかけたが、すぐに佐瀬のやりたいようにやってもらうことにしようと思い返した。

若い男性の従業員が出してくれたタオルを一本持ち、「ゆ」という暖簾《のれん》の掛かった脱衣場に入っていった。

そこで広岡が服を脱ぎはじめると、簡単に脱ぎ終わっていた佐瀬が、広岡の上半身を見て驚いたように言った。

「いまも鍛えてるのか？」

「いや、特には」

毎朝の腕立てと腹筋とスクワットは心臓の発作後も続けているが、それは歯磨きに似た習慣のようなもので、鍛えているというのとは違っている。

だが、佐瀬は依然として驚きを含んだ声で言った。

「体型がほとんど変わっていない……」

そして、さらに訊ねた。

「体重は？」

「百四十五ポンドくらいだと思う」

広岡が答えた。

「六十五キロ台か。いまもウェルターを維持しているというわけだ」

一ポンドは約四百五十グラム。ウェルター級は百四十ポンドから百四十七ポンドまでだから、キロに直すとおよそ六十三キロの半ばから六十六キロの半ばまでということになる。広岡は高校で野球をやっていた頃からほとんど体重の変化がなかった。

「そういえば、おまえはウェイトにほとんど苦労しなかった」

現役時代、試合前の減量に悩まされつづけていた佐瀬が、四十年も前のことであるにもかかわらず、つい昨日のことを話すような生々しさで羨ましげに言った。

「おまえは意志が強かったからな。いまも節制してるんだろう」

「いや、なんとなく変わらないだけだ」

「それに比べて俺は……」

佐瀬が鏡に映った自分の体を見ながら言った。確かに腹のまわりに無駄な肉が多くついている。

「庭にサンドバッグがあったが」

広岡が訊ねた。

「ああ、ときどき腹が立ってどうしようもなくなるときがある。そんなときに殴るためにぶら下げている」

「あれは手製か？」

「ジムの備品はほとんど処分してしまったから、海岸の砂を入れて自分で作った」

「そうか」

「でも、最近は、あれを殴る気力すらなくなった」

佐瀬がいくらか投げやりに言った。

ガラス戸の向こうの湯殿には先客の姿がまったく見えない。いわば二人の貸し切りのような状態になっていた。

広岡と佐瀬は、洗い場で簡単にシャワーを浴びてから広い浴槽に入った。

温泉は黄色く濁っている。片足をつけると、ひどく熱い。広岡は、思わず「ウッ」と声を出しそうになってしまった。

しかし、我慢してゆっくり湯に体を沈めていくと、何分もしないうちにその熱さに慣れてきた。慣れてきただけでなく、その熱さが体の表面から芯の方に向かってじわじわと沁《し》み込んでくる。

二人並んで外の庭が見える窓ガラスの方を向いた。この施設の庭と外とを分けているのも背の高い松の林だった。

「あの向こうは海だ」

佐瀬が言った。広岡は耳を澄ませたが海の音は聞こえなかった。

黙ってつかっていると、熱い湯が思いがけない心地よさを運んでくれる。

ロサンゼルスの日本人が日本の温泉に行きたいと話すとき、そこには温泉街の雰囲気とか温泉宿で出される食事という要素が重要なものとしてあるらしいことがうかがえた。しかし、そうしたものが付随していなくとも、ただの熱い湯としての温泉がありさえすれば、このような心地よさを与えてくれる。それは広岡の思いもよらないことだった。

「気持がいいな」

広岡が横に並んでいる佐瀬に言った。

「ああ」

顎《あご》まで湯につかった佐瀬が言った。

それからしばらくは二人とも無言のままだった。

四十年以上前、一緒にジムの二階で暮らしていたとき、夕方のジムワークが終わると、シャワーだけでは物足りなくてよく一緒に銭湯に行ったものだった。近くに黒い鉱泉を汲《く》み上げて沸かしている銭湯があったのだ。しかし、それは毎日というわけにはいかなかった。いつも金のない自分たちには入浴料が馬鹿にならなかったからだ。

「星がどうしているか知ってるか」

広岡が両手ですくい取った湯を顔に当てながら訊ねた。

「知ってる」

佐瀬が眼を閉じたまま答えた。

「どこに居る」

「横浜に居るらしい。同居している女性が小料理屋をやっているとかで、まあ、ヒモのような人生を送っているんだそうだ」

「あいつらしい」

広岡は小さく笑いながら言ったあとで、ふと思いついて訊ねた。

「ひょっとして、星のところにも米を送っているのか」

「ああ」

佐瀬はうなずき、眼を開け、広岡の方を向きながらさらに言った。

「米を送ると、あいつの名前で綺麗な字の礼状が届く。あいつがあんな綺麗な字を書けるわけがないから、きっとその女性が書いているんだろう」

「そいつはよかった」

「ああ」

「すると、四人の中で、曲がりなりにも家庭を持っているのは星だけか」

広岡が言うと、佐瀬が訊ねた。

「次郎は？」

「奥さんとも子供とも、別れて暮らしているそうだ」

「そうか……刑務所に入っているだけではなくて、家族もなくしているのか」

しばらくすると、佐瀬は浴槽から上がり、洗い場で全身を洗いはじめた。

「久しぶりの風呂だから……」

広岡は佐瀬が弁解するように言うのを微笑《ほほえ》ましく聞きながら、窓の外を眺め、ぼんやり温泉というものの不思議について考えていた。

日本は災害の多い国だ。台風や大雨による洪水、土砂崩れ、地震に津波、そして火山の噴火。ロサンゼルスで日本のニュースを見聞きするたびに、世界にこれほど多種多様な自然災害に見舞われる国はないのではないかと思う。

しかし、そうした国であるからこそ、このようなところに簡単に町営の温泉施設が出現したりするのだ。災厄をもたらす自然が、恵みをもたらす自然ともなる。たぶん温泉というのはただの熱い湯ではないのだろう。日本の地下のエネルギーが溜まった地の精のようなものが宿った魔法の水なのかもしれない……。

体と髪を洗い終わった佐瀬がふたたび浴槽に入ってきた。広岡は佐瀬と並んで黙ってガラス窓の外に眼を向けつづけた。

ゆっくりと、外は暮れはじめている。広岡は、日本に帰ってきて初めて心が安らぐのを覚えたような気がした。

4

湯殿から上がり、脱衣場に出てくると、二人とも皮膚が薄赤く染まっていた。

服を着て、「ゆ」という暖簾をくぐって出てきたロビーには、壁際の台の上に小さな蛇口のついた水のタンクが据え付けられてあり、その前にガラスのコップが置いてある。タンクには、この中には鳥海山の伏流水が溜められていると記されたプラスチックのプレートが貼られていた。

蛇口をひねり、コップに注ぐと、適度に冷えた水が流れ出た。

一口飲むと、その水がビールよりもおいしく感じられる。

「おいしいな」

広岡が言うと、佐瀬が表情を和《やわ》らげてうなずいた。

「俺ができる最上のもてなしは、あの温泉と、この水だけだ」

「いや、ありがたい。日本に戻ってきて、こんなにおいしい水は初めて飲んだ」

佐瀬もコップに水を注ぎ、それを一息で飲み干すと、広岡に向かって言った。

「おまえ、これから……本当は、ここに付属している宿泊施設に泊めてやりたいんだが
……」

佐瀬は今日の宿のことを心配しているらしい。広岡が軽い調子で言った。

「心配するな。もう酒田のホテルに部屋をとってある」

「ホテルはどこだ」

佐瀬が訊ねた。

「駅前の、ホテルインとかいう不思議な名前のホテルだった」

広岡が答えると、佐瀬が言った。

「それなら、ここから酒田まで送っていこう」

「いや、いい」

広岡は断った。

「駅まで乗せていってくれれば充分だ。適当な時間の列車がなければ、タクシーで酒田

まで行く」

「いや、送る。そのホテルは、俺のジムがあったところのすぐ近くだ」

広岡は、無駄なガソリンを使わせたくなかったのだが、佐瀬の意志の固いことを見て取ると素直にうなずいた。

「わかった」

広岡は温泉施設の従業員にメモ用紙を貰うと、そこに自分のアパートの住所を書いて佐瀬に渡しながら言った。

「ここに星の住所を送ってくれないか」

「いったん家に戻れば、すぐわかるけどな」

佐瀬は言ったが、広岡が首を振った。

「いや、急いでいるわけじゃないから」

駐車場に出て、二人は古い軽トラックに乗り込んだ。

軽トラックは、車の少ない海沿いの道を走りはじめた。

「日本海か……」

広岡が海を見ながら訊ねるともなくつぶやくと、ハンドルを握った佐瀬は前を向いたまま言った。

「日本海だ……」

その日本海には、水平線上に日没のなごりの光がまだ残っていた。橙《だいだい》色と灰色の二色が微妙に混じり合い、わずかな雲に濃く薄く紫色のグラデーションの帯を形作っている。

広岡がその美しさに見とれていると、佐瀬がいきなり訊ねてきた。

「行ったか」

意味がわからず、広岡は佐瀬の顔を見ながら訊ね返した。

「どこに？」

「ジムに、真拳ジムに」

佐瀬は日本に帰ってきてから真拳ジムを訪ねたかと訊いていたのだ。

「いま、ジムの近くのアパートに住んでいる」

広岡が言うと、佐瀬が声を上げた。

「そうか、仁はまたあのあたりに住んでるのか！」

そこには刑務所で会った藤原と同じような羨望《せんぼう》の響きがあった。

「それじゃあ、当然行ったな」

「行った」

佐瀬はしばらく黙って運転を続けていたが、また唐突に訊ねてきた。

「会ったか」

広岡は思わず誰にと訊き返しそうになって、訊くまでもないことに気がついた。会長の娘である令子に会ったかと訊いていたのだ。

「お嬢さんには、会った」

「会ったか」

「お嬢さんがジムの会長になっていた」

「知ってる」

ジムでは、広岡や星だけでなく佐瀬の住所もわからなくなっているということだった。

「おまえ……いつ頃からジムに顔を出さなくなったんだ」

広岡が訊ねた。

「会長が元気な頃は東京に行くたびに寄っていたんだが……」

佐瀬はそれからしばらく黙り込んでいたが、やがて口を開くと苦いものを吐き出すような表情を浮かべて話しはじめた。

「俺は、仁がアメリカに行ったまま帰ってこないのを喜んでいた」

「……………?」

「お嬢さんの……ライバルが減る……」

佐瀬は別に冗談を言っているわけではなさそうだった。広岡も、佐瀬が令子に好意を抱いていることは薄々感じ取っていた。しかし、それはほのかなものであり、まさか自分をライバル視するほど切羽詰まったものだとは思っていなかった。

広岡が黙っていると、佐瀬が話しつづけた。

「おまえがいなければ、お嬢さんが俺の方に振り向いてくれそうな気がした」

四天王と称された広岡、藤原、佐瀬、星の四人の、会長の娘の令子に対する呼び方はまちまちだった。広岡と佐瀬は「お嬢さん」と呼んだが、藤原と星は「令子さん」と呼んだ。とりわけ、東京育ちで人を人とも思わないようなところのあった星は、四人だけで話すときは「令子」と呼び捨てにして、広岡や佐瀬がいやな顔をするのを見て喜んでいたものだった。

「しかし、おまえがアメリカから帰ってこなくても、やっぱりお嬢さんは……」

そこまで聞くと、広岡は遮るように言った。

「違うんだ」

「違う？」

佐瀬が不思議そうに訊き返した。

「うまく説明できないが、自分とお嬢さんとのあいだにはおまえが気にしなければならないようなことは何もなかったんだ」

佐瀬は広岡の言葉を理解しようとするかのように前方に向けていた眼を細めていたが、

やがて大きく息をついて言った。

「俺には、おまえの言ってることがよくわからない。だけど、俺はおまえに言っておきたかったんだ。あのときは……おまえがアメリカに行ったときは……おまえが日本に帰ってこないことを喜んでいたということをな。でも……」

そこで佐瀬は言葉を切り、次の言葉を出そうかどうしようか迷ったような表情を浮かべた。しかし、すぐに強い口調で吐き出した。

「今日はおまえに会えて嬉しかった。こんなに嬉しいことはここ何年とないことだった。だから、なおさら、あのときのことを言っておきたかったんだ」

「わかった」

広岡は短く答えた。だが、一方で思ってもいた。自分は佐瀬のように正直に話していない、と。

沈黙が続く車内で、広岡がふと燃料計に眼をやると、針が「E」のエンプティーにまで大きく振れている。

「途中でガソリンスタンドがあったら寄ってくれないか」

広岡が頼むと、佐瀬が笑って言った。

「小便か」

佐瀬の言葉に、しかし広岡も笑ったまま答えなかった。

遠くにガソリンスタンドの看板が見えてきた。有人のスタンドらしく、佐瀬が給油機から少し離れたところに停めると、店員が近づいてきた。

「満タンにしてくれませんか」

広岡がその店員に言うと、佐瀬が慌てて遮った。

「いや、いい」

そして、広岡に向かって怒ったような口調で言った。

「金が……」

「いいから」

広岡はそう言うと、佐瀬に車を給油機の傍に近づけてくれるよう頼んだ。佐瀬は一瞬抵抗するような声を出しかけたが、すぐ諦《あきら》めたように広岡の指示に従った。

満タンになった軽トラックは、しばらく車の多くなった道を走っていたが、やがてネオンの瞬く夕暮れの街に入っていった。

「これが酒田の街か」

佐瀬はうなずいたが、それとはまったく関係のないことを口にした。

「俺には、あの時代しかないんだよ」

それはほとんど独白のようだった。

「俺にとっては、あのジムでの日々がすべてなんだ。夢は世界チャンピオンになること。その目標に向かって、おまえたちと一緒にトレーニングをしていた。どんなに苦しいトレーニングでもつらいと思ったことは一度もなかった。夢に向かって一歩一歩進んでいるように思えたからだ」

四人の中で、佐瀬ほどトレーニングをした者はいない。耐えていたというより、むしろ好きだったのではないかと思えるほど熱中していた。

「夢は叶《かな》わなくても、そんな日々が一度でもあったんだから、それでいいと思うんだが……」

広岡には、佐瀬のその言葉の持つどこか物悲しい響きが痛ましく感じられた。

目的のホテルに着き、車寄せに軽トラックを停めると、佐瀬が面白そうに言った。

「こんなボロ車でこのホテルに乗りつける客は、きっとおまえくらいだろう」

広岡は笑いながら車を降りた。そして、佐瀬の軽トラックがホテルの敷地から表通りに出たあと、他の車に紛れて消えるまで見送った。

佐瀬は依然として佐瀬のままだった。しかし、藤原と同じく、必ずしも幸せな老後を送ってはいなかった。

もしかしたら、これは老いた元ボクサーだけの問題ではなく、老いた元若者、老いた元壮年の男の問題なのかもしれない。老いをどのように生きたらいいのか。つまりどのように死んだらいいのか。たぶんそれは、どのように人生のケリをつけたらいいのかということにつながるものなのだろう。

ケリをつける、という言葉が広岡に真拳ジムの会長のことを思い出させた。

会長は小さな貿易商社のオーナー社長であるだけでなく、読書家で博学の人だった。広岡たちボクサーにも暇があったら本を読めと勧めた。ボクサーは馬鹿ではつとまらない、頭がよくなければ一流のボクサーになれないというのが口癖だった。

あるとき、その会長がケリをつけるという言葉について教えてくれた。

昔の人は、ケリをつけるのケリに鳧《けり》という字を当てた。鳧は日本の田圃などに巣を作る鳥だが、田起こしの時期とぶつかっては、せっかく作った巣を壊されてしまう。それでも鳧は諦めずに二度、三度と巣を作りつづける。鳧は簡単にケリをつけようとしないのだ。だから、と会長は言った。君たちも鳧のように粘り強く努力をしなくてはならない、と。

だが、自分たちは、そろそろ本当のケリをつけなくてはならない時期に来ているのかもしれない……。

第五章　クロッシング〈交差点〉

1

火曜日の午後、広岡は渋谷の駅前でぼんやり立っていた。ハチ公像の前で佳菜子と待ち合わせの約束をしていたのだ。

いろいろと世話になったお礼に食事をご馳走《ちそう》すると言っていたが、それを佳菜子の休日のこの日にすることになっていた。電話で、レストランの場所は渋谷で、予約の時間は午後六時半だと告げると、佳菜子が言った。

「その前にお会いできますか」

「かまわないよ」

「では、三時にお願いできますか」

ずいぶん早いのに驚いたが、別に他の用事があるわけではなかったので、佳菜子の希望どおり三時に会うことにした。

「どこで待ち合わせたらいいのかな」

広岡が訊《たず》ねると、佳菜子は少し考えてから言った。

「わたしも渋谷はそんなに詳しくないので……ハチ公の前でもいいでしょうか」

「駅前の？」

「ええ」

日本にいた頃にもよく待ち合わせに使われているという話は聞いていたが、いまでも若い人が使っているのだろうか。ハチ公像がどこにあったか意識して見たことはなかったが、渋谷の駅前に行けばわかるだろうと思い、その待ち合わせ場所も了承した。午後三時にハチ公像の前で若い女性と待ち合わせるという、およそ自分には似つかわしくないことを経験することになったのはそのためだった。

広岡は、ハチ公像がどこにあるかわからなかったので、少し早い時間に渋谷の駅前に来ていた。

ハチ公像は、こんなところにあるのかという場所にあり、こんなにがっしりしていたのかというほどの体つきをしている。

忠犬だったというハチ公は健気《けなげ》に前を向いている。そう思えば、誰かを待っているように見えなくもない。だが、それが現代の話なら、さすがのハチ公も飼い主を捜すのも一苦労だろうと思えるほど人が多い。平日だというのに駅前にたむろしている人が驚くほどの数なのだ。

「広岡さん！」

不意に背後から声をかけられた。

振り向くと、そこに草色のワンピースを着た佳菜子が立っていた。

「お待たせしましたか」

「いや、勝手に早く来ていただけなんだ。ハチ公の像がどこにあるか知らないということに気がついてね」

「正直に言うと、わたしもはっきりとは覚えてなかったんですけど、広岡さんの頭が見えたんでわかりました」

佳菜子が明るく笑った。

思わず広岡が頭に手をやると、周囲を見渡しながら佳菜子が言った。

「でも、すごい人ですね」

「君でも驚くんだね」

広岡にはむしろそのことの方が意外だった。

「驚きます。渋谷はあまり来ないので」

「いつも行くのは新宿の方なのかな」

「新宿もあまり。人込みがあまり好きではなくて……」

そう言ってから、佳菜子は広岡の眼を見て訊ねた。

「お願いがあるんですけど、きいてもらえますか」

「何だろう」

「広岡さん、映画は好きですか」

唐突な質問だった。

「好きかどうか……でも、若いときはよく見たよ」

日本にいるときは、真拳ジムの会長に、本を読むことと同じくらい映画を見ることを勧められた。「本は頭、映画は心」というのが会長の口癖だった。本と映画はそれぞれの「滋養」になるというのだ。

広岡は、仲間のうちの他の三人以上に会長のその言葉を忠実に実行した。銭湯に行く金を倹約しているような経済状態のときでも、なんとか名画座で二本立ての映画を見る金を捻《ひね》り出そうとした。

アメリカに行ってからは、英語を覚えるため、日本で一度見たことのあるアメリカ映画の上映館を探し、できるだけ多く見るようにした。やがてビデオの時代になり、映画館からは足が遠のいたが、気に入った映画のビデオを何度も繰り返し見ることは続けていた。そのたびに、なるほど英語ではこういう言いまわしをするのかと新鮮な驚きを覚えつづけていたものだった。

「どんな映画を見ていたんですか」

「そう……『駅馬車』とか『真昼の決闘』とか『シェーン』とか『明日に向って撃て！』とか……」

「それって、もしかしたら……」

佳菜子が言い、広岡が笑って応えた。

「そう、みんな西部劇」

「西部劇がお好きなんですね」

「好きというより、ストーリーがわかりやすくて、英語も聞き取りやすかったからだけど……君なんか、一本も見たことがないだろうな」

「いえ、『シェーン』と『明日に向って撃て！』は見たことがあります」

「そんな古いものを……ああ、テレビで見たんだね」

「DVDで見ました」

「そうか、レンタルショップで借りたんだね」

「いえ、わたしの住んでいたところにはアメリカ映画のDVDが山のようにあったんです」

広岡は、佳菜子が住まいを「家」とは言わず、「住んでいたところ」と言ったのが気になった。佳菜子はどのような生活をしてきたのだろう……。

そう考えはじめて、ふと思い出した。

「そうだ、君の願いというのは？」

「一緒に映画館に行っていただきたいんです」

「これから？」

「ええ」

それで、六時半にレストランの予約をしたというのに対して、待ち合わせを三時にしてくれないかと言った意味がわかった。

「いいよ」

「ありがとうございます」

そして、佳菜子は道玄坂《どうげんざか》の方を指さして言った。

「映画館はあちらです」

二人はスクランブル交差点を道玄坂に向かって渡りはじめた。

着いたところは、ひとつの建物に複数のスクリーンがある、アメリカでシネプレックスと呼ばれる複合型の映画館だった。

佳菜子はすでにチケットを買い求めてあり、エレベーターに乗って階上に行くと、それを出して目的のスクリーンのある場内に入った。平日の午後ということもあったのか、外の人込みとは対照的に客の数は少なかった。

席に座ると、しばらくして暗くなり、広告のあとに、これから公開される映画の予告編が流れはじめた。

アメリカン・コミックのヒーローを主人公にした映画。余命を宣告された若いシングルマザーとその子供たちの愛情物語。中国の歴史から材を取ったらしい史劇風スペクタクル……。

広岡は、その次に紹介された予告編に強く惹《ひ》きつけられた。

ウィーンの貴族の古い館に、引退したクラシックの音楽家たちが住んでいる。その老いた音楽家たちの館で、殺人事件が起きる。一世を風靡《ふうび》したオペラのプリマドンナが殺されてしまうのだ。その館には、彼女のかつての婚約者で、大富豪に乗り換えられてしまったため捨てられた演奏家がいたり、彼女と常に大役を競い合ったもうひとりのプリマドンナがいたりする。それ以外にも、この館で彼女と老いらくの恋のもつれを演じていた男や女もいる。果たして、誰が彼女を殺したのか……。

やがて、予告編が終わり、佳菜子の目当ての作品らしい映画が始まった。それはラブロマンスでもなければ、コメディーでもなく、ハードなサスペンス物だった。

舞台はアメリカ。ひとりの若者が不意に謎の集団に襲撃される。なんとか危地を脱した若者は、誰が、なぜ自分の命を狙《ねら》うのかわからないまま逃亡を開始する。やがてその若者は重要な「何か」を持っており、その「何か」の故に狙われているらしいことがわかってくる。それは何なのか、そして彼を狙っている集団とは何者なのか。若者の逃避行は、アメリカの西海岸から東海岸に向けて続けられていく……。

だが、その映画を見ながら、広岡は何度も「老いた音楽家の館で起きたプリマドンナ殺人事件」という映画の予告編を思い浮かべていた。ストーリーが興味深かったわけではない。ただ、「老いた音楽家の館」という存在が気になったのだ。いわばそれは、元音楽家のための「老人ホーム」というものではないか？

もし、この世に元音楽家のための老人ホームがあるとしたら……。

映画が終わり、映画館を出ると、日は暮れはじめている。時計を見ると、午後六時をほんの少し過ぎたところだった。六時半に予約したレストランは、道玄坂とは渋谷駅を挟んで反対側にある宮益坂《みやますざか》の先にあった。ゆっくり歩いていけばちょうどいい時間に着きそうだった。

「少し歩くけど、いいかな」

広岡が言うと、佳菜子が弾《はず》むような口調で応じた。

「歩くのは大好きです」

宮益坂を上り切り、歩道橋で青山通りを反対側に渡った。

――しばらく青山通りに沿って表参道方向に歩き、ひとつ目の角を右折する……。

広岡は真拳ジムの令子が描いてくれた地図をもういちど頭に甦《よみがえ》らせた。

2

それは、山形まで佐瀬に会いに行き、酒田で一泊して東京に戻ってきた日の夕方のことだった。アパートの部屋に帰る途中、一度訪ねたきりで、以後まったく顔を出していなかった真拳ジムに立ち寄った。もし会長の令子がいたら、藤原と佐瀬の消息を伝えたいと思ったのだ。

午後の五時を過ぎ、ジムの練習も徐々に熱気がこもりはじめる時間帯だった。

ビルの三階にあるジムの扉を開けて入っていくと、事務室に令子がいて、ガラス越しにリングで行われているスパーリングを見ていた。

広岡が挨拶《あいさつ》しようとすると、それより先に、リングのコーナーに立っていたトレーナーの郡司に声をかけられた。

「いらっしゃい！」

その声で気がついた令子が、広岡の姿を認めると、にっこり笑いかけてきた。

広岡が黙って頭を下げると、事務室を出てきて言った。

「しばらく」

そして、決して責める調子ではなかったが、軽く睨《にら》むようにして言った。

「近くに住んでいるんだから、もっと寄ってくれるかと思っていたわ」

用もないのにジムに行くのはなんとなくためらわれるものがあったのだが、広岡はまた頭を下げた。

「申し訳ありません」

そう言ったあとで、大事なことを忘れていたのに気がついた。

「あっ、保証人の件ではありがとうございました」

自分としたことが礼の電話一本も入れていなかったことに気がついたのだ。

「そんなことはいいけど……」

令子はそう言ったあとで、少し労《いたわ》るような口調で言った。

「日本にはもう慣れた？　慣れたというのもおかしいけど」

「ええ、なんとか」

広岡が言うと、令子が訊ねてきた。

「ところで、今日は何か用？」

「ご報告を、と思いまして」

「報告?」

「藤原に会ってきました」

「そう。どうだった」

「とても元気そうでした。もうすぐ仮出所だそうです」

「よかったわ」

令子はそう言うと、唇を閉じ、両端の口角を微《かす》かに持ち上げるようにして笑った。その笑い方は昔とまったく変わっていなかった。

「佐瀬にも会ってきました」

「佐瀬君にも? いま、どこにいるの?」

「山形の故郷に帰っていました」

「あら、不思議ね。酒田のジムを閉めたと聞いたので、一度佐瀬君の実家に手紙を出したけど、宛先人不明で戻ってきたのよ」

「どうやら、実家の兄さんとうまくいってないようで」

「そうだったの……それで、佐瀬君、元気だった?」

「ええ。近くの温泉に連れていってくれました」

「そう。それはよかったわね」

その言葉は、佐瀬に対してではなく、広岡に向けてのもののようだった。

「星の住所もわかりそうです」

広岡が付け加えると、令子が少し驚いたように言った。

「あら、広岡君が帰ってきたら、急にみんな……」

そして令子は、昔を思い出すかのような眼になって言った。

「そう言えば、あなたたち四人は、広岡君がすべての中心にいたものね」

「そんなことはありませんけど……」

広岡が言いかけたところに事務室の電話のベルが鳴った。

郡司が事務室に戻ろうとするのを手で制し、令子が広岡に向かって言った。

「ちょっと失礼するわ」

広岡が軽くうなずくと、令子は事務室に入り、受話器を取り上げた。

「はい、真拳ジムです……ああ、どうも先日は……」

広岡は視線をリングの中に向けた。

そこでは、ボクサー同士のスパーリングが終わり、代わりに長身のボクサーがトレーナーを相手にミット打ちを始めていた。

そのボクサーの左のジャブから右のストレートを打つタイミングを見て、彼が後楽園ホールで戦っていた東洋太平洋のライト級チャンピオンだということがわかった。

試合から一カ月以上が過ぎ、再開された練習が本格化しているらしい。フットワークも軽快なら、トレーナーが構えたミットに打ち込まれるパンチの音も鋭い。

試合のときは相手と比べてかなり細身に感じられたが、間近に見ると、意外にしっかり筋肉がついている。背が高いこともあるが、ライト級というよりウェルター級に近い体つきをしている。これをライト級にまで体重を削るのはかなり苦労したろうな、と広岡は同情したくなった。

そのとき、背後の事務室で電話をしている令子の口から聞き覚えのある名前と地名が出てきた。

「そうなんですか……中西君はアメリカで試合をすることが決まったんですか……またラスベガスで？」

――中西……、ラスベガス……。

広岡は令子の話に耳を澄ませた。

「わかりました……ええ、うちの大塚はWBAかWBOの上位ランカーとやらせることにします……はい、ありがとうございます。でも……あの……もし中西君が勝って世界タイトルを取ることになったら、次はどうするんですか。一度日本に戻って防衛戦ということになるのかしら……そうですね、確かにそのときになってみなければわかりませんものね……了解しました……はい、ありがとうございました」

令子が電話を切って事務室から戻ってきた。

「話の途中でごめんなさい」

「いえ」

そう言ってから、広岡は令子に訊ねた。

「中西というのは、もしかしたらこの二月にラスベガスで大番狂わせを演じた……」

「そう。誰もが負けると思った試合にワンパンチで勝ってしまったものだから、アメリカで大人気になってね。人気だけじゃなく、世界ランクも一気に四位まで上がったの。ぜひ、うちのボクサーとやってもらえないかとお願いしていたんだけど……」

「続けてアメリカで試合を？」

「ええ、ラスベガスで世界タイトルに挑戦できることになったんですって」

「そいつはすごい」

「まさにシンデレラボーイよね」

そして、令子はリングでミット打ちを続けている長身のボクサーに眼をやりながら言った。

「あの大塚はうちのジムの希望の星なの」

「そうですか」

広岡も大塚に眼を向けたまま言った。

「体格的にはスーパー・ライト級がよかったんだけど、ライト級まで絞って世界を目指させることにしたの」

「でも、もう苦しいかもしれませんね」

「そうなの。東洋太平洋を取るまではうまくいっていたんだけど、若くて伸び盛りの時期だから筋肉がついてしまって、どうにも体重が落ちなくなってね。だから、冒険だけど、東洋太平洋のベルトを返上して、スーパー・ライトかウェルターに上げようと思っているのよ」

「それで中西と戦わせようと……」

広岡が言うと、令子がうなずいた。

「中西君がアメリカで試合をする前からオファーはしていたの。大塚の東洋太平洋の防衛戦が終わったら、次はウェルター級で戦わせてくれって。でも、あんな勝ち方をしたもんだから、一挙に状況が変わってしまってね」

広岡はキーウェストのスポーツ・バーで見た中西の姿を思い浮かべていた。あの中西と、いま眼の前でミット打ちをしている大塚が戦ったとしたら……。

速さもうまさも大塚の方が上かもしれない。だが、何かが中西の方が勝っているような気がする。それは、ひとりでアメリカに飛び出していった勇気なのか。あるいは、相手であるマーカス・ブラウンという格上の相手を研究し尽くした頭のよさなのだろうか……。

広岡が考えていると、令子が独り言のようにつぶやいた。

「どうしてかしらね……」

そして、しばらくすると、永く心の奥底に溜まっていたものをゆっくり吐き出すように話しはじめた。

「日本や東洋のチャンピオンは何人も出たのに、どうしてもうちのジムから世界チャンピオンを出せなかった。父は悔しかったと思う。ボクシングは真拳の会長が言うように頭脳なんかじゃなくてやっぱり肉体なんだ、根性なんだ、真田は頭でっかちの単なるアマチュアにすぎないんだと陰口を叩《たた》かれたまま死んでしまった」

「………」

「本当は、わたしがジムを継がずにこのまま消滅させてもよかったの。でも、ひとりだけ、ひとりでいいから世界チャンピオンを出してからやめようと思ったの。今度こそ、この子こそと思っているうちに、いつの間にかここまで来てしまったけど、あと何年続けられるかわからない。息子はこのジムを継ぐ気はさらさらないようだから……わたしでおしまい」

「息子さんは……」

「三十も半ばを過ぎて、結婚もしないで……弁護士をしているわ」

当然のことだったが、令子は結婚をしていたのだ。しかも、三十過ぎの息子を持っているという。だが、広岡には、そのことになんとなく現実味が感じられなかった。ついに真拳ジムは世界チャンピオンを出せないまま消滅してしまうかもしれない、と令子は言う。それは死んだジムの会長も無念なことだろうと思えた。

「すみません」

広岡が頭を下げると、令子が不思議そうに訊《き》き返した。

「何が？」

「自分たちがひとりでも世界チャンピオンになっていれば会長も……」

「それより、父には、広岡君がアメリカから帰って来なかったことの方がこたえたみたい。父は広岡君にこのジムを……」

そのとき、ミット打ちを終えた大塚が近づいてきた。リングから降りてタオルを渡されたとき、郡司に何か言われたためらしい。令子が、前に立った大塚に広岡を紹介した。

「ジムの大先輩の広岡さんよ」

「はじめまして。大塚俊《しゅん》です」

「君は、傷の治りが早い方かな」

広岡がいきなり訊ねた。

「えっ？」

大塚が何を訊ねられているのかわからないというように広岡の顔を見た。

「このあいだの試合でバッティングされただろう。出血したあの傷は古傷なのか」

「初めての箇所です」

「それはよかった。でも、癖にならないように、しばらくは気をつけた方がいい」

「ありがとうございます」

大塚は礼儀正しく頭を下げると、その場を離れてロープ・スキッピング、縄跳びを始めた。

その大塚を見ながら令子が言った。

「あの子は国立大学の現役の学生でね。大学にボクシング部がないものだからいきなりプロになったの。もしかしたら、大塚がこのジムの最後の望みかもしれない」

「…………」

「広岡君、いま何をしているの」

「特に何も。毎日ぶらぶらしています」

「だったら、うちに来て、あの子を見てくれないかしら」

思いもよらないことを言われ、広岡は苦笑した。

「いや、自分はもう……」

「広岡君はジムの後輩を教えるのがとてもうまかったじゃない。きっといい指導者になれるって、父もよく言ってたわ」

ボクサーとトレーナーはまったく異なる資質を必要とする。強いボクサーがよいトレーナーになれるわけではないことは歴史が証明している。実際、広岡がアメリカで教えてもらっていたトレーナーのペドロ・サンチェスは、プロでの実戦経験のまったくない人だった。

それに、と広岡は思った。ミット打ちをしていた大塚と、それを受けていた若いトレーナーの呼吸は見事に合っていた。そのコンビネーションをあえて崩す必要はないと思えた。

「大塚には、あのトレーナーで充分です」

「それはそうなんだけど……」

令子はそこまで言うと、一瞬ためらったあとで続けた。

「このあいだ広岡君が帰ったあとで、郡司も言っていたのよ。広岡さんに大塚を見てもらえないでしょうかって」

広岡は苦笑したまま黙って首を振った。

「急がないから、考えておいてくれないかしら」

令子が言った。

それから二人は何も言わず、汗をしたたらせながらロープ・スキッピングをしている大塚を見つめつづけた。

しばらくして、ふと広岡は令子に訊ねてみる気になった。それによって、話題が変わるかもしれないという気がしたからでもあった。

「つかぬことをうかがいますが……」

「何？」

「若い女性と食事をしたいと思うんですが……どこか適当なレストランを教えていただけないでしょうか」

「あら、デート！」

令子が声を上げた。そこにはいくらか揶揄《やゆ》するような調子が含まれていた。

広岡は慌てて否定した。

「いや、そんな大層なものではないんですけど、部屋のことで世話になった不動産屋の女性と、お礼に食事をご馳走する約束をしてましてね」

「ああ、進藤不動産の。何度か広岡君のことで電話を貰《もら》ったわ。そうそう、それに印鑑が必要だということでここにも来てくれたけど、とても感じのいいお嬢さんね」

「どこか適当な店があるでしょうか」

「そうね、心当たりがなくはないけど……それって、急ぐの？」

「いえ、特には」

「だったら、今夜、息子に電話を掛けて訊いてみるわ。若い人の好みは若い人の方が確かかもしれないから」

「すみません」

「明日でも明後日《あさって》でも、ついでがあったらここに寄ってみて。わたしがいなくても、店の名前と地図を描いたものを郡司に預けておくから」

「ありがとうございます」

広岡がそう言うと、令子は楽しそうな笑いを浮かべながら言った。

「広岡君がレストランでデートね」

「いや……」

「わたしも一度くらい連れていってもらいたかったわ」

広岡はなんと応じていいかわからないまま、ただ頭を下げるだけだった。

翌日、広岡がジムを訪ねると令子はいなかったが、郡司が封筒を手渡してくれた。

そこには、レストランのホームページから印刷した地図とは別に、渋谷駅からの行き方がよくわかるように記された令子による手描きの地図が同封されていた。

3

……青山通りを佳菜子と歩きながら、広岡は旅の途中で飛行機から降りたばかりのときのような浮遊感が、依然として続いているような気がしてならなかった。令子に「日本には慣れたか」と訊ねられ、「なんとか」と答えたが、まだどこか旅の途中のような感覚が残っているようだった。

広岡の横でしばらく黙って歩いていた佳菜子がぽつりと言った。

「初めてでした」

広岡は、何が、というように佳菜子を見た。

「映画館で映画を見るのは初めてでした」

その言葉に広岡は驚かされた。家族や友達と一緒に見たことはないのだろうか。自分でさえ、冷たかったあの父親に連れられて、兄と三人で映画館に行ったことが何回かはある。

しかし、広岡は訊ねなかった。きっと何か事情があるのだろう。もしその事情を話したければ自分から話すはずだ。話したくなったら話せばいい。

「そうか」

広岡はそうつぶやいただけだったが、佳菜子はすぐにいつもの明るさを取り戻して言った。

「あれだけスクリーンが大きいと迫力が違いますね。いままでＤＶＤで見ていたのは映画とは別のものだったんですね」

「それほどでもないような気がするけど」

広岡が少し笑って言った。

「いえ、まるで主人公と一緒にアメリカ中を逃げているようでした」

話しているうちに、曲がるべき角に差しかかった。そこを右折し、小さな店が立ち並ぶ一角に足を踏み入れた。

令子が描いてくれた地図を頭に思い浮かべ、さらに曲がる場所の目印を探した。

「イタリア料理の店なんだけど、よかったかな」

「どんなところでも、嬉《うれ》しいです」

左に曲がり、歩きながら目的の店を眼で探していると、簡素なプレートに小さく店名が記された門柱が見つかった。

ドアを開けると、中から男性が近寄ってきた。青年ではないが中年というほど齢《とし》を取ってはいない。

「広岡です」

名前を告げると、予約リストなどを確認することなく、すぐに愛想よく応じた。

「お待ちしておりました」

店の中はすでに半分ほど席が埋まっていたが、案内された席は奥の中ほどの落ち着いたところだった。

席に着いた佳菜子は、店内をそっと見まわして言った。

「素敵なお店ですね」

確かに、気取りのない、あたたかな雰囲気の内装だった。

「真拳ジムの会長に教えてもらってね」

「そうだったんですか」

佳菜子は軽くうなずいたあとで、ほんの少し体を反らすようにして広岡の上半身を眺めながら言った。

「よくお似合いですね」

「…………？」

「スーツが」

令子が渡してくれた地図に記されていた店に電話を掛け、予約を入れるため名前を名乗ると、馴染《なじ》みの客のように対応してくれた。もしかしたら、令子か令子の息子があらかじめ名前を伝えておいてくれたのかもしれない。そうだとすると、恥をかかせない程度の服装をしていかなくてはならない。いつものジーンズ姿というわけにもいかず、紳士服の安売りをしているような店で既製服を買ったのだ。さすがにネクタイを締める気はなかったが、黒いスーツに白いワイシャツを併せて買った。広岡にとっては久しぶりのスーツ姿だった。

「食事の前のお飲み物はいかがなさいますか？」

席まで案内してくれた男性が訊きにきてくれた。

「酒は飲めるの？」

広岡が佳菜子に訊ねた。

「たぶん」

佳菜子が剽軽《ひょうきん》に答えた。

「無理をすることはないんだよ」

「ええ。でも、飲んでみたいです」

「それなら……」

広岡は男性に向かって注文した。

「シャンパンに甘めのリキュールかジュースを入れたものを」

「ミモザか、ベリーニはいかがでしょう」

男性に言われて、広岡が佳菜子に訊ねた。

「オレンジジュースは嫌いではないよね」

「ええ、大好きです」

「それなら、ミモザがいいかもしれない」

広岡が言うと、男性がうなずいてから訊ねた。

「お客様は？」

「白のワインをグラスで貰おうかな」

「今日は、ピエモンテのピノ・ビアンコとブルゴーニュのシャルドネとナパのソーヴィニヨン・ブランをご用意しています」

「せっかくだから、ピエモンテのものにしよう」

「かしこまりました」

男性が席を離れると、佳菜子が言った。

「広岡さん、慣れてらっしゃるんですね」

「そんなことはないよ」

「でも、このお店にも何度も来ているみたいに見えます」

広岡は微かに苦笑して言った。

「レストランというのは、どこも同じような接客をするから、客は同じように対応すればいいだけなんだよ」

「同じように対応する？」

「そう。自分の飲みたいものと自分の食べたいものを素直に伝えればいいんだよ」

するると、佳菜子が声を上げた。

「あっ、そうでした。広岡さんはホテルにお勤めでしたよね」

「うん……」

「ホテルではどんなお仕事を？」

「そう……客室の清掃もやったし、厨房《ちゅうぼう》の皿洗いもした。なんでもやったな」

「そうなんですか」

そこに食前酒が運ばれてきた。

「乾杯！」

佳菜子がグラスを持ち上げて言った。

「いろいろ本当にありがとう」

広岡もグラスを手にして応えた。

「どういたしまして」

「君がいなかったら、いまも部屋には足りない物ばかりだったと思うよ」

「こちらこそ、楽しませてもらいました。いろいろ買い揃《そろ》えるのが楽しくて……」

そこに、頃合いを見計らっていたらしいウェイターが料理の注文を取りに来た。

食事はパスタとメインの料理を選択するだけでいいコースを、ワインはグラスと同じピエモンテの白を一本貰うことにした。

ウェイターが立ち去ると、佳菜子が訊ねた。

「映画は面白かったですか」

「ああ……うん」

広岡が曖昧《あいまい》な返事をすると、佳菜子がクスッと笑ってさらに訊ねた。

「ストーリーは覚えています？」

逃亡の途中で主人公の若者は、謎の集団によって仕掛けられた罠《わな》にはまり、殺人事件の容疑者となってしまう。新聞やテレビのニュースで顔写真が報じられ、まったく身動きが取れなくなる。ところが、不思議なことに、あるネットワーク・ニュースのキャスターが、番組中に、若者にだけわかる暗号のような言葉で追っ手のいない逃亡ルートを教えてくれていることに気づく。

そこで広岡は、この作品がかつてのテレビドラマの『逃亡者』と映画の『バニシング・ポイント』を足して二で割ったようなストーリーなのだなと思ったものだった。

しかし、そのあとはどう展開したのだったか。若者がマンハッタンの雑踏に紛れてしまいだったような気もするが……。

「えーと……」

広岡がそう言いながら考えていると、佳菜子が笑みを絶やさず言った。

「広岡さん、途中から何度もいなくなりました」

「いなくなった？」

「ええ」

「どこから？」

「映画館の、隣の席から」

別にトイレに立ったりはしなかったはずだ。広岡は怪訝《けげん》に思いながら言った。

「ずっと席に座っていたはずだけど」

「いいえ、どこかに行っていました」

「どこかに行っていた……」

広岡はなぞるようにつぶやきながら、佳菜子の次の言葉を待った。

「きっと、何かを考えていらしたんだと思います」

佳菜子が言った。

「アメリカのことを思い出していらしたんですか？」

アメリカのことではないが、確かに自分は映画を見ながら別のことを考えていた。

――そうだ、それは、引退した音楽家たちの館のことだった……。

広岡は佳菜子に向かって言った。

「覚えているかな。映画の前に流れた予告編」

「あっ、もしかしたら、ウィーンの音楽家たちの……」

予告編は何本もあったのに、なぜすぐにわかったのだろう。広岡はまた佳菜子の言葉に不思議さを覚えながら訊ねた。

「そうだけど、どうして……」

「あの予告編のときから広岡さんがふっといなくなりはじめたからです」

「そのときから？」

「ええ。映画が始まってても、隣の席に誰もいなくなるようなことが、何度も起きました」

広岡には、佳菜子が映画の中に深く入り込み、我を忘れて主人公と共に必死に逃亡しているように見えていた。しかし、それとは別に、佳菜子には人の心を感知する独特のセンサーのようなものがあるらしい。

「そうだったのか……とにかく、あの予告編に、引退した元音楽家たちの館というのが出てきただろう」

「以前は貴族が住んでいたとかで、すごく豪華な家でしたね」

「うん、一種の老人ホーム。あんなふうな元音楽家のための老人ホームがあるんだったら……」

そこで、広岡は口をつぐんだ。

するとその先を促すように佳菜子が同じ言葉を繰り返した。

「元音楽家のための老人ホームがあるんだったら？」

「元音楽家のための老人ホームがあるんだったら……元ボクサーのための老人ホームがあってもいいんじゃないだろうか」

「広岡さん、あそこでそんなことを考えていらしたんですね」

そう言われて、広岡はどうだったろうと思った。映画館の中ではそこまで考えていなかったのではないか。たぶん、元音楽家のための老人ホームという存在が気になっていただけだったのだ。それが、いま、ここで、佳菜子の問いかけに導かれるようにして出てきたのが「元ボクサーのための老人ホーム」という言葉だったのだ。

「老人ホームとまでいかなくとも、元ボクサーたちが一緒に暮らすことのできる空間があってもいいんじゃないだろうか……」

「空間？」

「部屋でも、家でも、館でも、バラックでも、何でもいい」

佳菜子は先を促すように広岡の顔を見つめた。

「日本に帰ってから、昔の友人たちに会ったんだが……ボクサーは潰《つぶ》しがきかないから、みんな齢を取ってからの人生が大変そうだった」

「そう言えば、甲府へはお友達を訪ねるとおっしゃっていましたよね」

「うん、昔の仲間だった……」

広岡は、藤原のことをどこまで話したらいいか迷ったが、佳菜子には正直に伝えておいてもいいだろうと思えた。

「そいつは刑務所に入っていて、間もなく出所できるということなんだが、妻子とは別れて、帰る家がないらしいんだ」

佳菜子は、刑務所とか出所とかいう言葉にも特別な反応を示したりせず、うなずくことで静かな相槌《あいづち》を打った。

「出てきたら、あのアパートの部屋に来るように言ってある。刑務所では六人の雑居房にいるということだった。できれば、久しぶりに出てくる娑婆《しゃば》ではひとりで寝起きさせてやりたいが、あの部屋には寝る場所が六畳の一間しかない」

「そうですね」

「もうひとり、山形に住んでいる奴のところにも行ったんだが、そいつは周囲から孤立してひとりきりで暮らしていた……」

佐瀬には直接何ひとつ言わなかったが、自分は心のどこかで彼のための部屋のことをずっと考えていたのかもしれない、と広岡は思った。自分は、佐瀬に、あの廃屋じみた家で立ち枯れたような暮らしをさせておきたくなかったのかもしれない、と。

「東京で暮らすことがそいつにとって幸せなのかどうかはわからない。だが、いまのままの生活を続けていくのがよくないことは間違いない」

「みなさん、大変なんですね」

佳菜子が言った。

広岡はうなずき、グラスを口に運び、ワインをひとくち飲んでから言った。

「そいつらが暮らせるような広さの家がないだろうか」

「住むのはそのお二人ですか？」

「いや……自分も含めてみんなが一緒に暮らせるような広さがあればありがたい」

「三人ですか」

「もしかしたら、それ以外にも住まいが必要な奴がいるかもしれない。五、六人が暮らせるようなところがあるといいんだが」

「ないことはないと思いますが……」

「ああ、保証人が必要かな」

「それは真拳ジムの会長さんが引き受けてくださるでしょうけど、そんな大きな家を借りるとなると家賃が大変じゃないかと」

「大丈夫。金はなんとかなる」

問題は金ではない。そのような自分のお節介を彼らが素直に受けてくれるかどうかということだ。

「わかりました。それなら、うちの社長にも相談してみます」

「ありがとう」

「それにしてもあの音楽家のための館、貴族のお屋敷だったとかで素敵でしたね」

予告編の中で、ほんのワンカットだけ夕食時のシーンが映った。全員が正装し、豪華なダイニングルームで食事をしていた。

「あんなところに入ったら、ボクサーはみんな窒息死してしまうだろうけどね」

広岡が言うと、佳菜子が声を上げて笑った。

第六章　昔をなぞる

1

五月の下旬、山形の佐瀬から封書が届いた。もっとも、封書といっても、中には佐瀬が記した便箋の類いはなく、星から届いた礼状の葉書が素っ気なく一枚封入されているだけだった。

その葉書には、差出人のところに長方形に縁取られた住所印が押されており、住所と名前のあいだの行に「小料理　まこと」という店の名前が記されていた。

裏を見ると、佐瀬の言っていた通り、送られた米に対する礼の言葉が、インク文字の美しく流れるような筆跡でしたためられていた。

先日は新米をお送りくださり、まことにありがとうございました。

今回のお米は、私どもがいただくだけでなく、お店にいらっしゃるお客様にも召し上がっていただくことにしました。ほんのお裾分けていどの量でしかなかったのですが、皆さん、このようにおいしい御飯は久しぶりに食べると、とても喜んでいらっしゃいました。

秋も深まり、そちらは日々寒さが増していることと存じます。どうかお体に気をつけ、お健やかにおすごしください。

とても、とてもおいしいお米を送ってくださったこと、あらためてお礼を申し上げます。


確かにこれは、筆跡からだけでなく、文面から見ても星が書いた手紙ではないことが歴然としている。広岡も、星から手紙を貰《もら》ったことがあるが、字が下手なだけでなく、文面もさすがにもう少しどうにかならなかったのかと思えるほど愛想のないものだった。星の同居人の女性が書いたと思われるこの匂い立つような筆跡の葉書からは、単なる儀礼的なものを超えたやさしさのようなものが伝わってくる。

もしかしたら、周囲から孤立してひとりで暮らしている佐瀬は、この礼状がほしいために毎年米を送っていたのかもしれない、と広岡は思ったりもした。

佐瀬からの手紙が届いた翌々日の午後、広岡は横浜に向かった。

手紙に記されている住所が住居なのか店舗なのかはわからなかったが、まずはそこに行ってみることにした。

横浜駅で私鉄に乗り換え、各駅停車の電車しか停まらない小さな駅で降りた。

午後とはいえ晩春の日はまだ高い。「小料理　まこと」という店で星がどのような仕事をしているかわからなかったが、いずれにしても夜は忙しいだろうと思えた。夕方は、仕込みなどの準備があるだろうし、午前も、あるいは夜が遅く眠っているかもしれない。そこで広岡は、午後の比較的早い時間帯に訪ねることにしたのだ。

高架のプラットホームから階段を降り、改札口を出て、通りに面した歩道に出ようとした。そのとき、駅の構内と通りを結ぶ三、四段ほどの階段の一番下の段に頭を乗せ、横向きに眠っている男につまずきそうになった。ホームレスなのか、労務者なのかは判断がつかなかったが、あまり綺麗《きれい》ではない服を着て、頭のすぐ近くにはアルコール飲料の空き缶が置いてある。一杯飲んで、気持がよくなってしまったのだろう。

四十数年前、やがて四天王と呼ばれることになる自分たち四人が、揃《そろ》って本牧《ほんもく》の埠頭《ふとう》で荷役のアルバイトをしていたとき、寿町《ことぶきちょう》の職業安定所の周辺でよく見かけたことのある光景だった。

広岡は、日本にもこのような人たちがまだいるのだなと思った。ロサンゼルスのダウンタウンでは、いまでもさまざまなところで見かけるが、日本に帰ってきて眼にするのはこれが初めてのことだった。

駅を出ると、通りの先に橋が見える。

あらかじめ地図で調べておいた星の住所は、駅からそう遠くない、川に面した一角ということになっていた。

橋から川に沿って歩きながら、そこが小さな飲食店が軒《のき》を連ねているエリアだということが理解できてきた。住所が店舗だとすると早すぎてまだ来ていないという恐れもあったが、広岡はひとまず「小料理　まこと」の看板を探すことにした。

すると、その途中で、小さな店がいくつか入っている二階建ての長屋風の建物の端に、「小料理　まこと」という木の看板が打ちつけられた和風の店が見つかった。

実際に店が存在することにいったんは安堵《あんど》したが、すぐに不安を覚えさせられることになった。入り口の引き戸の中央に貼り紙がされていたのだ。

　　お客様各位

　都合により、しばらく

休業させていただきます。

店主

不安を覚えたのは、内容だけでなく、その字が、あの葉書の筆跡とはまったく別のものだったことにもよった。カナクギ流のその字は、なんとなく記憶している星の筆跡に似ていた。

しかもその紙は、貼られてからかなり日が経っているのか白さを失い、破れかかっている箇所もある。

星と同居している女性に何かあったのだろうか。もしかしたら、星が愛想を尽かされ、出て行かれるというようなことでも起きたのかもしれない。

広岡は二階を見上げた。

どうやら店舗の二階が住まいになっているらしく、店の横に鉄製の簡易な階段がついている。あの手紙の住所は、住居か店舗かではなく、住居も店舗も、だったのだ。

しばらく二階の窓のガラス戸を眺めていたが、広岡は意を決して階段を昇っていった。

階段を上がり切ったところに、合板の表面を樹脂加工しただけというような安直な造りの一枚扉の玄関があり、横に表札が出ている。

星　弘志
　真琴

小料理屋の店名である「まこと」は、もしかしたら真拳ジムの「真」の字から来ているのかもしれないと思ったりもしていたが、一緒に暮らしている女性の名前だったのだ。それより不思議だったのは、星の名前が「弘」ではなく「弘志」となっていることだった。佐瀬への礼状に押されていた住所印にも「星　弘志」とあった。そのときも気にならなかったわけではないが、何かの間違いだろうと無理に意識の外に押し出していた。しかし、この表札にあるからには間違いで片付けられることではない。星は「弘」ではなく「弘志」になったということだ。あるいは、何かの事情によって改名を余儀なくされたのかもしれない。

だが、この連名の表札が掲げられているということは、同居している女性がいなくなったというようなことではなさそうだといくらか安心した。

広岡は扉を叩《たた》いて声を上げた。

「ごめんください」

しばらく耳を澄ませたが、中からの返事がない。

「星さん」

名前を呼んでも返事がない。しかし、なんとなく、中に人のいる気配がする。

大きな声で怒鳴ったが、依然として反応がない。

そこで、広岡は佐瀬の家を訪ねたときと同じことをした。昔のニックネームで呼びかけたのだ。

「星！」

「キッド！」

キッドというのは広岡がつけたニックネームだった。

かつて、アメリカの西部開拓時代にビリー・ザ・キッドと呼ばれる左利きのガンマンがいたらしい。単に同じ左利きだったからというだけでなく、どことなく映画俳優のジェームス・ディーンに似た雰囲気を持ち、どちらかといえばほっそりとした体つきの星には、いかにもキッドと呼びたくなるようなところがあったのだ。広岡が、あるとき、ビリー・ザ・キッドが主役の西部劇映画を見たあとで、ふざけ半分に星のことをキッドと呼ぶと、瞬く間にそれが星の別名となって定着していくことになった。

それにはもうひとつの理由があった。

ボクサーとしての星の最大の武器は接近してのボディー・フックで、そのフックだけで相手をキャンバスに沈めたことが何度もあった。

とりわけその左は強烈で、相手の脇腹にめり込み、肝臓のあたりを痛めつける典型的なレバー・ブロウとなった。しかし、時に、激しい打ち合いとなると、相手の脇腹より少し後ろの部分を痛打することがあった。本来、そこは、打撃に弱い臓器のひとつである腎臓があり、あまりにも危険すぎるためキドニー・ブロウと呼んで打つことが禁止されている。もしそのパンチがキドニー・ブロウと認定されれば反則として減点されるのだ。星のレバー・ブロウは、キドニー・ブロウというほど背中を打ってはいなかったが、ほとんど紙一重のものであり、それだけ相手に与えるダメージは大きかった。

広岡がつけたキッドというニックネームには、そのキドニーを連想させるところがあったため、受け入れられやすいところがあったのだ。

やがて、星のボディー・フックは「キッドのキドニー」と呼ばれて、相手に恐れられるようになった。

「キッドはいないか！」

広岡がもういちど呼びかけると、不意に扉が開き、男が顔をのぞかせた。そして、広岡の顔を見ると、一瞬の間を置いてから驚いたようにつぶやいた。

「仁！……」

かつて星はリーゼント風の髪形をしていた。ほとんどのボクサーが短く髪を刈っている中で、汗をかくと額にはりつくような髪をしている星には、それがセクシーだという熱狂的な女性ファンがいた。

姿を現した男の髪形は、だいぶおとなしいものになっているが、どこか当時の気配が残っていた。男は間違いなく星だった。ただ、酒でも飲んでいたのか、顔がいくらか赤くなっている。

広岡が笑いかけると、星は扉を大きく開き、狭いコンクリートの三和土《たたき》に素足で立ち、言葉もなく立ち尽くした。

「仁だったのか……」

しばらくしてそう言うと、ふっと眼を潤ませた。

その反応に広岡は驚かされた。星は久しぶりに友人に会ったからといって、喜びを表したりするようなタイプの男ではなかった。ましてや、涙を流すなどということがあるはずはない。いったい星はどうしてしまったのだろう。

「突然訪ねたりして、悪かった」

広岡が詫《わ》びると、星は不意に気がついたように言った。

「まあ、上がってくれ」

広岡は狭い三和土で靴を脱ぎ、部屋に上がった。

部屋は狭く、六畳一間のようだった。そこに台所と洗面所がついている。

立ったまま部屋を見まわし、広岡は息を呑《の》んだ。和箪笥《わだんす》の横に、白い布で覆われた小さな台があり、そこに着物姿の女性の写真と骨壺《こつつぼ》のようなものが置かれていたからだ。

台の上の香炉からは線香の白い煙が立ちのぼっている。

「もしかしたら……」

広岡が顔を見ると、星はうなずいて言った。

「そうだ。一カ月前に死んだ」

真拳ジムの合宿所で一時期を共に暮らしたことのある広岡も、向こうっ気の強い星の、このように打ちひしがれた顔を見るのは初めてのことだった。

広岡は、この部屋に上がるまで、山形で佐瀬から聞いた「小料理屋をやってる女性のヒモのような人生を送っているらしい」という言葉に影響され、どこかで水商売の女性と気楽に付き合い、暢気《のんき》に暮らしている星を想像していた。

だが、星にとって死んだ女性はことのほか大切な人だったらしい。

こういうとき、日本では「御愁傷様《ごしゅうしょうさま》」という悔やみの言葉を述べることになっているということは覚えていた。しかし、そうしたありきたりの言葉では、いまの星の胸には届かないような気がした。だが、それ以外の言葉が考えつかない。そんな自分を腹立たしく思いながら、広岡はただこう言うしかなかった。

「残念だったな」

すると、星がふたたび眼を潤ませるようにして言った。

「残念だ」

一カ月前に死んだというのに、その言葉にはつい数時間前の出来事について語っているような生々しい感情がこもっていた。

「入院して、たった三カ月でいなくなりやがった」

そこからは怒りよりはるかに強い悲しみを感じ取ることができた。

「線香をあげさせてもらってもいいかな」

広岡が訊《たず》ねると、星がうなずきながら応えた。

「そうしてくれるか」

灯っている蠟燭《ろうそく》で線香に火をつけ、香炉の灰に差した。白い煙がゆっくり立ちのぼるのを待って、その向こうに見える遺影に手を合わせた。

写真の中では着物姿の中年女性が静かに微笑《ほほえ》んでいる。病床に伏す前の写真だと思われるが、どことなく儚《はかな》げに見える。それは、いまは亡いということを知っているところから来る、後付けの印象なのかもしれない。だが、単にそれだけではない薄幸な気配が美しい眼の周辺に漂っている。

2

焼香を終え、広岡は折り畳み式の座卓の前に座っている星の方に向き直った。

「そこに座ってくれないか」

星が座卓の前に敷いた座布団を指さして言った。

広岡が遺影の前から離れ、その座布団に腰を下ろすと、星が感慨深そうに言った。

「何年ぶりになるのかな」

「四十年になる」

広岡が言うと、星がその歳月の重さを量りでもするかのように二度、三度と軽く頭を上下させながら言った。

「もうそんなになるんだな。おまえがアメリカに行ったのも、ついこのあいだのことのような気もするが」

「確かに」

「いつ日本に帰ったんだ」

「四月」

広岡が答えると、星も藤原や佐瀬と同じように驚いたような声を上げた。

「四月？　今年のか？」

「そうだ」

「それまで、アメリカにいたのか？」

「西海岸にいた」

「何をしてたんだ」

「何を？」

「ボクシング界から姿を消したあと、何をしてたんだ」

「食うためにいろいろやったが……」

広岡が口ごもると、すぐに星が話題を変えるように言った。

「それにしても、よくここがわかったな」

その瞬間、広岡の胸に熱いものが広がった。かつてジムの二階で一緒に暮らしていたときのことが一挙に甦《よみがえ》ったからだ。同じ年代の個性の強い若者が四人で共同生活をして、周囲が不思議がるほどうまくやっていたのには理由があった。互いが互いに対して「深追いしない」ということを共同生活の基盤に置いていたのだ。

ジムの会長が常に言っていたことがあった。自分をどれほど追い込んでもよい。しかし、他人を追い込んではならない。それが共同生活をしていく上での鉄則だ。深追いはするな。他人を深追いしていいのはリングの上だけだ、と。

そして、実際に彼らは、誰かに何かを無理にさせようとしたり、言わせようとしたりすることがなかった。生まれも育ちも異なり、性格も大きく異なる四人が、そうした繊細さを共に持っていたのは奇跡のようなことだったかもしれない。

あるいは、その四人を合宿生として選んだ会長には、そうした繊細さが最初から見えていたのだろうか。だが、その繊細さが、四人が四人とも、ついに世界の王座につけなかった理由だったのかもしれないと広岡には思えたりもする。

いずれにしても、自分が過去について口ごもると、すぐに「よくここがわかったな」と話題を変えてくれた星には、昔と少しも変わらない「深追いをしない」という配慮があるような気がした。

広岡は黙ってショルダーバッグから佐瀬が封書で送ってくれた葉書を取り出すと、星に手渡した。

星は、その葉書の表書きを見てから、裏の文面に眼を通しはじめた。読んでいくにつれ、眼が潤んでいくようだった。

「こんな手紙を出していたんだな……」

「知らなかったのか」

「知らなかった」

座卓の上には、ウィスキーのボトルと氷の入ったアイスペールが置いてある。やはり昼間から飲んでいたらしい。広岡がオンザロックのグラスに眼を留めたのを見て、星が言った。

「飲むか？」

「いや……」

断りかけて、思い直した。広岡には、日の光のあるうちから酒を飲むということに罪悪感のようなものがある。だから、アメリカでもビジネスランチの際のアルコールもよほどのことがないかぎり断っていた。

しかし、星には昼間から酒を飲まなくてはいられない何かがあるらしい。それは単に大事なものを失った喪失感だけではないのかもしれない。哀惜、悔恨、自責……そうしたもののすべてを忘れ去ろうとして飲んでいるようにも見える。忘れ去ろうとしても、決して忘れ去ることはできないと知りつつ……。

「貰おうか」

広岡が言うと、星は腰を浮かせ、小さな茶簞笥からグラスを取り出し、ウィスキーのオンザロックを作った。

「水で割らなくてもいいよな」

星が訊《き》いた。

「ああ、オンザロックのままでいい」

広岡は、グラスを手に取り、軽く氷を回転させてから、酒をひとくち含んだ。ゆっくり味わい、飲み下してから、言った。

「真琴……さんと言ったかな」

「そうだ」

「彼女とは結婚していたのか」

「五年前に入籍した」

「じゃあ、奥さんと呼んでいいんだな」

「ああ、もちろん」

「奥さんとは、会ったことがないけど、おまえなんかにはもったいないくらいの女性だったんだな」

広岡が言うと、かつての星のように斜に構えたり、皮肉によって切り返したりすることなく、素直にうなずいて言った。

「いい女だった」

「確かに俺《おれ》にはもったいない女だった」

「…………」

「そうか……」

「俺は……あいつに救ってもらったんだ」

助けてもらった、ではなく、救ってもらった、と星は言った。それは強い響きの言葉だった。

「あいつと出会わなかったら、俺は今頃どうなっていたかわからない」

若い一時期、女から女を渡り歩くように生きていた星の台詞《せりふ》とは思えなかった。

ある意味でそう言える女性に出会えた星は幸せだったのだろう。だが同時に、その幸せは失うことでさらに深い悲しみを生むものでもあったのだ。失う悲しみを味わわないためには、最初から関わりを持たなければいい。だが、果たして、それでいいのだろうか。それでよかったのだろうか……。

広岡がグラスの氷を眺めながらぼんやりしていると、不意に星が訊ねてきた。

「仁は？」

「俺？」

「結婚はしてるんだろ？」

「いや」

「してないのか？」

「ああ、してない」

広岡が答えると、星がふっと表情を崩して言った。

「離婚したか」

「結婚をしなかった」

「一度も？」

「ああ……俺は、女と一緒に暮らす資格のない男だから」

広岡は、思い出したくないものを思い出しかけて、軽く頭を振りながら言った。

すると、星が言った。

「女と暮らすのに資格なんかいらない」

それは意外と思えるほど激しい語調だった。

広岡は星の顔を見た。

「そいつの喜ぶ顔を見たいと思ったら、それだけでいいはずだ」

「喜ぶ顔か……」

広岡がつぶやくと、星が照れたように付け加えた。

「そんなことを言える柄《がら》かと、笑われそうだけどな」

「そんなことはない」

「入院していた三カ月、女房の喜ぶ顔を見られるだけでよかった。喜ぶ顔があれば、他に何もいらないということがよくわかった」

「奥さんは……」

広岡がそう言いかけたとき、不意に玄関の扉がノックされた。それと同時に声が聞こえた。

「星さーん」

星が返事をしないでいると、訪問者はさらに強くノックして言った。

「すみませんが、ドアを開けていただけませんか」

明らかに、部屋の中に星がいるとわかっているような口ぶりだった。

広岡は、返事をしなくていいのかというように星の方を見た。すると、星はうんざりしたような顔になって言った。

「あいつらが来たのかと思って、おまえのときも出ていかなかったんだ」

ノックの音が強く大きくなってきた。

「星さーん！」

「うるさい！」

怒鳴りながら立ち上がった星がノックの止《や》んだ玄関の扉を荒々しく開けると、広岡にもその向こうにスーツ姿の若い二人組の男が立っているのが見えた。

「それでは、ちょっとのあいだ部屋に上がらせていただいていいでしょうか」

星が、いいとも悪いとも言わないあいだに、二人は靴を脱いで上がり込んできた。

そして、広岡が座卓の前に座っていることを認めると、ひとりが頭を下げながら言った。

「お客さんのところ、あいすみませんね」

しかし、その口調は少しもすまないと思っているようには感じられない、おざなりのものだった。

二人は、真琴の遺影の前に座ると、代わる代わる手を合わせ、焼香した。それも芝居がかった心のこもらないものであるのが広岡にも伝わってきた。

「お客さんのお相手があるでしょうから、用件を手早く申し上げて退散します」

どちらかといえば年かさのように思えるひとりが言うと、若いもうひとりが畳みかけるように言った。

「いつ引っ越しをされますか」

星が反応しないでいると、その男がさらに押しつけがましく言った。

「申し訳ないんですが、できるだけ早く明け渡していただきたいんです」

年かさの男がそれに和した。

「次のクライアントさんが、早く内装の手入れを済ませて、店を始めたいとおっしゃるもんで」

星が黙ったまま何も言わないでいると、二人が矢継ぎ早に言いつのった。

「本当は契約通り四月いっぱいで出ていただきたかったんですけど、いろいろお取り込みがあり、事情を配慮してお待ちしていたんです。明け渡しの期限はもうとっくに過ぎてます」

「家賃は日割りの計算でお支払いいただければ結構ですので、一日も早く立ち退《の》いていただきたいんです」

広岡は酒を飲みながら、黙って男たちの台詞を聞いていた。どうやら、星はここからの立ち退きを迫られているらしい。

しばらく無言のときが流れたあとで、星がようやく口を開いた。

「どこに行けと言うんだ」

「さあ、そこまでは、こちらでは……」

二人はそこで揃って頭を下げた。

「とにかくお願いします」

「よろしくお願いします」

その言葉を最後に不動産会社の社員らしい若い男たちが玄関から出て行ったところで、広岡が星に訊ねた。

「ここを立ち退かなければならないのか」

「そういうことだ」

「店を続けないのか」

「この店は、死んだ女房がひとりでやっていた店なんだ」

「おまえは店に出ていなかったのか」

「客は女房に亭主がいたことは知っていただろうが、そんなこととは関係なく、誰にでも同じように接してくれる女房を相手に一杯飲むのが楽しみで毎晩来てくれていたんだ。そこに俺がしれっと居るわけにもいかないだろ」

「それはそうかもしれないな」

「女房がいなくなれば、この店はおしまいなのさ」

「そうか、奥さんの名前の店だもんな」

広岡が相槌《あいづち》を打つように言うと、星は少し遠い眼になってつぶやいた。

「確かに契約は先月までだったが……何をどう整理して、どこに行けばいいのか……まったくわからない……」

「行く当てはないのか」

「……ない」

その言葉を聞いて、広岡はいくぶん迷いながら言った。

「もしよかったら……俺のところに来ないか」

「おまえのところ？　いま、どこに住んでるんだ」

「真拳ジムの近くだ」

「ほんとか？」

広岡がうなずくと、星がいかにも懐かしそうに言った。

「またあそこで暮らしているのか……」

そして、訊ねてきた。

「マンションにでも住んでいるのか」

「いや、アパートを借りている」

「広いのか？」

「六畳に四畳半のダイニング・キッチンとかいうものがついている」

「そこにおまえと二人で暮らすのか」

「いや、もしかしたら、次郎も来るかもしれない」

「次郎が？」

「たぶん」

「次郎はどうしてる」

「刑務所に入っている」

「刑務所に？」

「ちょっとした傷害事件を起こしてしまったんだそうだ」

「刑務所か……」

星はそうつぶやくと、自分に言い聞かせるような口調で続けた。

「俺も、女房がいなかったら刑務所暮らしをしていたかもしれない……」

広岡は星の次の言葉を待ったが、自分の思いの中に深く入ってしまったかのような様子を見て、小さな声で付け加えた。

「しかし、もうすぐ出所してくる」

「それで次郎がおまえのところへ？」

「奥さんと子供とはずいぶん前に別れてしまったとかで、刑務所を出ても帰る家がないらしいんだ」

　すると、星が笑い出した。

「アパートの六畳間に、おまえと次郎と俺の三人が寝起きするのか？」

「いや、もう少し広い家を借りようと思ってるんだ」

　広岡は真面目な顔で説明したが、星は笑いを浮かべたまま、若い頃を思わせるような口調で言った。

「俺は御免だね。せっかくおまえたちと離れて暮らせるようになって清々したというのに、またあの昔のような生活に戻るなんて願い下げだね」

「そうか……そうかもしれないな」

　広岡が言うと、星が断定的に言った。

「そうさ、昔をなぞっても仕方がない」

「昔をなぞるか……」

　そうつぶやきながら、自分は過去をなぞろうとしているのだろうか、と広岡は思った。過去を懐かしみ、過去を追い求め、同じような日々を繰り返そうとしているのだろうか、と。

いや、たぶん、そうではない。あれから四十年が過ぎ、全員が二十代から六十代になっている。なぞろうとしてもなぞれるはずがない。自分が差し伸べようとしているのはほんのわずかな援助の手だ。

しかし星は、元ボクサーのための老人ホームのような家ができたとしても、入る気などさらさらないらしい。それはいかにも星らしいと言えなくもなかった。

「なぞっても、あの時代が戻ってくるわけじゃない」

星が自分に言い聞かせるように言った。

「余計なお節介だったな」

広岡が納得したように言うと、星がちらりと寂しそうな表情を浮かべた。もしかしたら、言葉とは裏腹の、異なる思いがあるのかもしれなかった。だが、それを斟酌《しんしゃく》しすぎるのはやめようと広岡は思った。もし困ったことがあったら、そしてもし自分の力が必要なことがあったら、そのときは喜んで手助けをすればいい。

広岡は、グラスのウィスキーを飲み干すと、ポケットから小さな紙切れを取り出しながら星に言った。

「ここに誰もいなかったときのことを考えて、携帯電話の番号を書いた紙を持ってきた。もし、気が向いたら、電話をしてくれ」

「わかった」

そして、星が言った。

「それにしても、仁が日本に帰ってきていたなんて、女房に線香をあげてくれるなんて……」

そこでまた、ふっと星の眼が潤みかかった。

広岡は玄関で靴を履《は》くと、それではと言い、軽く眼で挨拶《あいさつ》をして星の部屋を出た。

3

鉄製の階段を降り、川に沿って歩きはじめたが、その方向は駅とは反対だった。

星の部屋で飲んだのは、わずか一杯ほどのウィスキーにすぎなかった。しかし、空きっ腹に沁《し》みたらしく、ほろりとした酔いを感じた。そろそろ夕方になろうかという時間帯だったが、日の高さからすればまだ昼間と言えなくもない。こんな状態で学校帰りの子供たちがいる電車に乗り込みたくなかった。横浜から帰るのは、もう少し酔いを醒《さ》ましてからにしようと思ったのだ。

土手に立っている標識によれば川の名前は大岡川というらしい。

歩いているうちに、かつてこの大岡川の周辺を何度か歩いたことがあったのを思い出した。

広岡はジムの仲間と一緒に本牧の荷役会社でアルバイトをしていた。その会社の社長が、試合に差し障りのない時期だと、仕事終わりに関内《かんない》の牛鍋《ぎゅうなべ》屋で腹いっぱい食べさせてくれたあとで、行きつけの野毛《のげ》の飲み屋に連れていってくれることがあったのだ。真田には内緒だぞ、と言いながら。社長は、ジムの会長である真田浩介とは大学時代からの親しい友人同士だった。

大岡川沿いの道から交通量の多い大通りを渡ってぶらぶらしているうちに、いつの間にかネオンがきらめきはじめた飲食店の並ぶ一角を歩いていた。

アルバイト先の荷役会社の社長が、若い広岡たちを連れていってくれた酒場はこの近辺にあったような気がする。なんとなく眼で探しはじめて、もうそんな店が残っているはずもないと自分を嗤《わら》いたくなった。

一本の路地に何軒かの飲食店が並んでおり、そこに「しおり」という名の一軒の和風の飲み屋があった。

広岡は、ふと、その店をのぞいてみる気になった。それは、なんとなく、星の店である「まこと」の外見と雰囲気が似ていたからだ。

障子紙の貼ってある戸を引き開けると、まだ口開けなのか、客は誰もおらず、カウンターの中に和服を着た年配の女性がいるだけだった。

「一杯、飲ませていただけますか」

広岡が戸口で声をかけると、女将《おかみ》らしい年配の女性が作業の手を休めて柔らかな口調で応じた。

「どうぞ」

広岡はカウンターの端を選んで座った。

「もしよろしかったらこちらへ」

女将が手でカウンターの真ん中のあたりを示したが、広岡は首を振って断った。

「ここで結構です」

女将は無理に勧めず、おしぼりを出しながら訊ねた。

「お飲み物はどういたしましょう」

そう言われて、広岡はひどく喉《のど》の渇いていることに気がついた。星の部屋で飲んだウイスキーのせいか、あるいはかなりの距離を歩いたせいかわからなかったが、喉が冷たいものを欲している。

「喉が渇いたので、ビールをください」

「生ビールになさいますか」

「あれば、そうしてください」

女将はサーバーから、取っ手のついたようなジョッキグラスではなく、薄手の細長いグラスに注いで出してくれた。

口当たりのいいグラスから一気に三分の一ほど飲んだあとで、あらためて店内を見まわした。
六、七人も座ればいっぱいになってしまいそうなカウンターの向こうには、狭いながらも調理のできる空間があり、ガス台には煮物をしている小鍋がかかっていた。
その匂いに誘われて、何かつまみを食べたくなった。
カウンターには葉書ほどの大きさの品書きが木製の脚をつけて立てられており、そこに魚と野菜と練り物などからなる酒肴《しゅこう》が記されている。そして、その最後のところに、こんな項目があった。

しおりセット
三杯の酒と三種の肴《さかな》
——酒は、ビール、日本酒、焼酎、
ワイン、ウィスキーの中から
お好きなものをどうぞ——
三千円

「この『しおりセット』というのは、酒の種類を変えてもいいんですか」

「もちろん。ビールに日本酒でも結構ですし、ビールにワインにウィスキーでもかまいません。今日の肴はあの黒板に書いてあります」

女将が手を向けた方に眼をやると、壁に小さな黒板が吊《つ》り下げられていた。そこに白いチョークで達筆の字が記されている。

本日の肴
ささみとわけぎの胡麻味噌《ごまみそ》あえ
平目《ひらめ》の薄づくり
豚肉と大根の煮物、山椒《さんしょう》風味

広岡には、どれもロサンゼルスではあまり縁のなかった肴のように思えた。

「それでは、この『しおりセット』というのをお願いします」

「はい」

女将はそう言うと、カウンターと調理台を区切っている台の上に並んでいる大きな器から、「ささみとわけぎの胡麻味噌あえ」と思われる料理を小鉢に取りはじめた。

出されたものは、鶏のささみを蒸したものだったが、中は半生の状態でパサパサしていない。それを長めに切られたわけぎと食べると、複雑な食感になる。

「おいしいですね」

広岡が言うと、女将が微笑みながら軽く頭を下げた。

グラスに残ったビールを飲み、カウンターに置かれている品書きに眼をやっているうちに、広岡は、あるいは、と思いつくことがあった。たぶん、それは女将の着物姿と品書きの字の美しさが呼び起こした連想だったのだろう。

「この店の名前の『しおり』というのは、あなたの名前ですか」

「ええ」

女将は返事をしてから、逆に広岡に訊ねてきた。

「でも、どうしてそう思われたんですか」

「ここから一駅くらい離れたところに、よく似た店があって、そこも女将の名前が店名になっていたものですから」

広岡が破れかかった貼り紙を思い出しながら答えると、女将が小鍋をかけているガス台の火を消しながら言った。

「あら、それって、もしかしたら真琴ちゃんの店のことですか?」

そう言われて、広岡が驚いた。まさか知り合いだとは思ってもいなかったからだ。

「彼女をご存じですか」

「以前、わたしのところで働いてくれていたことがあって」

「真琴……さん、ここで働いていたんですか？」

「いえ、そうじゃなくて。わたしは二十年くらい前まで、関内でクラブをやっていたんですけど、そのときに」

なるほど、と広岡は思った。着物姿のこの女将は、いまでも高級クラブで客を接待していてもおかしくない貫禄《かんろく》がある。

「とてもいい子で、わたしがクラブを閉めてここに店を開いてからは、別のクラブで雇われママをしてましてね」

真琴という女性と星との接点も、あるいはそのクラブだったのかもしれない。

「でも、十年くらい前にママをやめて、あそこに店を出したんです」

「ここを手本にして？」

「どうだったんでしょう……雇われママをやっている時代もよくここに顔を見せてくれて、自分もこんな店をやりたいと言ってはいましたけどね」

「あなたに憧《あこが》れていたのかな」

広岡が言うと、女将は、さあ、と言いかけてから、何かを思い出したらしく顔に笑みを浮かべながら言った。

「そうそう、真琴ちゃんが開店する前にここに挨拶に来ましてね。うちでも『まことセット』というのを出してもいいでしょうかと訊くんですよ。もちろんかまいませんよと答えると、ママのところと同じではとても勝ち目がないから、肴の種類を倍にして六種の小鉢ということにしようと思いますと言っていましたね」

「六種類とは豪勢ですね」

広岡が声を上げると、その物言いに妙なものを感じたらしく、女将が訊ねてきた。

「ご存じでしょう?」

「いや、店に入ったことはないんです。ただ、外観の雰囲気がここととよく似ていたものですから」

「そうですか、店のお客さんじゃないお知り合いだったんですね」

どう応じていいかわからなかったが、店の客ではない知り合いということには違いなかった。

「ええ、まあ……でも、長く休業していたようですね」

「この一月からだったかしら、入院していたものですから」

そう言えば、星も、入院してたった三カ月でいなくなりやがったと悔しそうに言っていた。それにしても、どういう病気だったのだろう。だが、訊ねる前に女将が話してくれた。

「真琴ちゃん、何年か前から非結核性なんとか症という厄介な胸の病気に罹《かか》っていたんです。日常的にはなんともないので、お店は続けていたんですけど、今年に入ってそれが急に悪くなってしまって……」

「そうでしたか」

「わたしよりうんと若いのに、ほんとに残念で……」

そこで、女将は休めていた調理の手を動かしはじめ、平目の薄づくりの皿を出してくれた。

広岡は、しばらく薄く切られた平目の刺し身をポン酢につけて口に運んでいたが、ふたたび女将に話しかけた。

「失礼ですけど、華やかなクラブのママからこういう地道な店をやるというのはずいぶん勇気がありましたね、お二人とも」

「勇気なんていうものじゃなくて。わたしは、ああいう商売が虚しくなってやめたんですけど、真琴ちゃんはもう少し違う理由があったようですね」

「どういう……」

理由があったのですか、と言いかけて、少し立ち入り過ぎかもしれないと思い、広岡は口をつぐんだ。

すると、女将がひとりでうなずきながら言った。

「もう、亡くなってしまったから、いいかもしれませんね。すべては付き合っていた男性のためだったんです」

「男性？　星のために？」

広岡が訊くと、今度は女将が驚いたような声を上げた。

「星さんをご存じですか」

「星の昔の友人です」

「昔の？」

「若い頃、親しく付き合っていたんですけど、自分は四十年前にアメリカに渡ったまま
あちらに長くいたもんですから」

「そうでしたか」

「四十年ぶりに会うために訪ねたんです」

「では、『まこと』のお客さんではないんですね」

「ええ。真琴さんという方にはお会いしたことがなくて」

「それは残念でしたね。本当にいい子でしたから。お会いになれば、お客様もいっぺん
にファンになられたでしょうに」

しかし、そこまで詠嘆の響きを滲《にじ》ませながら話していた女将が、不意に、きっぱりし
た口調で言った。

「でも、星さんのお友達なら、この話は終わりにした方がいいかもしれません。どうし
ても星さんの悪口になってしまいそうですから」

女将は星を知っており、快く思っていないらしい。だが、広岡には、少なくとも星が真琴という女性を大切にしていたことは間違いないと思えた。

「星は真琴さんが亡くなって打ちひしがれていました。あんな星を見るのは初めてでした」

広岡が言うと、女将がさも意外そうに訊ねた。

「そんなに？」

「ええ、真琴さんに救われたとも言っていました」

「そうですか……真琴ちゃんは、自分が住んでいるマンションを売り払い、貯金もほとんどはたいて、星さんの借金を返してあげたんです」

星は、東京の山の手で幼稚園を経営している女性園長の一人息子だった。若い頃はまったく金に不自由はしていなかった。それだけでなく、自分は生涯金には困らないことになっていると豪語していた。いざとなれば幼稚園を取り壊して土地を売ればいいのだから、と。

「星は、なぜそんなに大きな借金を作ってしまったんでしょう」

「博打《ばくち》です。それもタチの悪い人たちとの博打です。返さなければ、本当に命まで危なかったんじゃないかしら」

星は真琴という女性に救われたと言っていた。しかし、それは、なんとなく金銭によるものではなかったような気がする。物質的なものではない、もっと精神的なものだったような気がするが……。

「こういう世界の女性なら、男に貢がせるのが普通なのに、真琴ちゃんは逆に貢いでしまって。それも、十何歳も齢《とし》の離れた元ボクサーなんかと……」

女将はそこまで口にして、はっと気がついたように広岡の顔を見た。

「自分も元ボクサーです」

広岡が微笑を浮かべながら言うと、女将が小さく頭を下げながら言った。

「すみません。よけいなことをしゃべりすぎました」

ビールのグラスが空になっていた。しかし、まだ喉の渇きは収まっていない。

「もう一杯、ビールを貰えますか」

女将が出してくれた冷たいビールを飲んでいると、日本に帰ってきてからのことが切れぎれに甦ってきた。

甲府の刑務所にいる藤原は家族と離れ離れになっていた。山形の佐瀬は周囲との付き合いを断ってひとりで生きていた。横浜の星は大切な女性を失って打ちひしがれていた。自分は自分で心臓の発作という爆弾を抱えて戸惑っている。

離散、孤立、喪失、病苦。四人が四人とも、齢を取った者が見舞われる困難の前に立ちすくんでいる。それらの困難は老いの必然と受容すべきものなのか、それとも克服すべきもの、抗すべきものとして存在しているのだろうか……。

そして、この女将は女将で何か特別な困難を抱えているのだろうか。彼女がママをしていたクラブなら流行《はや》っていたことだろう。どうして店を畳んだりしたのだろう。

考えているうちに、うっかり言葉に出してしまった。

「二十年前……」

女将が、何ですかというように広岡の顔を見た。広岡はためらいながら、勢いにつられて言葉を続けてしまった。

「……どうしてクラブを畳んでこの店を出すことになったんですか」

すると、女将はにっこり笑って言った。

「お客様は、四十年前、どうして日本を離れてアメリカにいらしたんですか」

それを聞いて、広岡は自分の無作法に気がついた。

「立ち入ったことを、申し訳ありません」

「いえ。ただ、ひとことで説明できるような気もするけれど、一晩かけて話してもわかってもらえないような気もします」

「自分もそうです」

広岡が軽く頭を下げると、女将が冗談めかして言った。

「それとも、一晩中、わたしの話を聞いてくれますか？」

そのとき、不意に戸が開いて、仕立てのよさそうなスーツを着た中年男性が入ってきた。

「いらっしゃいませ」

女将が言うと、男性は短く簡単な言葉を発した。

「やあ」

そのやりとりには、女将と常連客との独特の親密さが感じられた。

中年男性はそれが定位置らしく広岡と反対のカウンターの隅に座った。

女将はおしぼりを出すと、棚の上から日本酒の一升瓶を下ろし、薄手のグラスに注ぎはじめた。注文をしたりされたりしなくとも、互いにわかり合っているらしいことがうかがえる。そして、女将は、水よりもほんの少しとろみのありそうな液体が入ったグラスを中年男性の前に差し出した。

「ありがとう」

中年男性は、そのグラスを持つと、ひとくち飲んだ。それが広岡にはいかにもおいしそうに見えた。広岡はグラスに残ったビールを飲み干すと、女将に頼んだ。

「ビールの次は、自分も日本酒にしてください」

すると、中年男性が広岡の顔をちらっと見て、微《かす》かに笑いながら言った。

「この酒はおいしいですよ」

その穏やかな物腰が、広岡に真拳ジムの会長の真田を思い出させた。常に趣味のいい服を着ていた真田は、自分たちを注意するときも笑みを絶やさず、決して命令口調を用いない人だった。その穏やかさは真拳ジムを暖かく照らす熱源のようなものだった。

だが、次の瞬間、広岡は愕然《がくぜん》とするような思いで中年男性の顔を見つめてしまった。この中年男性は明らかに自分より齢が下だ。にもかかわらず、会長を連想させた。それは、自分にとっての会長が、四十年前に別れたときのままであるからだ。あのときの会長はまだ五十代から六十代になったばかりだった。自分はあのときの会長より齢を取ってしまっていたのだ……。

第七章　雨

1

雨が降りつづいていた。

梅雨に入ったのだろうと広岡は思っていたが、昼食前に見たテレビの天気情報番組のキャスターによれば、まだ気象庁による梅雨入り宣言は出されていないという。

昼食後、広岡は食器を片付け、洗い物を済ますと、ダイニング・キッチンのテーブルで、コーヒーを飲みながら本を読みはじめた。

この三日ほど雨に降りこめられ、外出もせず家にいたが、それはそれで悪くないものだという気がした。テレビはあまり見たいと思える番組がない。そのため、帰国したばかりの頃と異なり、テレビをつけるのも食事の際にニュース番組を見るくらいになってしまったが、ラジオを聞いたり、本を読んだりするだけで充分に満足な時間を過ごすことができていた。

そのとき読んでいたのは、新宿に出た折に書店で買い求めた時代小説だった。

初めて読む著者の作品だったせいか、なかなか描かれている世界に入り込むことができない。かつて日本にいるときに読んだことのある時代小説家の作品と違って、どうにも描写が淡泊すぎるのが気になって仕方がなかったのだ。

しかし、ある箇所に差しかかったとき、思わず本を閉じてしまうということが起きた。

理由不明のまま藩を出奔した同輩の武士を討ち果たせ、という密命を帯びた主人公が、そのあとを追って江戸に出る。しかし、何年経っても討つべき相手を見つけ出せず、暮らしている貧しい長屋で、ついに腹を切ってお詫《わ》びしようとする。

自分もついに世界チャンピオンになれなかった。世界チャンピオンになるということは、会長の真田との言葉には出さない約束のようなものだった。しかし、真田が止めるのを振り切ってアメリカに渡ったものの、ついにタイトルに挑戦することすらできなかった。自分が世界チャンピオンになってさえいれば、真田もボクシング界のつまらぬ連中に辱《はずかし》められるということもなかったのだ。世が世なら自分も切腹ものだったかもしれない。冗談半分にそう考えたとたん、まるで刀の切っ先が自分の腹にチクリと刺さったような気がして、思わずパタンと本を閉じてしまったのだ。

真拳ジムは、会長の真田がトレーナーの白石の力を借りて作り上げたジムだった。真田と白石の結びつきがどのようなところから来ているのか、広岡にもジムに入って何年かしたあとも本当の意味ではよく理解できなかった。しかし、二人に肉親以上の強い結びつきがあることだけはわかった。

共に第二次大戦末期に一兵卒として南方の戦線にいて、なんとか生きて日本に帰ることのできた少数のうちの二人だったということは聞いていた。たぶん、その苛酷《かこく》な戦場で、戦友としての強い絆《きずな》が生まれたのだろう。

しかし、二人とも酒はよく飲む方だったが、どんなに酔っても戦争の話をしようとしなかった。ただ一度、戦場で苦しめられたのは、アメリカ軍の砲弾ではなく飢えと熱病だった、と白石が洩《も》らすのを聞いたことがあるだけだった。

白石は、幼いころ家族と共に移民としてアメリカに渡ったが、二十歳を前にして父の意向によりひとりだけ日本に戻って徴兵検査を受けたのだという。そこで未来の妻となる女性と知り合い、親類の家の仕事を手伝いながら日本に居つづけることになった。やがて、真珠湾攻撃によって決定的にアメリカに戻るタイミングを逸してしまった白石は、二度目の徴兵で南方に送られ、そこで真田と巡り合った。年齢は白石の方が上だったが、同じ一等兵として互いに親しみを抱くようになった。

二人が親しくなったのには、他の兵士には話せない、アメリカでの生活とボクシングという共通の話題が存在したということもあったらしい。

真田は戦前のオリンピックにボクシングの選手として出場していた。一回戦で敗れてしまったが、日本に帰ってきた真田はオリンピックで学んだことを基礎にして練習に励み、大学卒業後はプロのボクサーになろうとした。だが、娘ばかりのあとで最後に生まれた息子だった真田は、繊維と陶磁器を専門に扱う商社だった父親の会社をどうしても継がなくてはならなかった。

プロのボクサーになりたいという望みを断念するとき、真田は交換条件として二年間ニューヨークに行かせてくれと頼み、受け入れられた。しかし、その二年目に父親が病いに倒れてしまい、急遽《きゅうきょ》、日本に戻らなくてはならなかった。それからは黙って商社の経営者としての道を歩みつづけた。

一方、白石はカリフォルニアの農場労働者から出発してロサンゼルスで魚屋を営むようになった父親のもとで育ったが、徴兵検査のため日本に戻るまで日本人街に近いダウンタウンのジムでボクシングの練習を続けていたらしい。

この真田と白石の、アメリカでの生活とボクシングという共通の話題は、南方でアメリカ軍と激しく戦っている日本の軍隊の中では、他の誰にも話すことのできないものだった。たぶん、二人だけのときしか口にしなかっただろう。

戦後、白石は進駐してきたアメリカ軍の通訳として働くようになったが、日本女性と結婚していたこともあって、ついにアメリカに帰らなかった。

真田と白石との交流は復員してからも続いていた。真田の会社は、進駐軍の通訳をしていた白石のおかげで、その上層部と比較的容易に接触できる機会に恵まれ、多くの恩恵をこうむるようになった。

白石は、通訳をしながら、趣味として、住まいの近くのジムでボランティアのトレーナーのようなことをしはじめた。

やがて進駐軍が撤退することになり、白石の通訳としての仕事がなくなってしまったとき、真田は白石がトレーナーをしているジムのスポンサーとなることで、白石の経済面を支えようとした。スポンサーとなる際、白石にトレーナーとしての報酬を支払うことを条件としたのだ。

金は出すが、口は出さないとしていた真田だったが、打たれても打たれてもただひたすら前に突進していくという、いわゆるブル・ファイトを選手たちに強いるジムの会長とどうしても意見が合わず、ついに手を引くことになった。

真田がジムから手を引くということは白石の収入の道が途絶えるということを意味していた。そこで、真田はひとつの決断をする。廃業寸前の他のジムを買い取り、白石と共に理想のボクサーを作ることにしたのだ。

理想のボクサーを作る。それは理想のアウト・ボクサーを作るということだった。オリンピックに出場したときの真田はただひたすら前に出てパンチを振るうということしか知らなかった。しかし、相手のドイツの選手には追っても追っても追いつけず、小気味いいパンチだけを浴びる。のちに、それがアウト・ボクシングというものだと知ることになるが、何もわからないうちに三ラウンドが終了し、気がつくと大差の判定で負けていた。

それからは、毎日、オリンピック会場に通い、他の選手の試合を見つづけた。そこで、ヨーロッパの軽量級や中量級の選手たちのあいだに広まっていたアウト・ボクシングの素晴らしさに目覚めた。ボクシングはまず相手に打たれないことが大事なのだと。打たれないでいれば、いつかチャンスがやってきて相手を倒せる。そのとき必要になるのは、スピードとタイミングだ。逆に言えば、スピードがあって、タイミングが合いさえすれば、どんなに非力なボクサーでも、相手を倒せるということだった。

家業を継ぐ対価としてニューヨークに行かせてもらっているあいだ、真田はよくマディソン・スクエア・ガーデンでプロのボクシングの試合を見た。そこでも、中量級の中に、スピードとタイミングだけでハード・パンチャーを打ち倒していくボクサーを発見して、アウト・ボクシングを信奉する気持がますます強くなった。

一方の白石も、日本では多くのジムの会長が防御をおろそかにして攻撃ばかりさせようとすることにうんざりしていた。そんなことをしていては選手たちの体が壊れてしまう。ボクシングで大事なことはなにより相手に打たれないことのはずだ。その一点で、真田と一致していた。

真田と白石は、打たれず打つことができるスピードのあるボクサー、日本で言うところの「アウト・ボクサー」を作ることを望んだ。

とりわけ、真田の考える理想のボクサーに必要なのはスピードと頭のよさだった。打たれないためのスピード。打つためのスピード。打たれないための頭のよさ。打つための頭のよさ。それを備えたアウト・ボクサーこそ理想のボクサーだった。

白石は、プロとしての人気を獲得するためには攻撃的な試合をすることが必要だと思っていたが、アウト・ボクシングをしていたボクサーが、一転して足を止め、速射砲のようなパンチを浴びせるところを見せることで、その問題は充分に解決できるという考えを持っていた。

二人のあいだで、まず中量級二人、軽量級二人の計四人の選手を作ろうということになった。そのため、似たような体重だが異なるタイプのボクサーになりそうな二人組を二つ作る。防御と攻撃の基礎的なトレーニングを積ませたあとは、その二人組で徹底的にスパーリングをやらせる。それが広岡たち四人だったのだ。

とりわけ広岡は、真田の理想のボクサーに最も近いところにいる存在だと思われていた。前に進むのも後ろに下がるのも自在な足の速さがある。白石に叩《たた》き込まれた鋭い左のジャブは相手を懐《ふところ》に飛び込ませない強固な防壁になり、バネのきいた右のストレートにはアウト・ボクサーとは思えない破壊力があった。

――だが、その自分も世界チャンピオンになれなかった……。

広岡はふたたび本を広げて読みつづけようとしたが、眼は活字の上を滑っていくだけだ。もうそれ以上、時代小説を読むのを諦《あきら》め、ベランダの上の屋根に当たる雨音に耳を傾けた。そして、あの子猫はどうしているだろうと考えた。ベランダに置かれた段ボール箱の中で眠っているのだろうか。それとも、この雨の中、あちこちほっつき歩いているのだろうか。

子猫は、日に日に大きくなっていくようだった。あるいは、どこか別のところでも定期的に餌《えさ》を得ているのかもしれないという気もしないではなかった。だが、ベランダの段ボール箱を主要なすみかとして利用していることは変わらなかった。

広岡はシリアルをミルクにひたしたものを出してやっていた。翌日見ると、容器のボウルは底まで綺麗《きれい》に舐《な》められている。間違いなく気に入ってはいるのだろうが、いつまでそうした離乳食のようなものを食べさせていればいいのか疑問に思えてきた。

近くの図書館に行って飼育書を読んで調べてみると、子猫は生後五、六週間で離乳食から固形物の餌に移行させていくべきだと記されていた。そして、それには子猫用のキャットフードが適しているともいう。

そこで、スーパーマーケットに行き、食材を買うついでに、ペットフードが並べられているコーナーに立ち寄ってみた。しかし、広岡は、結局、何も買わずにその場を離れた。自分は、あの子猫を飼っているわけではない。ただ自分の部屋のベランダを仮の宿としている行きずりの者に、ありあわせの食べ物を提供しているだけだ。あらためてキャットフードを買うということになれば、それはほとんどあの子猫を飼うということと同じになってしまう。広岡は、子猫とのあいだに、飼ったり飼われたりという関係を作りたくなかった。

ときどき顔を合わせても、子猫は恐れたり逃げようとしたりせず、じっとこちらを見つめている。そんな子猫が、段ボール箱の中で丸くなっている姿を見ていると、背中の黒と灰色の縞《しま》模様がとても愛らしく思えてくる。だが、あるとき、胸のうちでその子猫のことを、「シマシマ」と呼びかけている自分に気がつき、まずいと思った。飼う気がないなら名前などつけるべきではない。そこで広岡は、あくまでもその子猫を「ネコ」としか呼ばないことにした。もっとも、それもまたひとつの名前ではないかと思わないでもなかったが。

ある晩、鶏肉と野菜のシチューを作ろうとして鍋《なべ》で煮込んでいるとき、この肉を子猫に食べさせてやったらどうかと思いついた。そこで、味をつける前に鶏肉のかたまりをいくつか取り出し、冷ましてから小さく千切《ちぎ》った。それをボウルに入れて出しておくと、翌日、綺麗に平らげられていた。

以来、肉や魚を調理するときは、少し多めに用意するようになった。そして、味をつける前に子猫の分だけ肉や魚を取り分けておく。一部はその日のうちに小さくして出してやるが、残りは冷蔵庫に入れておき二、三日分のストックとする……。

広岡は本を閉じ、テーブルの前から立ち上がると、ベランダに続くガラス戸の前に向かった。そして、ガラス戸を薄く開け、段ボール箱の中をのぞき込んだ。しかし、そこに子猫はいなかった。この雨の中、ネコはどこかに遠征しているらしい。あるいは遠征した先で雨に降りこめられてしまい、足止めされているのかもしれない。図書館で読んだ飼育書には、猫は雨を嫌うとあったからだ。広岡は壊れかかった垣根の向こうに広がる野菜畑に眼をやった。

そのとき、テーブルの上に置いてある携帯電話が振動している音が聞こえた。

ダイニング・キッチンに戻り、通話ボタンを押して出ると、それは佳菜子からの電話だった。

「ご無沙汰しています。先日は本当にありがとうございました」

渋谷での映画と青山での食事の礼を言っているらしい。翌日すぐにていねいなメールを貰《もら》っていたが、そう言われれば、直接言葉を交わすのはその夜以来のことだった。

「いや、こちらこそ遅くまで付き合ってくれてありがとう」

広岡がそう応じると、佳菜子が深い思いのこもったような声で言った。

「あんなに素敵なレストランで食事するのは初めてでした」

「喜んでもらえて、嬉《うれ》しいよ」

そう言いながら、広岡は、ここでも使われた「初めて」という言葉が気になった。

映画館で映画を見たあと、レストランに向かう途中で、映画館で映画を見るのは初めての経験だと言っていた。佳菜子が単に儀礼的に謝辞を述べているとは思えなかったから、「あんなに素敵なレストランで食事するのは初めてでした」というのは本当のことなのだろう。だが、その「初めて」は、「あんなに素敵な」にかかるのではなく、先日の「映画館で映画を見る」というのと同じく「レストランで食事する」にかかるような気がした。映画館で映画を見たりせず、レストランで食事をしたことのない生活。もしかしたら、伸びやかな肢体と同じように屈託なく育ったようにしか見えない佳菜子に、何か暗い影のような過去があるのだろうか。

広岡が頭の片隅で佳菜子の過去について考えていると、その佳菜子が話題を切り替えるような口調になって言った。

「ところで、あのとき、うかがったお話ですけど……」

「あのときの話？」

広岡は佳菜子が何を言い出したのかわからず訊《き》き返した。

「ええ、ウィーンにあるという音楽家たちの館……」

佳菜子に言われて広岡も思い出した。

青山のレストランで、思わず口走ったことがあった。音楽家たちの老人ホームがあるなら、ボクサーたちのための老人ホームがあってもいいのではないか。いや、老人ホームなどという大層なものでなくても、とりあえず藤原や佐瀬と一緒に暮らせる程度の広さの家はないだろうか、と。

「もしかしたら、家が見つかったのかな」

広岡が訊《たず》ねると、佳菜子が答えた。

「見つかったんです」

「それはずいぶん早かったね」

「ええ。社長に話したら、真剣に考えてくれて。おかげで、とても広くて、とても家賃の安い家が見つかったんです……」

だが、佳菜子の言葉には、そのあとに、でも、と続きそうなニュアンスが感じられた。

「もし、お時間があったら、いつでも結構なので、店までおいでいただけないかと社長が申しています」

それを聞いて、広岡が佳菜子に言った。

「今日でよければ、これから行ってもいいけど」

広岡には、この部屋にいても、特にしなければならないことはなかった。

これから行ってもいいという広岡の言葉が予期していないものだったのかもしれない。

佳菜子が少し慌て気味に言った。

「あっ、ちょっとお待ちいただけますか」

佳菜子は、電話を保留の状態にして進藤と相談しているようだったが、すぐにまた電話に出て言った。

「そうしていただければありがたいと、社長も申しております」

「わかった。それなら、いま、これから行きます」

さほど強くはなかったが、依然として雨は降りつづいている。広岡は、アパートの部屋を出て、傘を差して駅前に向かった。

2

広岡が進藤不動産の戸を開けて入っていくと、佳菜子が笑顔を向けてくるのと同時に、進藤が愛想よく言った。

「いらっしゃい。雨の中、申し訳ありませんね」

「いや、こちらこそお礼を言わなくてはならないようですね」

広岡が頭を下げようとすると、進藤が、いやいや、と言いながら入り口付近にある応接セットの方に手を差し伸べて言った。

「まあ、お座りください」

そして、自分も立ち上がり、広岡と反対側のソファーに腰を下ろした。

「佳菜ちゃんから聞いたところによると、広い家を探しているんだそうですね」

広岡はうなずいて言った。

「広さというより部屋数の多い家があればありがたいと思って」

「昔のボクサー仲間と暮らすっていうことですけど」

「ええ、とりあえずは真拳ジムの二階で一緒に暮らしていた友人と」

「何人くらいで暮らすつもりなんですか」

「当面は二人になるか三人になるかわかりませんけど、それ以外のボクサー仲間がそこで暮らしたいと思ったとき、すぐ引き受けられるだけの部屋数があるとありがたいんです」

「シェアハウスですね」

進藤が嬉しそうに言った。

「シェアハウス？」

聞き馴《な》れない言葉を耳にして広岡が訊き返すと、佳菜子が説明してくれた。

「いま、日本では、一軒の家で他人同士の何人もが共同で暮らすのが流行《はや》っているんです。特に若い人たちのあいだで」

「なるほど。みんなでルーム・シェアー、ハウス・シェアーをするんだね」

広岡が佳菜子に言うと、進藤が羨《うらや》ましそうに言った。

「そう、シェアハウス。昔の仲間と齢《とし》を取ってからもういちど暮らすなんて、夢のような話だなあ」

「夢、ですか？」

広岡は、極めて現実的な商売人のように見える進藤から、意外な言葉を聞かされたような気がして、思わず訊き返してしまった。

「正真正銘の夢じゃないですかね。あたしなんかも、できることなら女房から離れて、昔の気の合った仲間と暮らせたらどんなにいいかと思いますよ」

すると、佳菜子が笑いを抑えるような表情で言った。

「社長が奥さんと離れて暮らすことなんてできません」

「そんなことないよ」

進藤が言った。

「そんなこと、あります」

佳菜子はそう言うと、広岡に向かって説明するように言った。

「社長は、追っかけをしていたアイドル・グループの方と結婚したんですよ。奥さんによると、あんまりうるさいんで仕方なく結婚してあげたの、ということです」

「それは違うんだな。グループの中でも一番地味で、解散して独立してからもまったく売れないタレントを続けていたんで、人助けと思って結婚してやったんだから」

進藤が抗弁するように言った。

だが、いずれにしても、この進藤は芸能人と結婚したらしい。広岡は、進藤に対して、つい不思議な生き物を見るような眼を向けてしまった。

進藤は広岡の視線を受けて、いくらか弁解するような調子で言った。

「女房が、タレント業を続けながら入った大学が、たまたまあたしの通っていた大学でね。そんなこんなで付き合うようになって、なんとなく結婚にまで至ってしまったんですよ」

「いえ、奥さんは、土下座をされたとおっしゃっていました」

佳菜子が澄ました顔で暴露した。

「あれは、ちょっとした弾《はず》み」

「みんなに見られていて、あんまり恥ずかしかったので、仕方なく、わかったと返事したそうです」

するど、進藤が間髪を入れず応じた。

「作戦勝ち！」

広岡は、佳菜子と進藤との掛け合い漫才のようなやりとりに口を挟《はさ》むこともできないまま、ただ二人の顔を交互に見るばかりだった。

「それに、奥さんはとても料理が上手なんですよ。だから、ときどき社長のおうちに食事をご馳走《ちそう》になりに行くときは、料理を教えてもらうんです」

佳菜子が言った。

「佳菜ちゃんは筋がいいって女房も褒めてましてね。うちは子供が男だけなんで、佳菜ちゃんに教えるのが嬉しいらしくて。おかげで二人が作る訳のわからない料理をよく食べさせられることになりますけどね」

いかにも迷惑そうな口調だったが、その底に嬉しさを滲《にじ》ませながら進藤が言った。

「いまでも、奥さんが大好きなくせに、離れて暮らすなんてできません」

佳菜子が結論を下すように言うと、進藤がいくらか真面目な口調になって言った。

「いや、それは違うんだよ。別に女房が嫌いになったわけじゃないけど、齢を取ると面倒な女の世界から離れて、シンプルな生活をしたいと思うようになるんだよ」

さらに、それまで佳菜子に向かってしゃべっていた進藤が、今度は広岡に向かってい
かにも羨ましそうに言った。
「大人のシェアハウス、いいなあ」
進藤は、それを「シェアハウス」と呼んでいる。だが、自分がこれからやろうとして
いるのは家をシェアーすることではなさそうだ、と広岡は思った。星が言っていたよう
にジムの合宿生としての昔をノスタルジックになぞろうとしているのでもない。行き場
を失った仲間のために、入るのも出るのも自由な仮の宿を提供しようとするだけだ。そ
う、それは無料の簡易ホテルのようなものかもしれない。あの子猫と自分との関係のよ
うに、約束事のいっさい存在しない、自由な店子《たなこ》と自由な家主が共同で住む家と言って
もいい。
「見つかった家というのはどういう……」
広岡が二人の楽しげな話の流れを変えてしまうことを恐れながら訊ねると、進藤がパ
ンと両手を打って言った。
「そうそう、それ。佳菜ちゃんがよけいなことを言うから、話があっちこっちになって
しまって、ほんとにすいませんね」
「あっちこっちにしたのは社長です」
佳菜子が澄ました顔で言った。

「ここからが本題なんですけどね」

進藤が、身を乗り出すような仕草をして言った。

「いま、広岡さんに入ってもらっているアパートは、このあたりでも有名な大地主で鈴木さんという方の持ち物なんです。鈴木さんの一族はこの一帯だけでなくいろいろなところに不動産を持ってましてね。その中に、こちらの鈴木さんとは従兄弟《いとこ》になる鈴木さんという方がいて、その一人娘さんに婿養子をとったんです。しばらくは別々に暮らしていたんですけど、そろそろ親世代の二人が齢を取ってきたんで、一緒に住んだらどうかということになりましてね。そこで、親、子、孫の三世代六人が住める大きな家を建てたんです。五、六年は幸せに暮らしていたんですけど……いや、暮らしていたんだろうと思うんですけど、三年前に大変な事件が起きてしまいましてね」

「大変な事件？」

進藤の巧みな語り口に乗せられて、広岡もつい言葉に出して訊ねてしまった。

「一家心中です。一家心中で全員が死んでしまったんです」

進藤が言った。

「全員？」

広岡は驚きを押し殺した声で訊ねた。

「六人が六人とも」

「どうして、です」

広岡がさらに訊ねた。

「それがよくわからないんですよ」

進藤が、前のめりになっていた体を引いて、ソファーの背にもたれるように座り直しながら言った。

「事件後、週刊誌があれこれ書きましたけど、本当の理由はよくわからないんです。婿養子だけは首を吊《つ》って死んでいましたけど、老夫婦も、二人の子供も、眠るように死んでいました。入眠剤を飲んで寝たあと首を絞められたらしいんです。奥さんにだけ、ほんの少し抵抗したような痕《あと》が残っていたんで、そこから婿養子による無理心中ではないかという疑いが出てきましてね。週刊誌は、ここを先途《せんど》と、婿養子の女性問題だとか、義理の両親との不和だとか、子供の学校や家庭での問題とか、果ては外国のカジノでギャンブルにはまってしまっただとかいろいろ書き立てましたけど、どれも憶測に過ぎませんでした。婿養子は真面目一筋で、義理の両親とは娘である妻よりも仲がよく、子供は二人とも成績優秀で、家庭内暴力とか学校でのいじめとかにもまったく無縁でね。一家心中であれ、無理心中であれ、どうしても原因が見つからなかったんですよ」

「それ以来、空き家になっているんです」

佳菜子が補足するように言った。

「三年も？」

広岡が訊ねた。

「この六月で丸三年になります。事件が起きたのも、こういう梅雨どきの雨が降る日のことでしてね」

そう言ってから、進藤が言い直した。

「あっ、いまはまだ梅雨入りしてませんでしたね。でも、とにかくこんな雨が降る日だったんですよ」

「どうして三年間もそのままになっていたんですか」

広岡が訊ねた。

「そこなんです」

進藤はふたたび身を乗り出すような姿勢になって続けた。

「亡くなった鈴木さんはあまり一族の方と親しく付き合いをしていなかったらしいんですね。ただ、子供の頃、祖父母の家でよく一緒に遊んだことがあるとかで、広岡さんの大家さんの方の鈴木さんとだけは交流があった。実は、亡くなった方の鈴木さんにはほとんど財産がなくなっていて、家を建てるときも大部分の金を鈴木さん……広岡さんの大家さんの方の鈴木さんに融通してもらっていたそうなんです。そんなこともあって、亡くなった鈴木さん一家の後始末をする役回りを大家さんの方の鈴木さんが引き受けざるをえなくなりましてね。立派な葬式を出し、各所に残っていた未払い金をきちんと払ったあとで、大家さんの鈴木さんのもとに残ったのが、事件のあったその家だけだったというわけなんです」

進藤の話の流れからすると、どうやら自分たちのために用意されているのはその家ということになるらしいと推測できた。しかし、広岡はあえて口を挟まず進藤の話に耳を傾けることにした。

「問題はその家です。あたしたちの世界では、そういう物件をジコブッケンと呼んでいるんですけどね」

「ジコブッケン？」

黙って進藤の話を聞いていようと思っていた広岡が、つい訊き返してしまった。

「事故のあった物件、まあ疵物《きずもの》の物件ということですね」

「なるほど、事故物件、ですか」

「六人もの死人が出た家です。無理心中でないにしても、一家心中で三世代六人が死んでしまった。売るに売れないし、貸すに貸せない。更地にして売ろうとしても、やはり宅地としては買い手に二の足を踏まれてしまう。どうにも処分のしようがないんです」

進藤が事故物件というものの説明を続けた。

「人の噂《うわさ》もなんとやら、そんなものは少し時間を置いてほとぼりが冷めた頃に知らない顔をして売ってしまえばいいじゃないかと思うかもしれませんが、そうは問屋が簡単に卸《おろ》してくれないんです。売り手の側に告知義務というのがあって、売る際に、かくかくしかじかの事故のあった物件ですということを知らせないで売ったりすると、あとで裁判沙汰になったりして大変なことになってしまう。ところが、そのあいだに誰かひとりでも借りてくれれば、そのあとは告知義務がなくなるんです。なくなるというか、少なくとも曖昧《あいまい》にすることが許される。しかし、なかなかそんな訳ありの家を借りて住んでくれるような奇特な人はいません」

それはそうかもしれないな、と聞いている広岡も思った。買うにしても借りるにしても、できることなら負の要素の少ないものを選ぶだろう。

進藤は一息ついてからまた話を続けた。

「あたしも以前から鈴木さんに相談を受けていて、どうしたものかと考えていたんです。もちろん、抜け道はないことはないんですけど、鈴木さんはこの地域の名士ですから、あまり乱暴なことはできない。そこに、佳菜ちゃんから、広岡さんの話を聞かされて、ひょっとしたら、と閃《ひらめ》いたんですよ。広岡さんが昔の仲間と暮らすというのは、きっと四天王のどなたかとだろう。藤原さんなら東洋チャンピオンだし、星さんは日本チャンピオン、佐瀬さんだってチャンピオンにはなれなかったけど、世界の何位かまで登った強いボクサーだ。そういう人たちなら、幽霊の一人や二人出るような家でも大丈夫ではないだろうか……」

それを聞いて、広岡が含み笑いをしながら訊ねた。

「幽霊が出るんですか？」

「いや、出ません、出ません。たとえばの話ですよ」

進藤が慌てて否定した。

幽霊など出はしないと否定する進藤の必死さを見て、広岡が今度ははっきりと笑いながら言った。

「たとえ出ても大丈夫でしょう。みんな面白がって、出てきた幽霊を相手にスパーリングをしたがるかもしれない。こんな相手は初めてだって」

「そうそう、きっと気にしないと思いましてね。佳菜ちゃんに話を聞いて、すぐにも鈴木さんのところに相談に行こうとしたんですけど、あいにく海外旅行中でしてね。ようやく今週帰国したというので、一昨日《おととい》の晩に話しに行ったんです。そうしたら、鈴木さんも喜んで賛成してくれましてね。もしみなさんに住んでいただけるんだったら家賃などは必要ない、それにいずれ解体するので家をどのように改造しても構わない、とまでおっしゃってくれましてね。もちろん、ただというのは逆に問題が出てきてしまうかもしれないので、やはり家賃はいただくことになるでしょうけど、いま住んでいるアパートの部屋代と同じくらいいただければ充分なんです」

それは願ったり叶《かな》ったりという家が見つかった。広岡は、なにより藤原の仮出所に間に合いそうなことを喜んだ。

聞けば、一階に食堂兼居間を含めて三部屋、二階に四部屋あるという。ということは、自分と藤原どころか、最大六人まで住めることになる。そこなら、佐瀬にも一緒に住まないかと誘うことができる。

「ありがとう。助かります」

広岡が頭を下げると、進藤が少し申し訳なさそうに付け加えた。

「ただ、場所が都内ではないんです」

「というと？」

「川向こうの神奈川県、正確には川崎市になるんです」

「別にそれはかまいませんけど」

「それなら、まずその家を見てもらった方がいいですね」

広岡がうなずくと、進藤がせわしない調子で訊ねた。

「いつにします？」

「こちらは早ければ早いほど」

広岡が答えた。

「今日でも？」

「いまからでも」

「今日は雨だけど、その家は南に面した庭が広いんで、日差しの問題はありませんから、いいかもしれませんね」

　進藤はそう言うと、佳菜子に向かって相談するように言った。

「お連れしてくれるかな」

「ええ……」

　佳菜子が浮かない顔で返事をした。

　その表情を見て、進藤が広岡に言った。

「佳菜ちゃんは、広岡さんにその家を勧めるのに反対なんですよ」

「どうして？」

　広岡が佳菜子に向かって訊ねた。

「なんとなく、あの家には……」

　佳菜子が言い淀《よど》むと、進藤が茶化すように言った。

「幽霊が出そう？」

「いえ、そうじゃないんですけど……なんとなく家の中の空気が重く感じられるんです」

「そんなの心配することじゃないよ。長いあいだ閉め切ったままなんで空気がこもっているだけさ。二、三日、窓を開け放しておけば、元に戻る」

「そうでしょうか……」

広岡は、不安げな佳菜子に向かって、力づけるように言った。

「自分たちはどんな家でも大丈夫です」

「そう言っていただけるとありがたい」

進藤がホッとしたように言った。

「しかし……」

広岡は、そう言ったあとで、冗談めかして言った。

「自分たちが住んだら、二、三年のうちにまた死人が出るかもしれませんよ」

「いや、そういう死人は大歓迎なんです。もしそこから普通の葬式が出れば、それだけ事故の死人の記憶が薄まることになりますからね。死人歓迎、葬式歓迎」

そこで、進藤はひとりで大笑いした。

3

広岡は、佳菜子が運転する軽自動車に乗り、目的の家に向かった。

以前、アパートの部屋を見るため乗せてもらったときは後部座席に座ったが、今回は助手席に座った。佳菜子がごく自然に助手席のドアを開けてくれたため、隣に座ることになったのだ。

外には、見通しを悪くさせる細かい雨が降りつづいていた。しかし、佳菜子の運転は上手だった。ハンドルさばきも滑らかなら、急なブレーキを踏むこともない。信号のない道路から幹線道路への入り方にも無理がなく、すべてに余裕が感じられる。車は小さいが、極めて乗り心地がよかった。佳菜子は車の運転が好きなのかもしれないな、と広岡は思った。

「運転が好きみたいだね」

広岡がワイパーの作動しているフロントガラスの前方を見ながら言うと、佳菜子も運転の姿勢を変えずに言った。

「運転というより、車が好きなんだと思います」

「ほう」

広岡には車が好きだという若い女性の言葉が新鮮だった。

「車は、アクセルを踏めば踏んだだけスピードを上げてくれるし、ブレーキを踏めば踏んだだけスピードを落としてくれます。ハンドルを回せば回しただけ向きを変えてくれる。わたしが伝えたいと思った分だけ正確に動いてくれます。人や動物のように過剰に伝わったり伝わらなかったりすることがありませんから」

「機械というものが好きなのかな」

「そうかもしれません。機械はわたしが聞きたくないことまで話しかけてこないですし」

この若い女性の内部には極めて敏感なセンサーのようなものがあり、それを自分で扱いかねているところがあるらしい。

広岡は佳菜子の言葉を反芻《はんすう》しながら、先日二人で見たハリウッド製のサスペンス映画を思い出していた。

アメリカの西海岸に住む主人公が、「何か」を持っているために正体不明の集団に狙《ねら》われる。その「何か」は、高価だったり珍しかったりする「物」でもなければ、数学や物理学などの高度な「知識」といったものでもなく、かといってどのような防御網を敷いているコンピューターにも軽々と侵入できるというハッキングの「技術」でもない。続編が用意されているらしく、最後までその「何か」が明かされることはなかったが、あるいは超自然的な能力かもしれないと予感させるような細部が至るところにちりばめられていた。

その映画の主人公の若者は、西海岸から東海岸に向けて必死の逃亡を続けていく。その姿を、我がことのように真剣に見つめていた佳菜子にも、もしかしたら、それに似た「何か」があるのかもしれない。そして、それを持て余している……。

だが、広岡は、そうしたことにはいっさい触れず、運転している佳菜子に言った。

「それにしても運転が上手だね。まるで自分の庭を走っているようにスムーズだ」

「運転がスムーズなのは、わたしが上手だからではなくて、走り慣れた道だからだと思います」

なるほど、と広岡は思った。

「進藤不動産が扱っている物件はこのあたりが多いのかな」

「それもありますけど、わたしの住んでいる部屋がこの道の先にあるんです。多摩川に架かっている橋を渡った向こうに」

「ここを通勤のときに往復しているということ？」

「ええ、これからご案内する家も、わたしが住んでいるところからあまり離れていないんです」

それを聞いて、広岡は意外な気がした。

「君は進藤不動産の近くに住んでいるのかと思っていたけど」

広岡が訊ねるような口調で言った。

「わたしも、お店に近い方が通勤に楽なので、それこそ広岡さんが住んでいらっしゃるようなアパートがよかったんですけど」

「それがどうして？」

「社長に反対されてしまったんです。佳菜ちゃんは若い女の子なんだから、やっぱり少し遠くてもオートロックのあるようなところに住みなさいって」

親元を離れたひとり暮らしの若い女性を預かるのなら、それくらいの配慮は必要なのかもしれない。広岡が前方を向いたままうなずくと、佳菜子が続けた。

「多摩川を渡った先の駅の近くにやっぱりあの鈴木さんが所有するワンルーム・マンションが建っているんですけど、社長がその一部屋を安く借りてくれたんです」

どうやら、進藤不動産の進藤と佳菜子とのあいだには、単に経営者と従業員という以上の関係があるらしい。

「君と進藤さんとは昔からの知り合いなのかな」

広岡が訊ねると、佳菜子は軽く首を振って否定した。

「いえ、わたしがあの店に入ったのは二年前です。それまで会ったこともありませんでした。社長は、わたしの……知り合いの弁護士さんのお友達だったんです」

「君の知り合いの弁護士と？」

「はい」

そう返事すると、佳菜子はクスッと笑ってから言った。

「うちの社長とその弁護士さんが知り合ったのは、高校生時代にアイドルの追っかけをしているときだったんですって。二人は同じアイドル・グループのファンで、いろいろな公演会場で出くわすうちに話をするようになって、あれこれ情報を提供し合ったり、助け合ったりするうちに親しくなったと聞きました」

少年時代の進藤が、アメリカで言うグルーピー、それも男性版のグルーピーだったということがなんとなく微笑《ほほえ》ましく、広岡はつい笑ってしまった。

すると、佳菜子も楽しそうな笑顔になって言った。

「うちの社長も少し変わっていますけど、その弁護士さんはもっと変わっているんですよ」

「………？」

「高校から大学を受験するとき、芸能人と結婚しやすい職業は何かと考えて、同じ芸能人でなければ医者か弁護士だと思ったんだそうです。まず、歌も芝居もだめだから芸能人にはなれそうもない。血を見るのが大の苦手なのでメスどころか注射針も刺せないだろう。白衣には魅力を感じるけれど医者にはなれない。最後に残った弁護士になろうと決めて、猛勉強して国立大学の法学部に入ったんですって。そしてまた大学時代にも猛勉強して在学中に司法試験に受かってしまったんだそうです」

広岡には想像もできない生き方をしている人がいるらしい。どう反応したらいいかわからなかったので、当たり障りのない言葉を投げかけた。

「頭のいい人なんだね」

「とてもそうは見えないんですけど」

佳菜子がその風貌を思い浮かべているのか笑いながら言うと、広岡がいくらかあらたまった口調で応じた。

「でも、人は外見ではわからないものだからね」

それは広岡の実感だった。実際、ロサンゼルスでホテルの経営にたずさわるようになって、人が外見では決してわからないものだということはいやというほど思い知らされていた。

薄汚れたTシャツにスニーカー姿の老人が途轍《とてつ》もない大金持だったり、ブルックス・ブラザーズのスーツに身を固めた感じのいい若者が詐欺師だったりするようなことは、ロサンゼルスでざらに経験することだった。

「そうですね」

佳菜子はうなずき、人は外見ではわからないものだという広岡の言葉をいったん受け止めてから、さらにその弁護士の話を続けた。

「研修を終えて、本物の弁護士になっても芸能人と結婚するという夢は捨てなかったんだそうですけど、うちの社長に先を越されて、モデルに方向転換したんですって。社長によると、信じられないほど綺麗な方と結婚できたんだそうですけど、すぐに離婚して、現在はバツサンなんです」

「バッサン?」

広岡が訊き返すと、佳菜子はハンドルから右手を離し、人差し指で宙に字を書きながら説明した。

「×が3。離婚を三回もしているんです」

「なるほど、それでバツ、サンか。しかし、離婚が三回くらいならアメリカには、それこそゴロゴロいるけどな」

「あっ、失礼し……」

その言葉で、広岡は佳菜子が誤解していることに気がついた。

「いや、自分は離婚したことはないよ」

すると、またハンドルから右手を離し、胸を撫《な》で下ろすような仕草をした。

「よかった」

「結婚をしたこともなかったからね」

広岡が付け加えると、佳菜子の顔に困惑したような微妙な表情が浮かんで消えた。しかし、広岡はそれに気がつかないふりをして、のんびりした口調で言った。

「それにしても、いまどき離婚を三回したくらいでは特に変な人というのでもないように思えるけど」

すると、佳菜子がまた笑いを含んだ声に戻って言った。

「いえ、変な人なんです。五十も過ぎた弁護士さんなのに、裁判所に行くのにオートバイに乗って行くんですよ。これが東京では一番早い交通手段だからって。それも、バンダナを巻いて、ブーツを履いて、革のつなぎなんか着ているんです。まるでヘルズ・エンジェルスみたいに」

「ヘルズ・エンジェルスとはずいぶん古いことを知ってるね」

広岡が少し驚いて声を上げた。

「アメリカの映画で見たことがあります。さすがにあの人たちのように髭《ひげ》は生やしてないんですけど」

佳菜子はどんな映画であのアウトロー的バイク集団のことを知ったのだろう。ピーター・フォンダが主演した『ワイルド・エンジェル』か、それともジャック・ニコルソンの出ていたヘルズ・エンジェルス物だろうか。

広岡は、どちらの映画もアメリカに行ってから深夜のテレビ枠で見た記憶がある。ただ、映画としてはどちらもたいしたものではなかったような気がするが……。

そんなことを考えているうちに、車は多摩川に架かる橋に近づいてきた。

上流も下流も雨に霞《かす》んでおり、対向車にはヘッドライトをつけているものもある。

長い橋を渡り切り、三度ほど道を曲がると、ぽつんぽつんと野菜畑や果樹園のようなものが残っている住宅地に入った。

車のスピードをいくらか緩めながら佳菜子が言った。

「昨日、社長に鍵を借りて、その家を見てきたんです」

「室内の空気が重く感じられたと言っていたね」

「ええ……さっきお店ではそう言ったんですけど、本当は……」

「違うんだね」

「ええ……」

そこで佳菜子はどう話したらいいのだろうと思案するように黙り込んだ。

広岡が冗談めかして言った。

「ポルターガイスト！」

ポルターガイストとは家にまつわる怪異現象をさす言葉で、どうやらヨーロッパが発祥の地であるらしい。家の中で、そこにいる誰ひとりとして手を触れていないのに家具が勝手に移動したり、家のどこからか異様な物音が聞こえたり、発光や発火が起きたりする。

アメリカでは、このポルターガイストをテーマに毎年多くの映画が作られている。

広岡はホラー映画があまり好きではないのでほとんど見たことがないが、佳菜子なら何かの作品を見ていて、自分の冗談に応じて何か反応するかもしれないと思ったのだ。

しかし、佳菜子は笑うことなく、まだいくらか思い詰めたような表情を残したまま言った。

「どう言ったらいいのか、ポルターガイスト的なものとは違って、なんとなくそこに淀むように存在しているものがあるような気がしたんです。人でも、動物でも、物でもない、何かが……」

映画館では隣に座っていた広岡がときどきふっといなくなったように感じたと言っていたが、それとは逆に、その家で何かの存在を感じたらしい。きっと、佳菜子の体内のセンサーに触れてくるものがあったのだろう。

だが、たとえ、その家に見えない何かが棲んでいるとしても、別に構わなかった。およそ広岡には恐怖心というものが欠けていた。ホラー映画を好まないのも、恐ろしかったり怖かったりするからではなく、見ても、何が恐ろしく、どこが怖いかよくわからないからだった。広岡は、真拳ジムの会長の真田が自分に向かってよく言っていた言葉を思い出した。

「広岡君の欠点は恐怖心がないことかもしれないな。ボクサーには恐怖心が必須のものなんだけど」

確かに、本当の意味での恐怖心がなかったため、アメリカに渡って、あるとき不意に生まれた恐怖心を飼い馴らす方法がわからなかった。それがボクシングと縁を切る直接の理由になってしまったのだが……。

佳菜子は、一軒一軒の家が比較的ゆったりとした間隔で建っている道路に車を進入させ、記憶を呼び起こすような表情でしばらく低速で走らせていたが、やがて二階建ての白い家の前で停車した。

「ここです」

広岡が車から降りようとすると、佳菜子が言った。

「車庫に入れますから、そのままで」

佳菜子は、車を家の横についている屋根だけの車庫に入れた。雨に濡れないようにという配慮のようだったが、広岡は車を降りると、雨の降る道路に立って、あらためて家を見上げた。

想像していた以上に大きな家だった。

横長の直方体の上に屋根が載っているというシンプルな構造で、外壁には板が一枚一枚重ねながら横張りされている。アメリカで言うラップ・サイディングという工法だ。そこに白いペンキが塗られていることもあるのか、最初期のアーリー・アメリカンの建物に似た印象を受ける。いずれにしても、このあたりには珍しい雰囲気の家であることにちがいなく、建主に強いこだわりがあったらしいことがうかがえる。

佳菜子が玄関の鍵を開けて言った。

「どうぞ、お入りください」

広々とした玄関ホールには、厚手のガラスがはめ込まれた扉によって区切られた一階部分と、二階に続く階段とがある。

佳菜子はガラスがはめ込まれた扉を開けて一階部分の中に入った。家具がまったくないためか、その広さが際立って見える。

「ここが居間と食堂に使われていたところだと思います」

佳菜子はそう言いながら、カーテンを引き開けた。

すると、そこに雑草が生い茂る庭が現れた。

広岡は、ここに来るまで、きっとひどく荒れ果てた家なのだろうと覚悟していた。しかし、実際に到着して見てみると、家の外観も建物の内部も驚くほど綺麗だった。いくらかカビ臭さは感じられるが、それは進藤の言う通り、二、三日も戸や窓を開け放っていれば消えそうな気がする。だが、その雑草の生い茂った庭を見たとき、不意の出来事によって家の歴史が唐突に遮断されてしまった哀れさのようなものが感じられた。

広岡がガラス戸の前に佇《たたず》んで庭を見ていると、その戸を開け放ちながら佳菜子が言った。

「もし、広岡さんたちが住んでくださるなら、すぐにでも庭を綺麗にするとのことです」

雨のため日は差していないが、確かに庭は南に面していると思われる。すると、水回りの部分が集められているのは、居間と食堂の東側に当たるところということになる。風呂と洗面所とトイレもいかにも広々として使いやすそうで、洗濯機とリネン類の置き場にはアイロン掛けができそうなほどの空間がある。そして、ダイニングと明瞭に区切られた台所には、食器棚や冷蔵庫を置く場所とは別にパントリー、食糧庫まである。

そして、居間と食堂を挟んでそことは反対の西側の部分には、和室と洋室が一間ずつあった。

洋室は書斎として使われていたような気配があるが、一種の事務室だったのかもしれない。しかし、一方の和室には、老夫婦が暮らしていたのだろうと明らかにわかる落ち着いた雰囲気が残されていた。小さいものだったが床の間がついている。

二階に上がっていくと、階段を昇り切ったところにオープン・スペースがあり、そこを境にして西側に同じ広さの洋室が三部屋、東側にそれより広い洋間がひとつと、二階にしては珍しいほどゆったりとした水回りのスペースがある。

たぶん二階の東側の広い洋室は娘夫婦の寝室であり、西側の部屋は子供部屋だったのだろう。子供は二人だったはずだから一部屋余分ということになる。あるいは、子供をもうひとり作る予定だったのかもしれない。

一階の水回りの部分の真上にある同じ水回りのスペースには洗面所とトイレだけでなく、シャワールームもついている。明確な二世帯住宅というのではないが、二つの世帯が緩やかに分かれて暮らせるように作られていた家だったのだろう。

中央のオープン・スペースには簡単なものなら応接セットが置けるくらいの余裕があり、その南側にベランダがついている。

佳菜子が開けてくれた観音開きの扉からベランダに出ると、あまり高い建物のない周辺が一望のもとに見えた。

庭を見下ろすと、一階からでは雑草のせいでわからなかったが、これと同じくらいの家なら楽にもう一軒建つのではないかと思われるほど広いことがわかる。

すべてがとても素晴らしかった。事故物件とやらでなかったら、決して賃貸になど出そうもない家だった。

広岡は、ベランダから戻ると、オープン・スペースでじっと待っていてくれた佳菜子に言った。

「ここを借りようと思うんだけど」

すると、明るい笑顔を浮かべて佳菜子が言った。

「わかりました」

その受け入れ方がとても素直なものだったので、広岡は少し訝《いぶか》しく思って訊ねた。

「反対はしないのかな」

「ええ」

佳菜子がうなずいた。

「どうして？」

「不思議なんですけど、広岡さんと一緒にいると少しも感じないんです」

「淀むように存在しているというものの気配を？」

「はい」

そう言ったあとで、佳菜子はこう付け加えた。

「もしかしたら広岡さんを見て、出て行ってしまったのかもしれませんね」

「怖そうだって？」

珍しく広岡が冗談で応じると、佳菜子は嬉しそうに笑って言った。

「いえ、広岡さんなら安心だと思ったのかもしれません」

自分なら安心？　それがどういう意味なのかわからなかったが、ことさら訊ね返すようなことはしなかった。

広岡がベランダに続く扉を閉め、二人で一階に降りていった。階段の脇にある納戸《なんど》を点検し、最後にもういちど和室に入った。

そのとき、広岡の頭にふっと浮かんだのは、死んだ六人がどの部屋で死んだのだろうということだった。ひとりひとりがそれぞれの部屋で死んでいたのだろうか。あるいは全員が一室に集まって死んでいったのだろうか。そうだとすると、その部屋はこの和室ということになりそうだ。

いずれにしても、進藤の話から判断すると、婿養子に入ったという男がひとりずつ順に殺していったことになる。だが、最後の最後にどう思ったのだろう。広岡は、ひとりだけ残ってしまったことに気がついたときの、その男の悲しさを思った。

すると、佳菜子が言った。

「つらかったでしょうね」

自分の気持を言い当てられたような不思議さを覚え、広岡はつい佳菜子の顔を見てしまった。

佳菜子は広岡のその視線を感じてハッとしたらしく、小さな声で謝った。

「すいません」

「いや……」

謝る必要はないと言いかけて、それも余計なことだと思い返して口をつぐんだ。

4

家を出て、車に乗り込んだ。

走り出してしばらくすると、佳菜子があらたまった口調で訊ねた。

「お決めになりますか」

「うん、自分たちにはもったいないくらいの家だと思う」

広岡が答えると、佳菜子も同意した。

「わたしも、いい家に思えてきました」

そして、笑いながら付け加えた。

「あの、ウィーンの貴族の館ほどではないにしても」

「そうでもないと思うよ。あそこより快適な家にすることができそうな気がする」

広岡がそう言うと、佳菜子が相手をなんとなく勇気づけるような温かみのある口調で応じた。

「そうなるといいですね」

藤原からは六月末に出所してくるという葉書が届いていたが、部屋の改装は小規模なもので済みそうなので、急げば間に合うかもしれない。しかし、誰にどう頼んだらいいのだろうと考えはじめて、そう言えばと思い出すことがあった。前回、アパートの部屋を見せてもらうためにこの車に乗せてもらったとき、佳菜子は初めて会った自分のことを大工ではないかと思ったと言っていた。知り合いの大工に感じが似ていたからと。

「以前、知り合いに大工がいると言っていたね」

広岡が佳菜子に訊ねた。

「ええ、もう引退しているんですけど、部屋の修繕なんかを気安く引き受けてくださるんで、よく頼むんです」

「その大工を紹介してくれないかな」

「わかりました。店に戻ったら、すぐ連絡してみます」

改修が済んだあの家でどのように暮らすことになるか。

自分は一階の洋室、藤原には二階の洋室の好きなところを選んでもらおう。藤原のことだ。きっと夫婦の寝室だったと思われる広い洋室を選ぶだろう。もし佐瀬が来たら、子供部屋のどれかに入ってもらう。藤原の部屋に比べると狭いが、佐瀬なら文句は言わないはずだ。これが逆だと、藤原は黙っていないだろうが……。

そんなことを考えていると、つい口元がほころんできてしまった。

「広岡さん、なんか楽しそうですね」

佳菜子にそう言われて、広岡は少し恥ずかしくなり、言った。

「そう見えるかな」

「見えます。あの家の一階から二階の部屋を見てまわっているうちに、とても生き生きしてきたような感じがしました」

それは何となく自分にもわかっていた。あの家を見てまわりながら、かつてロサンゼルスで小さなホテルの再生を企てていたときに似た興奮が、体の奥底から静かに湧き上がってくるのを覚えていたからだ。

――だが、それにしても、壮年期の自分のすべてを注いだ対象であるはずのあのホテルが、いま、妙に遠く思えるのはどうしてだろう……。

広岡が過去に思いを巡らせていると、佳菜子が遠慮気味に口を開いた。

「この近くに……」

「この近くに？」

広岡が自分の思いから離れ、復唱するように繰り返すと、佳菜子が続けた。

「ええ、この近くに運河が流れているんです。運河というのか水路というのかわかりませんけど、多摩川から引いた水の流れがあるんですね。その両岸に桜の並木があって、春になるととても綺麗に咲くんです。わたしも今年の春が初めてだったんですけど、あんなに長くどこまでも続く桜並木は見たことがありませんでした」

広岡は、日本を出るまで桜などというものに関心を抱いたことはなかった。

ところが、アメリカで暮らすようになって、桜が気になりはじめた。そして、実際に、ワシントンやポートランドで日本から贈られたとかいうソメイヨシノを見たりした。だが、なんとなく花びらが白すぎるような気がしてならない。日本で見ていた桜はもう少し薄紅色が濃かったように思う。もっとも、テレビで日本の桜の映像を見ても、やはり白っぽかったから、記憶が色を鮮やかにしているだけなのかもしれないとも思う。実際はどうなのだろう。来年の春に、その水路沿いの、どこまでも続くという桜並木で確かめてみよう。そう考えはじめて、果たして自分はその桜を見ることができるのだろうか、と思った。

そのとき、激しい衝撃を受けた。

心臓の発作で倒れて以来、残されている時間はそう多くはないのかもしれないと思うようになっていた。しかし、これまで、自分の命の限界をはっきりと長さで意識したことはなかった。広岡は、自分が「そのときまで」生きていられるかと初めて思ったということに衝撃を受けていた。

桜が咲くまで、あと九カ月……。

第八章　白い家

1

広岡は、佳菜子と一緒に多摩川の対岸にある白い外壁の家を見た翌日、アパートの部屋で二通の手紙を書いた。

一通は甲府刑務所にいる藤原に宛てた葉書で、新たに広い家が見つかったが、出所したらとりあえず前に知らせてあるこのアパートの部屋に来てくれと書き、地図を添えた。佐瀬と星のことは会ってから話せばいいと思い、いっさい触れなかった。

もう一通は山形の佐瀬に宛てた封書で、近いうちにかなり部屋数のある家に転居する予定なので、もしよければこちらに来て藤原と一緒に暮らさないかと勧める文章を書いた。そして、最後に、星の妻が亡くなっていることを知らせ、できれば悔やみの手紙でも出しておいてほしいと付け加えた。佐瀬が星に米を送りつづけていたのも、亡くなった星の妻の礼状がほしかったからではないかと思ったことがあったからだ。

手紙を書き上げると、広岡はテーブルの前に座ったまま、しばらく考え事をした。考えることといえば、やはりあの白い家でどのように暮らしていくかについてだった。しかし、時計が午後一時半をさしているのに気がつき、アパートの部屋を出た。

雨はやんでいたが、空はどんよりとして蒸し暑かった。広岡は通りすがりのポストに二通の手紙を投函《とうかん》すると、駅前の通りにある進藤不動産に向かった。

前日、白い家を見たあとで進藤不動産に戻ると、佳菜子はさっそく知り合いの大工に連絡を取ってくれた。リタイアーしているというその大工は家にいて、広岡に会うのは明日でもいいと言ってくれ、それならばと、この日の午後二時に進藤不動産で待ち合わせることになったのだ。

駅前に向かって歩きながら、広岡はあの白い家をどのように改造すればいいのか、考えをまとめようとした。

個々の居室となる洋室には固めのベッドを入れる。そして、壁面のひとつには、端から端までバー・カウンターのような長い机を作りつけ、移動が楽なキャスターのついた椅子《いす》を一脚置く。

壁面に作りつける長い机には、小型のテレビやブックエンドを置いたりすることができるだけでなく、机として読書をしたりテーブルとして簡単な飲食をすることもできるようにする。

そのカウンター式の机は、広岡のロサンゼルスのホテルがシングル・ステイの客に力を入れはじめたとき客室に取りつけ、評判のよかったもののひとつだった。ビジネス客であれ、観光客であれ、ひとりの客が部屋でどのように過ごしたいと望むかは実にさまざまだったが、その要望のほとんどに対応できる魔法の空間がそのカウンター式の机だった。

今度の白い家には各部屋に広めのクローゼットが作りつけられていた。だから、物入れとしてはチェストをひとつだけ用意する。そこに収容できない持ち物は一階の納戸《なんど》に入れ、決して床に物を置かないでもらう。そうすれば、誰かに清掃を任せるにしても、掃除機をかけるのが簡単になる。あとは、部屋の真ん中に安楽椅子を一脚置いておく。

その安楽椅子も、シングル・ステイのホテルの客が喜んでくれたもののひとつだった。ベッドとは別にゆったりくつろぐことのできる場所があることで、ぼんやりと過ごす時間が豊かな刻《とき》に変化するからだ。

一階の広い空間は居間と食堂の区別をなくし、左右に椅子が楽に三脚ずつ並べられるくらいの長い木製のテーブルを置く。かつてジムの二階の合宿所にあったのと同じようなものだ。そこで広岡たち四人は、食事をするのも、テレビを見るのも、雑談をするのも、時には本を読んだり、大学に提出しなくてはならないレポートを書いたりするのも、すべて共にしていたのだ。

実際、ジムにあったその万能テーブルは極めて便利なものだった。ジムでの合宿生活を思い出すとき、真っ先に甦《よみがえ》るのはその万能テーブルだった。ホテルの客室にカウンター式の机を入れてみようと思いついたのも、そのテーブル兼デスクの記憶が強く残っていたおかげだった。

ジムの合宿所には、万能テーブルと椅子以外は家具らしい家具がなかったが、あの白い家では、大型のテレビの前にソファーを置いた方がいいような気がする。客が来たら座ってもらうこともできるだろうし、誰かがそこでテレビを見ているうちに眠くなり、横になりたくなったときにも役に立つかもしれないからだ。

合宿所では、テレビのチャンネル権が一日交替制になっていた。ボクシングをはじめとするスポーツ中継を見ることには誰からも反対意見は出なかったが、それ以外の番組にはそれぞれの好みがあった。藤原は歌謡番組、佐瀬はバラエティー番組、星はアメリカのテレビドラマ。だが、広岡は特に好みがなかった。そのため、広岡の番の日は、三人によるチャンネル権の奪い合いがあったりしたものだった。

しかし、今度のあの白い家では、各部屋に小型の液晶テレビを置き、どうしても見たいものがあるときは個々の部屋に戻って見てもらうことにする。といっても、藤原と自分だけなら、常に藤原の好きなテレビを見ることになるだろう。いまもなお広岡には好みの番組というものがなかったが、藤原は刑務所の面会室で、好きなテレビが見られないのがつらいと言っていた。雑居房では、何を見るかは受刑者の多数決で決まるという。大晦日《おおみそか》だけは、夜九時を過ぎてもテレビを見ることが許されるのだが、去年の暮れの藤原の房では、多数決によって「紅白歌合戦」ではなく裏番組のバラエティー番組になってしまったという。

「信じられるか。大晦日に、紅白じゃなくて、阿呆《あほ》な芸人のドタバタを見なきゃならないんだぞ」

藤原はそう言って嘆いていた。出所してきたら、心ゆくまで大画面のテレビを見てもらおうと広岡は思っていた。もっとも、藤原が見たいと思うような歌謡番組があるかどうかは疑問だったが。

――これから会う大工には、まず洋室に設置するカウンター式の机を作りつけてもらうことにしよう……。

広岡が進藤不動産に入っていくと、すでに大工は来ていて、入り口付近のソファーに座っていた。なるほど、顔は四角張っているが頭髪の感じが自分に似ていないこともない。しかし、年齢は少し上かもしれないなと広岡は思った。

広岡の顔を見ると、大工の向かいに座っていた進藤が体をずらし、席を空けるようにして言った。

「まあ、ここにお掛けください」

「お待たせしました、広岡です」

挨拶《あいさつ》をしてそこに座ると、進藤が大工の紹介をした。

「こちらは大工の棟梁《とうりよう》のヒミさん。氷に見ると書いて氷見さん」

「もう棟梁じゃないけどね」

氷見がぼそっと言った。

「さっそくですけど、広岡さんは氷見さんにあの家のどんな部分に手を入れてほしいんですか」

進藤が訊《たず》ねた。

広岡は、あの白い家での暮らし方のイメージを簡単に説明し、各人の居室となる洋室にカウンター式の机を作りつけてほしいと頼んだ。それが新しい家での暮らしのひとつの中心になるはずだった。

氷見は黙って聞いていたが、唐突に口を開いた。

「佳菜ちゃんに聞いたんだけど、昔の仲間と暮らすんだって」

「そうなんです」

「あんたは、なんだって老人ホームを始める気になったんだい」

「いやいや、老人ホームじゃなくて、シェアハウス」

　進藤が慌てて訂正した。

「名前はどうでもいいけど、年寄りばっかが入るんだろ」

「ええ、そういうことになります」

「そんなに家具を入れたり、手を加えたりして、採算は合うのかい」

「採算？」

「それともあとで、みんなから金を徴収するのかい」

　みんなで住もうとしている家に手を入れたからといって、その代金をあとで貰《もら》う気などない。

「いえ」

　広岡が答えると、大工の棟梁だったという氷見がさらに訊ねた。

「あんたがひとりでかぶるのかい」

「そのつもりですけど」

「どうして？」

「どうして」

「どうして、そんなことまでしてやるんだい」

「昔の仲間ですから」

広岡がそう答えると、少し間を置いて氷見がまた訊ねた。

「あんたは金持なのかい」

広岡は、同じ質問を、マイアミからキーウェストに向かうタクシーの中で、キューバ人の運転手からされたことがあったのを思い出した。そのときは、ノー、と短く答えただけだったが、氷見に対してはもう少していねいに答えようと思った。

「金持ではないですけど、氷見さんにご迷惑はかけないで済むくらいの金は持っています」

すると、進藤が意外そうにチラッと広岡の横顔を見てから、氷見の方に向き直って言った。

「氷見さん、ご心配なく。必要な金は鈴木さんが出すと言ってますから」

「鈴木？　それもハルオの物件なのかい」

「そうなんですよ」

進藤は氷見に答えたあとで、広岡に説明するように言った。

「氷見さんは、大家の鈴木さんと小学校の同級生なんですよ」

「いや、同学年だけど同級になったことはないんだ。ただ、家が近かったもんで、よく一緒に遊んでただけでね」

そして、氷見はこう続けた。

「金のことで迷惑をかけられるかどうかなんてことが心配なんじゃないんだよ。どうして、そこまで、昔の仲間のためにしようと思うのかが知りたくてね」

どうしてそこまで昔の仲間のためにするのか。氷見の疑問ももっともだった。しかし、それは広岡自身にもよくわかっていないところだった。

「困っている奴がいたもんですから」

そう口に出しながら、これは答えになっていないだろうなと思っていた。

「そうかい。俺には、そこまでしてやろうという他人はいないんでね。よくわからないのさ、その気持が」

そこで氷見の質問が終わったと判断した広岡は、逆に訊ねた。

「それで、どのくらいの日数でできるでしょう」

「家を見てみないとわからないけど、その作りつけのカウンターだけだったら、そんなに日数はかからないと思うよ。材料が手に入れば、それこそ三、四日もあればできるんじゃないかな」

それを聞いて、進藤が言った。

「六月中には終わりますかね」

「そんなにかからないよ。どんなに遅くても二十日までには終わらせるから」

「それ以外にも、家を点検して修理の必要がありそうだったらどしどしやってください。鈴木さんがそう言ってましたから」

その進藤の言葉を受けて、それまで自分の席に座り、黙って三人のやりとりを聞いていた佳菜子が口を開いた。

「昨日の夜、社長と一緒にお会いしたんですけど、鈴木さんもとても喜んでくださって、広岡さんたちにはできるだけ住みやすいように綺麗《きれい》にしてお貸ししてほしいとのことでした。広岡さんたちが気持よく暮らせるようにって」

「なんだって、あのハルオがこちらの人にそんなに肩入れしてるんだい」

氷見が不思議そうに訊ねた。

「昔、鈴木さんも広岡さんのファンだったんですよ」

進藤が言った。

「ファン？」

「広岡さんはとても強いボクサーだったんです」

佳菜子が少し誇らしげに付け加えた。

「ボクサーね」

氷見があらためて広岡の顔を眺めるような仕草をしてから言葉を続けた。

「俺はまったくそっちの方は疎いけど、仲間というのはみんな元ボクサーなのかい」

「ええ」

広岡がうなずくと、氷見が独り言のようにつぶやいた。

「元ボクサーの老人ホームか……」

「老人ホームじゃなくてシェアハウス」

進藤がまた訂正した。

「そいつは、なんだか面白そうだな」

氷見が意外にも笑顔になって言った。

そこで会話が一段落したと見て取ったのか、佳菜子が言った。

「コーヒーをいれましょうか」

すると、氷見が佳菜子に向かってぶっきらぼうに言った。

「ここのコーヒーはコーヒーとは言えない代物だから結構」

佳菜子は首をすくめた。だが、広岡はそのやりとりを見て、かつて大工の棟梁だったというこの氷見にも、佳菜子が好意を持たれているらしいことが伝わってきた。この若い女性は、人の心を摑《つか》む何かを持っているらしい。それは、単なる明るさというものだけではないような気がするが……。

広岡が思いを巡らせていると、氷見が訊ねてきた。

「そのカウンターの材質や色についての注文はあるかい」

「お任せします」

氷見は、一度、家を見てから材料を発注するという。そこで、佳菜子が多摩川の向こうの白い家まで案内することになった。

2

広岡は、翌日から白い家で使う家具を探しはじめた。

全国展開している大きな家具店を何軒かのぞいてみると、チェストはそのうちの一軒で、また、別の一軒では、オットマン、足置きつきの安楽椅子の中に、さほど広くない部屋に入れても圧迫感を感じさせないような小ぶりのものが見つかった。

木枠のベッドと固めのマットレスは、若い人向けの簡素なデザインを売り物にしている店にあった。

だが、一階の、居間兼食堂の広い空間に置きたいと望んでいた木製の長めのテーブルがなかなか見つからなかった。

家具店に木製の長いテーブルがなかったわけではない。しかし、値段の高いのは仕方がないにしても、表面が磨き上げられたようにつやつやしていたり、木目の美しさが強調されたりしているものばかりで、広岡がイメージしているものとは隔たりが大きすぎた。かつてジムの二階にあったもののように、傷をつけても、焦《こ》がしても、まったく気にならないような無骨なものがほしかった。

そうしたテーブルを探しているとき、ふと星の言葉が甦ってきたことがあった。昔をなぞっても仕方がないぞ、と。

いや、これはなぞっているのではない。大勢で暮らすには絶対に便利で必要なものなのだ。広岡は、そこにいない星に抗弁するように、胸のうちでつぶやいた。

どうしたらいいか考えているうちに、もしかしたら、古い家具を売っている店になら、自分が望んでいるようなテーブルがあるかもしれないと思いついた。

広岡は、その日、午後いっぱい家具店めぐりをしたあとで佳菜子に電話を掛けた。最初は進藤不動産に掛けたが、店が閉まっているのか誰も出ない。少し迷ったあとで佳菜子の携帯電話に掛けた。

電話に出ると、佳菜子が声を上げた。

「わあ、嬉《うれ》しい。広岡さんから携帯に電話なんて。初めてですね」

「そうかもしれないね」

広岡はアメリカにいるときからモバイルフォン、携帯電話に電話をするのが好きではなかった。まったく相手の予期していないときに、ところかまわず不意打ちのように電話を掛けるという行為が不躾《ぶしつけ》なように思えてならなかったのだ。

もちろん自分に掛かってくる電話も嫌いだった。だから、通常はほとんどメールでのやりとりだけで済ませていた。

「何かご用事ですか」

佳菜子が訊ねた。

「ごめん。たいしたことではないんだが……古い家具を売っているような店を知らないかな」

広岡が言うと、佳菜子が勘よく訊ねた。

「どんなものをお探しですか」

「普通より長めのテーブルなんだけど」

「そうですね……」

佳菜子はそこで少し間を置いてから答えた。

「いろいろなところにあるとは思いますけど……目黒にアンティーク・ショップが何軒も続いている通りがあります」

「目黒に？」

広岡には意外な地名だった。

「ええ、目黒から碑文谷《ひもんや》にかけての目黒通り沿いに」

「何軒か続いているんだね」

「間隔は少し空いていますけど、インテリア通りなんて言われているくらいで、古い物を売っている店だけでなく、いろいろなタイプのインテリア・ショップが並んでいます」

「ありがとう」

「いらっしゃいますか？」

「うん、そうしてみようかな」

「明日はお休みなのでご案内することができますけど。社長からもできるだけお手伝いしろと言われていますから」

「いや、休みを潰《つぶ》させてばかりでは申し訳ないから、ひとりで行ってみるよ」

広岡がひとりで行く心づもりになっているのを感じ取ったのか、佳菜子はあっさりと提案を撤回した。

「わかりました」

そして、付け加えた。

「見つかるといいですね」

次の日の午後、広岡は目黒に向かった。

ＪＲの目黒駅で降り、環状線の外側へと向かうなだらかな坂を下って山手通りを渡り切ると、なるほど目黒通りに沿ってインテリア・ショップが姿を現しはじめた。

通りの両側には、古い家具を扱っている店ばかりでなく、どこかの工房の店舗らしくガラス越しに新作の家具を並べているところも少なくない。食器だけを売っているアンティークの店や、南国のリゾート地をイメージさせるような雑貨ばかりを集めた店もある。

広岡はまず片側を歩き、だいぶインテリア・ショップが少なくなってきたなと思われるところで通りの反対側に渡り、来た道を戻るように歩いた。

一軒ずつ丹念に見たが、なかなか欲しいと思えるものに遭遇しない。まさに「帯に短し……」というものばかりなのだ。

歩きはじめの何軒目かに、アンティーク・ショップというより、古道具屋と言った方がぴったりするような店があり、理想的な長さのテーブルが置かれていた。売り物であるにもかかわらず他の展示品を並べる台としてぞんざいに使われているというところもよかったが、残念なことに、脚を見ると極めて装飾的な猫脚型のものだった。

ただひとつ、アンティーク・ショップではなく新作の家具を売っている店でイメージにかなり近いテーブルを見つけた。

デザインがシンプルなだけでなく、楢《なら》の無垢《むく》材だという天板には無造作に木の節が残されている。

店にいる若者に訊ねてみると、長さは三メートルまでならどれほど長くても作れるという。広岡はほとんど買う気になり、二メートル五十にしたときの値段を計算してもらったが、途中でやめた。別に気が変わったわけではなく、それが完成するまでに二カ月から三カ月はかかると言われてしまったからだ。

「職人が少なくて、どうしてもそれくらいはかかるんです」

あの白い家の一階の広い空間で、テーブルのないまま二、三カ月も過ごすのは無理だった。

若者に手間を取らせたことを詫《わ》びて店を出たが、広岡はこの周辺で望むようなテーブルを探すことを諦《あきら》めざるをえなかった。

駅に戻る途中、喉《のど》の渇きを覚え、一休みするつもりで通り沿いに喫茶店を探した。だが、どうしても見つからない。かつてはどこにでもあったはずの喫茶店というものが、東京ではすっかり姿を消してしまったらしい。

広岡は、仕方なく、和菓子店に併設されている甘味処《かんみどころ》に入った。

メニューの中にはコーヒーや紅茶もあったが、やはりここでは日本茶にしようと思い、和菓子つきの抹茶を貰うことにした。

水を一杯飲んで待っていると、大ぶりな茶碗にたてられた鮮やかな緑色の抹茶が出てきた。一口飲み、苦さと甘さが微妙にまざり合った抹茶の味に新鮮な驚きを覚えたあとで、一緒に出された和菓子を口に運んだ。見ただけではどのような種類の和菓子なのかよくわからなかったが、それを一口食べたとき、不意に、以前食べたことがあると思った。餡《あん》の入った平たい饅頭《まんじゆう》が軽く油で揚げられている。

——これは遠い昔にどこかで食べたことがある……。

そうだ、寺だ、と広岡は思った。寺で出された茶菓としてだ。

そのときも、それがどのような種類の和菓子なのかわからず、じっと眺めていると誰かに言われたのだ。

「遠慮しないで食べたらどうです」

言ったのは……そうだ、会長の真田だった。

そこまで思い出したとき、その前後のことが一挙に甦ってきた。

広岡たち四人がジムに入って三年目、真田の、病気がちだった妻が亡くなった。葬儀は立派な斎場で執り行われたが、納骨式は真田家の菩提《ぼだい》寺で身内だけが集まって行われることになった。

その際、広岡は真田に家から寺までの車の運転を頼まれた。

「式のあとで酒を飲まなくてはならないだろうから、申し訳ないけど運転手を務めてくれませんか」

合宿生の中で広岡だけが納骨式に参加することになったことを知って、星などは「ひょっとしたら、会長は仁と令子をくっつけようとしてるんじゃないか」などと軽口を叩《たた》いていたものだった。

真田には広岡たちと同年代の息子の茂樹と二つ歳下の娘の令子がいた。

茂樹は大学に入るとすぐ家を出た。そして、学業をそっちのけでサーフィン三昧《ざんまい》の生活を送るようになった。のちに広岡は、最初に渡ったハワイで、そうした生活を送る若者をサーフ・バムと呼ぶのだということを知った。

家を出て行くとき、茂樹が父親の真田に宣言したのは、自分は一生サーファーとして生きていくつもりなので、将来、親父の会社を継ぐ気もないし、ボクシングジムを継ぐ気などさらさらないということだった。

それもあって、日頃から星は、会長は令子に養子を取るつもりなのではないかという憶測を述べたりしていたのだ。

だが、広岡には、真田にそんなつもりのないことがよくわかっていた。真田は真田なりに子供を大切に思っていたはずだが、過剰な愛情を注ぐというタイプではなかった。かりに自分がどのような願望を抱いているにしても、子供の恋愛や結婚に介入するなどということをするはずもなかった。

合宿生の四人は全員が運転免許を持っていた。その中で真田が広岡を運転手に選んだのは、誰よりも安全運転をするということを知っていたからだった。自分には恐怖心というものがないためどうしても運転が危険なものになってしまう。そう自覚していた広岡の運転は、逆に他の誰よりも慎重だったのだ。真田が広岡を寺に伴おうとしたのは、最も安全な運転手としてというにすぎないはずだった。

ただ、広岡は、真田が自分のことを他の三人にはない眼差しで見ているような瞬間があるのを感じることがあった。

それが自分の思い過ごしでないことは、真田の妻の納骨式のあとにわかった。

本堂での法要が終わり、墓地で納骨を済ませ、再び寺に戻って会食をしたあとでお開きということになった。真田の息子の茂樹と娘の令子は別行動を取ったため、広岡が真田ひとりを家まで送ることになった。

食事の席でさほど多くの酒を飲んだとは思えなかったが、後部座席に座った真田は珍しく酔っていた。

広岡が車を走らせてしばらくすると、後部座席の真田がつぶやいた。

「幸せだったのかな……」

自分が話しかけられたのかもしれないと思った広岡は、バックミラー越しに真田の顔をのぞき込んだ。しかし、その様子から独り言だということがすぐわかった。真田はガラス窓の外を茫然《ぼうぜん》と眺めていた。

さらに少し走らせると、真田はまたつぶやいた。

「私なんかと一緒になって……」

その虚脱したような真田の姿は、広岡が初めて眼にする無防備なものだった。

広岡は聞こえないふりをして黙って運転を続けた。

それから真田の声がまったく聞こえなくなった。眠ったのかもしれない。そう思ってバックミラーを見ると、依然として窓の外に眼を向けている。その顔には、単に妻に先立たれた夫という以上の深い孤独な相が浮かんでいるように思えた。

広岡は前を向き、運転に集中することにした。だが、しばらくすると、背後からまた声が聞こえてきた。

「君の……」

そこで広岡は返事をした。

「はい」

すると、その声に驚いたように真田が座り直す気配がした。どうやら、ぼんやり考えていたことを思わず口に出してしまったらしい。だが、広岡の返事を聞いてそのまま言葉を続けることにしたようだった。

「君の……ご家族は、どうして試合を見に来ないんだろう」

当時、真拳ジムの四人はデビューして二年目を迎え、それぞれがさまざまなかたちで活躍しはじめていた。新人王を獲得する者、連勝記録を伸ばす者、ランキングを駆け上がる者……。

他の三人の家族は、いつも親類ともども大挙して試合会場にやって来ては派手な声援を送っていたが、広岡の家族だけは誰ひとりやって来なかった。会長の真田には、それが不思議だったのだろう。だが、それは、素面《しらふ》の真田なら決して口にしない種類の問いだった。素面の真田なら、来ないのには来ないだけの理由があるのだろう、自分から話すのなら耳を傾けてもよいが、こちらから訊《き》くべきことではない、と考えたはずだった。しかし、真田には珍しい酔いが、いつもの自制心の枷《かせ》をいくらか緩めることになってしまったらしい。

広岡は、なぜ家族が誰も試合を見に来ないのか、という真田の問いかけに対してどう答えたらいいのか迷った。

真田には、ジムに入ってすぐ、家族構成を説明する際、母は自分を産んで間もなく死んでいると話してあった。しかし、父が、妻の命を奪ってしまった者として自分に微妙な感情を抱いているらしいということまでは話していなかった。だがこのときの車の中では、兄も父のその感情が伝わったのか弟の自分に対して常に冷淡だったということを含めて、すべて話す気になった。

「そのため、これまで、自分は父や兄とは距離を取って生きてきました。だから、ボクシングの試合を見に来てほしいと連絡したこともなければ、見に行きたいという連絡を受けたこともありません」

東京に出てきてからは、一度も九州の家に帰ったことはなかった。だが、そこまで話したとき、広岡に自分でもわからない激した感情が沸き起こってきた。

「父や兄がどう思おうとかまいません。でも……そのとき母はまだ二十代でした。もし自分が生まれてこなかったら、もっと生きられたかもしれないのに……ときどき苦しいほどすまないと思うことがあります」

母に対してすまないと思っている。広岡が、自分の心の中にそんな思いがあったのだということに驚きながら話し終えると、真田が静かに言った。

「そうですか。君は亡くなったお母さんに対してそんなふうに思っていたんですね」

そして、真田は長い沈黙のあとで語りはじめた。

「しかしね、親というのは、意識するかどうかは別にして、どこかで、自分の命を子供に分け与えることを受け入れた人がなるものだと思います」

「…………」

「君のお母さんもそれは覚悟の上だったはずです。ただ、君の成長をこれ以上もう見られないのだと悟ったとき、きっと深い悲しみを覚えたことでしょう。しかし、親が自分の子供のために命を投げ出すこと、あるいは奪われることは少しも苦ではないと私は思います。無残なのは、意味もなく命を奪ったり奪われたりすることです。奪ったり奪われたりしたあげく、もっと無残なことをするようになる」

「………」

「君はある意味で幸せな人です。自分が犯したかもしれない罪とも言えない罪を人に話すことができる。しかし、どのように信頼している人にも、どれほど愛している人にも絶対に語れないものを持っている人もいるんですよ」

広岡には、その、語れないもの、というのがどのようなものなのか想像できなかった。だが、日頃から決して穏やかな物腰を崩そうとしない真田の胸の奥に、妻にも語れなかった氷より冷たい塊のようなものが沈み込んでいるらしいことは感じ取ることができた。

しばらくして真田がまた口を開いた。

「ドイツの宗教思想家の言葉に……」

読書家だった真田は、ときどき小説家や科学者の言葉を引用しながら話を進めることがあった。だから、このときも、その唐突さには驚かなかったが、これまで、真田の口から「宗教思想家の言葉」というのを聞かされたことはなかった。

真田は、広岡に向かってというより、ほとんど独り言のように話しつづけた。

「ドイツの宗教思想家の言葉に……火は鉄を試し、誘惑は正しき人を試す、というのがありますが」

広岡は、前を向いてハンドルを握ったまま、口の中で、火は鉄を試し、誘惑は正しき人を試す、と小さくつぶやいてみた。

「鉄は火に灼《や》かれて鋼《はがね》のように強くなるものもあれば、暖炉の薪の灰のようにもろく崩れてしまうものもあります。確かに鉄は火によって試されます。でも、正しさというものを試すのは誘惑などという生易しいものではなく、やはり火です。すべてを燃やしつくそうとする炎です。燃え盛る炎の中に投げ込まれ、人の魂はのたうちまわるのです。もしその魂が真に正しいものならば、どのような炎をくぐり抜けてもなお、水晶のような硬さと透明さを失わないはずです」

「………」

「しかし、私たちの魂は正しき人のそれではありませんでした。火に試され、炎に灼かれた私たちの魂は……砂のようにボロボロと崩れてしまいました」

真田は、私、ではなく、私たち、と言った。私たちの魂、と。それは、たぶん、共に南方の戦場で炎に灼かれるような苦しい日々を過ごした白石との二人を意味するのだろうと思った。

「正しき人になってください」

真田が広岡に向かって言った。

「君なら、なれます」

「………」

「正しき人に……」

正しき人とは何なのだろう。広岡はハンドルを固く握りながら、その言葉の持つ異様な響きに戦《おのの》きに近いものを覚えていた。

――正しき人……正しき人……。

いけない、運転に集中しよう。そう思って後部座席の気配をうかがうと、すっかり静かになっている。バックミラーをのぞくと、真田は窓ガラスにもたれるようにして眠っていた。そして、家に着くまで起きなかった。

納骨式からの帰りの車中でのことは、合宿生の仲間を含め、誰にも話さなかった。もちろん、酔いによって覚えていないかもしれない当の真田にも。

ただ、その日を境に、広岡の真田へ傾斜する気持がさらに強まったようだった。

真田と同じく貪《むさぼ》るように本を読むようになっただけでなく、立ち居振る舞いのようなものまで深く影響されるようになった。いや、模倣していたと言ってもいいかもしれない。もしかしたら、自分はミニチュアの真田になろうとしているのではないかと不安に思うことさえあった。

……目黒通りに面した和菓子屋の甘味処で、抹茶に添えられた菓子を食べているうちに、真田の妻の納骨式があった四十年以上前の一日のことが鮮やかに甦ってきた。そして、眼の前にある菓子の最後の一口を食べた瞬間、驚きをもってまた甦ってきた言葉があった。

その日はジムから成城《せいじょう》にある真田の家まで行き、広岡が車庫から車を出した。そして真田と令子を乗せて菩提寺に向かったのだが、途中、何回か真田に道順の指示を受けた。その中のひとつに、こういうものがあったのを思い出したのだ。

「環七から目黒通りに入ったら、山手通りの手前の信号を左折してください」

そして、その指示通りに左折した先に真田家の菩提寺はあった。

いま、自分は目黒通りにいて、まさにその「山手通りの手前の信号」のすぐ近くにいる。ということは、ここはその菩提寺の近くだということになる。

そうだったのか、と広岡は思った。四十年以上前、あの菩提寺で出された茶菓は、近くにあるこの和菓子屋で買い求められたものだったのだ。

考えているうちに、さらに愕然《がくぜん》とするほどの驚きを伴って気がつくことがあった。

――会長の墓もあそこにあるのではないだろうか。いや、あるはずだ……。

亡くなった会長も、あの寺の、あの墓に入っていると考えてもよかったはずなのに、いままで自分はそんなことにも思いが至らず、まだ墓参りもしていなかった。

広岡は勘定を済ませて甘味処を出ると、おぼろげな記憶を頼りに真田家の菩提寺を探すことにした。

菩提寺は目黒通りから奥に入った坂の上にあったような気がする。広岡は、古くからありそうな商店に入っては、この付近に寺はないかと訊ねてまわった。

狭いエリアに寺は数軒あり、最初の二軒は無駄足になってしまったが、三軒目に見つけた寺が菩提寺だと確信できた。その寺と同じく、真田家の菩提寺も急な崖《がけ》の手前にあったことを思い出したからだ。

ほんの少し逡巡《しゅんじゅん》したが、寺に断りを入れず、そのまま建物の背後に続く小さな墓地に入り、真田家の墓を探した。

二つほど筋になっている通路を歩くと、意外なほどあっさり「真田家之墓」という墓石が見つかった。その墓石には、横にこの墓に入っている人たちの名前が刻まれている。そこに真田浩介の名前もあり、戒名と没した年月日と年齢が刻まれていた。

広岡は、その墓の前に立ったとき、自分が花も線香も持ってきていないことに気がついた。しかし、あえて、ただ、その前で手を合わせた。

――帰ってきました。

広岡は頭を下げ、眼を閉じたまま真田に語りかけた。

――チャンピオンになれませんでした。

真田に会って、ジムの合宿生になることを許可されたとき、君は何者かになれるんだよ、と言われたような気がしたものだった。

ロサンゼルスで悪戦苦闘を続けているうちに、ダウンタウンと海沿いのリゾート地に二軒のホテルを持つことができるようになった。しかし、それが、なんだったというのだろう。

——何者にもなれませんでした。

そして、広岡は最後にこう付け加えた。

——正しき人にも……。

真田の墓の前から立ち去り、墓地の門を出たとき、自分がアメリカに行ったのは、単に日本のボクシング界に失望したからというだけでなく、そしてアメリカで世界チャンピオンになってやるという意地を張っただけでなく、真田の引力圏から抜け出なくてはならないと思ったからでもあったのではないかと気がついた。本能的に、このままではいけないと……。

3

広岡が目黒に行った二日後、佳菜子から電話が掛かってきた。材料が揃《そろ》ったので明日から白い家の工事に入る、という氷見の言葉を伝えてくれる電話だった。

その翌日の午後、今度は広岡から佳菜子に電話を掛けた。

「あの家に行ってみようと思うんだけど、かまわないかな」

「何かご用ですか」

佳菜子が訊ねた。

「氷見さんにポットに入れたコーヒーを届けようかと思ってね。でも、仕事の邪魔をすることにならないかな」

広岡がためらいがちに言うと、佳菜子が迷いもなく言った。

「氷見さんも大のコーヒー党だから、広岡さんがいれたコーヒーなら大喜びすると思います」

「それじゃあ、行ってみようかな」

広岡が佳菜子の言葉に励まされるようにして言った。

「これからですか」

「うん」

「電車で？」

「そのつもりだけど」

「ちょうどわたしも三時のおやつを車で届けようと思っていたところなんです。ご一緒しましょうか」

「それはありがたい」

広岡が素直に言うと、佳菜子がてきぱきとした口調で言った。

「少ししたら、そちらにうかがいます」

佳菜子を待つあいだに、広岡はあらかじめ買っておいた深煎りの豆でコーヒーをいれた。そして、それを携帯用のポットに詰め、紙コップと一緒に紙袋に入れた。

用意がすべて終わった頃に、タイミングよく佳菜子が迎えにきてくれた。

広岡が軽自動車の助手席に乗り込もうとすると、後部座席にケーキの箱が置いてあるのが眼に留まった。

「ずいぶん大きな箱だね」

「四つ入ってますから」

佳菜子が言った。

「四つ？」

「氷見さんはお手伝いの大工さんと二人で作業しているんです」

それでも二つでいいはずだがと思っていると、佳菜子が笑いながら言った。

「それに、広岡さんの分とわたしの分、合わせて四つ」

ケーキを四つも買ってきたという佳菜子に、広岡が冗談で応じた。

「やはり、全部ショートケーキ？」

「いえ、わたしと広岡さんの分はショートケーキですけど、氷見さんの分はモンブランで、田崎さん……もうひとりの大工さんの分はチーズケーキです」

どうやら、佳菜子は氷見やその相棒の好みをもうすっかり呑《の》み込んでいるらしい。

白い家に向かう途中、佳菜子が訊ねた。

「目黒のインテリア通りでお探しの家具は見つかりましたか？」

「いや、残念ながら……別のところで、もう少し探してみるよ」

「そうでしたか……」

そう言ってから、佳菜子が思い出したように訊ねた。

「家具以外に必要な物は揃いましたか」

「必要な物？」

「食器とか、タオルとか」

「ああ、そうだった。藤原が食器を持って出てくるはずはないからね」

「もしかしたら、刑務所から出てらっしゃるという方ですか？」

「そう、そいつは藤原という名前なんだ」

「藤原さんですね」

「それと、もうひとり、佐瀬という奴が来ることになるかもしれない」

「とりあえず、何人分かのものを揃えておきましょうか」

佳菜子が言った。

「そんなこと頼んでいいのかな」

「簡単なことですから」

「金は……」

「あとで請求するようにします」

「今度はあまり値段を気にする必要はないから」

「わかりました」

「ありがとう」

広岡が礼を言うと、佳菜子が言った。

「こういうとき、英語ではマイ・プレジャーって言うんですよね」

「よく知ってるね」

「少し勉強しているんです」

「ほう、どうして」

広岡が軽い気持で訊ねると、佳菜子は恥ずかしそうに笑ってから、一音ずつ区切るようにして言った。

「それは、ヒ、ミ、ツ」

この日も梅雨はどこに行ったのかと思えるほど、強い日差しだった。

白い家には、二度目だったせいか、思いのほか早く着いた。建物の白い外壁は強い陽光に照らされて輝いているように見える。

車庫にはワンボックス・カーが停まっていた。しかし、もう一台がゆったり駐車できる余裕がある。佳菜子は、車庫に入れた車のトランクから、ピクニック用の折り畳み式テーブルを取り出し、ケーキの箱を持った。広岡がその折り畳み式のテーブルに手を伸ばすと、佳菜子は素直に委ねた。

家に入っていくと、一階の居間兼食堂の広い空間に、カウンター式のテーブルに用いるらしい天板が積み重ねられており、氷見は奥の洋室で中年の大工とそのひとつの取り付け作業をしていた。

「お邪魔します」

佳菜子が部屋の外から声をかけると、二人は作業の手を休めて振り向いた。

しかし、佳菜子が来ることは予期していたようだったが、広岡が一緒だというのは予想外のことだったらしい。

「もし、仕事の手順が悪くなければ、少し休憩していただけますか。広岡さんがおいしいコーヒーをいれてきてくださったんです」

「氷見さんの口に合うかどうかわかりませんけど」

佳菜子のあとから広岡が言うと、氷見が相棒の大工の顔を見た。その相棒がうなずくと、二人して洋室から出てきた。

広岡が用意してきた紙コップにコーヒーを注ぎ、佳菜子が紙皿にケーキを取り分けて折り畳み式テーブルの上に置いた。

受け取った紙コップのコーヒーを一口飲んで、氷見が言った。

「うまいね」

佳菜子が嬉しそうにうなずいた。

四人はしばらく黙ってコーヒーを飲み、ケーキを食べた。

ケーキを食べ終えると、氷見が居間兼食堂の空間を眼で示して広岡に訊ねた。

「ここはどうするんだい」

「長めのテーブルを置きたいんですけど、なかなかイメージ通りのものがなくて」

「あんたのイメージというのはどういうものなんだい」

広岡はかつてジムの合宿所にあった長いテーブルについて説明し、それに似た無骨なものが欲しいのだと言った。

「いいな。俺もそんなテーブルのある家に住みたかったけど、女房と息子の三人だけだったんでね」

広岡が黙ってうなずくと、氷見が唐突に言った。

「俺が作ってやろうか」

「…………？」

「本職の家具職人じゃないから仕上がりは勘弁してほしいけど、板は知り合いの家具職人のところにあるものを使わせてもらうから安心していい。何年か寝かせてあるんで反《そ》ったり割れたりはしないと思う」

それは素晴らしい、と広岡は思った。大工の氷見なら、あまりデザイン性に顧慮しない実際的なテーブルを作ってくれそうな気がする。

すると、それまで静かに紙コップを口に運んでいた氷見の相棒の、田崎という名前の大工が言葉を挟《はさ》んだ。

「それじゃあ、この日曜にでも、ユウちゃんのところから板を貰ってきましょうか」

だが、氷見は首を振って言った。

「いや、俺が行くから」

そのやりとりを聞いて、佳菜子が遠慮がちに訊ねた。

「ユウちゃんというのは……」

「俺の息子。大工はいやだって、家具職人になってね。どうせ大工を嫌って別の職業につくんだったら、宇宙飛行士にでもなってくれたらよかったんだけどね」

「家具職人になったのはユウちゃんの精一杯の親孝行ですよ」

田崎がいくらかたしなめるような口調で言うと、氷見がおどけて言った。

「そうかい」

「お知り合いって、息子さんのことだったんですね」

佳菜子が嬉しそうに言った。

「そう。いまは八ケ岳でコツコツひとりで家具を作ってるよ」

そして氷見は、田崎を顎《あご》で指し示しながら続けた。

「こいつはユウタの友達でね。息子の代わりに、こっちが大工になっちまった。いまはれっきとした棟梁なんだけど、俺が仕事をするときは、自分の現場をほっぽらかして手伝ってくれるんだよ。二、三日のことだから、なんとかやり繰りがつくらしいんだが、まあ、物好きな奴でね」

するとと、田崎が苦笑しながら言った。

「私の親方ですから。いつまでも元気でいてほしいですしね」

「まったくデイケアのセンターに付き添いで来ているつもりでいやがる」

氷見の言葉には語調とは裏腹の嬉しさが滲《にじ》んでいた。そして、氷見はテーブルについてこう続けた。

「息子に作らせてもいいんだが、あいつにも仕事の段取りというものがあるだろうから、俺が作らせてもらうよ。そんなテーブル、作ってみたかったしな」

氷見の言っていた通り、各部屋のカウンター式の机は三日で全室の取り付けが終わった。

その間、広岡は佳菜子と三時のコーヒーとケーキを届けつづけた。四人で一緒にコーヒーを飲み、ケーキを食べる。特に何を話すというわけでもなかったが、氷見も田崎も楽しみにしているのがよくわかった。午後三時頃になると、なんとなく仕事を切り上げ、一階の広間でうろうろしながら広岡と佳菜子を待っていてくれたからだ。

しかし、内装工事はカウンター式の机の取り付けだけでは終わらなかった。二日ほどかけて倉庫の外壁やベランダの補強をしたり、パントリーの棚の枠を修理してくれたりした。さらに氷見は、広岡が洗濯物には自分でアイロンをかけるつもりだと知ると、洗濯機を置く空間の壁に跳ね上げ式のカウンターを取り付けてくれた。そのカウンターは、留め金をはずして下ろすと、脚付きのアイロン台を用意しなくても平らなアイロン台を置けばいいだけになっていた。

その最後の日、氷見が、明日から八ケ岳の息子の工房に泊まり込むと告げた。

一週間後、広岡のところに佳菜子から電話があった。

「明日の夕方、テーブルが届くそうです」

翌日、広岡は昼過ぎから白い家に行って氷見とテーブルを待つことにした。佳菜子も一緒に行ってくれることになり、アパートまで迎えにきてくれた車で白い家に向かった。

「どんなテーブルか、楽しみですね」

佳菜子の弾《はず》むような声につられて、広岡も自分で意外に思うほど嬉しそうな声を出してしまった。

「そう、楽しみだね」

白い家に着き、佳菜子が開けてくれたドアから玄関ホールに入って、広岡はその真新しさに眼を奪われた。

壁紙が真っ白なものに貼り替えられ、ダークブラウンの床板にワックスがかけられている。

玄関ホールと一階部分とを仕切っている扉もはめ込み式のガラスが磨き上げられたように綺麗になっている。どうやら、全館のクリーニングが行われたらしい。

ガラス扉から居間兼食堂の広間に足を踏み入れると、その真新しさの印象はさらに強くなった。壁紙の貼り替えや床板のワックスがけだけでなく、カーテンも深い緑色のものに付け替えられており、網戸も新しく張り替えられていた。

なにより、印象を一変させていたのは庭だった。雑草が刈り取られ、塀までの広さがよくわかるようになっている。フルのバスケットコートは無理だとしても、その半分のスリー・オン・スリーのコートなら軽く作れそうだ。

あとはもう、家具店に注文してある家具を入れればいいだけになっている。

すべて佳菜子が手配してくれたのだろうと思われた。

「素晴らしくなっているね」

広岡が言うと、佳菜子がいくらか誇らしそうに言った。

「わたしなら、ウィーンの貴族の館より、こちらの方を選びます」

午後三時過ぎ、ホロつきのトラックで氷見が到着した。運転していたのはユウタという名前の息子のようだった。

氷見は、広岡に手伝わせようとせず、ユウタと二人だけで新しくできたテーブルを居間兼食堂に運び入れ、言った。

「これで俺の役目は終わり」

テーブルは三枚の厚い板が横に接《つ》がれているものだった。板と板とはノミで彫られたと思われる窪みに無造作に打ち込まれた黒く平たい鉄のカスガイでつながれており、脚はシンプルな角材でできている。天板の色は灰色がかった褐色で、表面にはオイル塗装が施されている。だが、それは綺麗に仕上げるためというより、こぼれた液体によってあまり簡単に変色しないようにという防護用の意味合いの方が大きいように思えた。しかも、片側に椅子を三脚並べてもまだ充分に余裕がありそうな長さをしている。

いずれにしても、広岡が望んだものに限りなく近い、簡素な力強さに満ちたテーブルだった。

「この板は何というものですか」

広岡が訊ねた。

「ジンダイニレです」

ユウタが答えた。

「ジンダイニレ？」

聞きなれない名前に、広岡は思わず訊き返した。

すると、氷見が少し得意そうに言った。

「ほら、神代《かみよ》の昔からって言い方があるだろ。ジンダイはあの神代。ニレは楡《にれ》の木。神《じん》代楡《だいにれ》というのは、ずっと昔に噴火とか洪水とかで木のまま土の中に埋まってしまったのを掘り出したものなのさ」

氷見がそこまで言うと、あとをユウタが引き取って付け加えた。

「板にしたときの色は、埋まっていた条件によってさまざまなんですけど、これはなかなかいいものだと思います」

地中に埋もれていた古い木が、現代に掘り起こされて家具として甦る。神代楡のテーブルは、まさに、この白い家の中心に置かれるものとしてはこれ以上ないと思われるほどのものだった。

「見事ですね」

テーブルの天板に触れながら広岡が言うと、氷見の息子のユウタが父親そっくりのぶっきらぼうさで言った。

「できあがったのを見て、ガッカリしましたよ」

何を言い出すのかと、佳菜子が心配そうに氷見の息子を見た。

「素人《しろうと》にこんなものを作られちゃあ、職人の立つ瀬がありませんからね」

氷見の息子が言った。すると、氷見が満更でもなさそうな口調で言った。

「おまえはまだまだ、家具職人でございなんてそっくり返っていられないということさ」

もちろん、氷見を単なる素人とは言えないが、眼の前で、このように力強い家具を簡単に作られてしまった息子の気持は、言葉以上に穏やかではなかったかもしれないと思えた。

広岡は、話題を変えるために氷見に訊ねた。

「これについては、いくらお支払いすればいいでしょうか」

「いいよ」

「…………？」

「こいつの言う通り、素人の手慰みだ。人様にお金をいただく仕事じゃない」

「いや、そんなことは……」

「内装の方はしっかり貰うけど、このテーブルに金はいらないよ」

「でも……」

広岡が戸惑いながら言うと、氷見がきっぱりとした口調で言った。

「あんたたちの老人ホームの門出のお祝いにさせてもらうよ」

すると佳菜子が進藤の口調を真似て訂正した。

「老人ホームじゃなくて、シェアハウス」

そこで氷見も広岡も声を上げて笑った。

氷見の息子は意味がわからず、曖昧《あいまい》な表情を浮かべていたが、氷見と広岡が楽しそうに笑っている姿を見て、つられて一緒に笑いはじめた。

第九章　帰還

1

梅雨に入ってしばらく経っていたが、この日もよく晴れていた。

だが、広岡は外に出かけず、朝からアパートの部屋で過ごしていた。刑務所から出てくるはずの藤原を待っていたのだ。

六月三十日という日にちは知らせてくれていたが、手紙に何時頃こちらに来るということまでは書いてなかった。午前に出所して直接ここに向かったら、午後の早い時間に着くだろう。午後に出るのなら夕方から夜になるかもしれない。広岡は、藤原がいつ来てもいいように、この日は一日中部屋にいて待っていようと思っていたのだ。

ただ、刑務所を出た藤原が直接ここに来るとは限らないとも思っていた。一年半ぶりに出た「娑婆《しゃば》」なのだ。したいことや、寄らなければならないところがあるかもしれない。ひょっとすると、ここに来るのは明日以降になるかもしれない。

――かりにそうでもかまわない。一日や二日、藤原のために待つことくらい何でもない。

広岡はそう思っている自分に気がつき、ずいぶん変わったなと驚いた。ロサンゼルスにいるときは、できるだけ無駄な時間を削ろうとしていた。まるで、空白の時間を恐れるかのように。

昼になったが広岡は何も食べようとしなかった。もし、藤原が腹を空かしてここに来たら、多摩川への散歩の帰りにときどき寄るようになった蕎麦《そば》屋に連れていってやろうと思っていたからだ。藤原はうどんやラーメンより蕎麦が好きだった。

午後一時過ぎ、扉がノックされた。それと同時に大きな声が聞こえた。

「仁！　いるか！」

呼び鈴を鳴らしたりせず、ノックと怒鳴り声というのは、いかにも藤原らしい。広岡は笑いを嚙《か》み殺して扉を開けた。

そこに小さなビニール製のバッグを手にした藤原が立っていた。もしかしたら、収監される前に着ていた古い服を着ているのではないかと思っていたが、意外にこざっぱりしたなりをしている。

「おう」

藤原が声を上げた。

「早かったな」

広岡が応じた。

「暑かったんで、真っすぐここに来た」

見ると、藤原は額にうっすらと汗をかいている。

「そうか。まずは上がってくれ」

そう言われた藤原は玄関で靴を脱いで上がり込んだ。しかし、台所にあるテーブルの前で立ち止まると、開け放たれた襖《ふすま》から奥の六畳間を見て言った。

「相変わらず、仁の部屋は殺風景だな」

広岡は苦笑しながら言った。

「まあ、そこに座ってくれ」

そして、床にバッグを置いて椅子《いす》に座った藤原に訊《たず》ねた。

「どうする？」

何を訊《き》かれているのかわからない藤原は広岡の顔を見た。

「ビール」

「ああ、ビールか」

「そう、ビール。最初の一杯をここで飲むか、近くの蕎麦屋で飲むか……」

そこで、広岡はふと思いついて、付け加えた。

「あるいは、次郎が住むことになる新しい家に行って飲むか」

すると、喉《のど》が渇いているはずの藤原が意外な反応を示した。

「その新しい家というのは近いのか」

「多摩川の向こうなんだ」

「そうか……」

「しかし、うまくタクシーがつかまれば二十分かからないで行けると思う」

配送される家具を受け取るため何度かひとりで白い家に行ったが、その際、タクシーを使うことがあったのだ。

広岡が言うと、すぐに藤原らしい決断の早さで言った。

「それなら、少し喉は渇いているけど、新しい家に行って飲ませてもらおうかな」

藤原は意外にも新しい家というものに強い関心を抱いているらしい。

「それなら、すぐ行こう」

広岡は椅子から立ち上がったが、その前にしなければならないことがひとつあるのを思い出した。

「悪いけど、少し待ってくれないか」

広岡は携帯電話を手に取り、進藤不動産に掛けた。

出たのは佳菜子ではなく、眠そうな声の進藤だった。

「進藤不動産です」

「広岡ですが」

広岡が言うと、進藤が急に愛想のよい声になって言った。

「ああ、広岡さん。いま、佳菜ちゃんはランチタイムなんですよ」

「そうですか。別にいなくてもかまわないんですが、これからそちらにうかがってもいいでしょうか」

「どんなご用ですか」

「今度お借りする家の鍵です。残りの鍵があったらいただいておきたいと思って」

それを聞くと、進藤は電話口でうなずいているかのような口調で言った。

「そうですか、そうですか。いよいよお仲間の入居が始まるんですね」

「ええ、これから一緒に行こうと思っているんです」

「そうですか。お待ちしていますから、どうぞ」

電話を切った広岡が藤原に言った。

「暑い中をまた歩かしてしまうけど、商店街の不動産屋まで一緒に行ってくれるか」

「鍵か？」

「うん。それぞれ鍵を持っていないとまずいだろ」

「わかった」

藤原がバッグを手に立ち上がった。

2

進藤不動産に着き、店の中に入っていくと、進藤が笑顔になって言った。

「いらっしゃい」

広岡は軽く頭を下げると言った。

「いろいろお手数をかけましたけど、やっと第一陣が入居ということになりました」

進藤は、広岡の背後から入ってきた藤原の顔をしばらくじっと見て、言った。

「藤原さんですね？」

藤原が驚いたような声を上げた。

「俺《おれ》のことを知ってるのかい」

「ええ、昔、何度も試合を見ましたから」

それを聞いて、今度は藤原が進藤の顔をじっと見てから言った。

「ひょっとしたら、あんたは、進藤さんとこの、あのこましゃくれたガキかい」

「そんなにこましゃくれていましたか」

進藤が照れたように言った。

「ああ、生意気だった」

そう言ってから、藤原は不意に何かを思い出したらしく大きな声を上げた。

「そうだ！　おまえは、俺に向かって、藤原さんに広岡さんのクレバーさがあったらね、と言いやがったんだ」

「ほんとですか。ガキのあたしがそんな洒落《しゃれ》た英単語を知っていたとは思えませんけど」

「間違いなく、そう言ったんだよ」

進藤へ睨《にら》みつけるような視線を向けている藤原に、広岡が笑いながら言った。

「そんなこと、よく覚えていたな」

「よっぽど腹が立ったんだろうな。いま、急に思い出した」

藤原が言うと、進藤がペコリと頭を下げて言った。

「それは、申し訳ありませんでした」

遅いよ、と藤原が言いかけたところに、外から佳菜子が戻ってきた。

「あっ、佳菜子ちゃん、広岡さんたちが、いよいよ入居するんだそうだよ」

佳菜子は、広岡の横に立っている藤原を見て、言った。

「藤原さん……でいらっしゃいますね」

「あんたまで俺を知ってるのかい」

藤原が呆《あき》れたような口調で言った。

「広岡さんからいろいろうかがっていましたから」

「きっとろくなことじゃないだろうけどな」

「いいえ、すごくさっぱりした気持のいい奴だからって」

藤原と佳菜子が言葉をかわしているうちに、進藤はスチール製の引き出しから鍵の束を取り出し、広岡に手渡した。

「あのお宅は六人家族だったので鍵は六つありますけど、ひとつは何かあったときのためにこちらで預からせていただきたいので、お渡しできるのは五つなんです」

「ありがとう」

広岡が礼を言うと、進藤は藤原の手にバッグがあるのを眼に留めて言った。

「ここから直接あの家に行くんですか」

「ええ」

すると、進藤が佳菜子に言った。

「家まで車で送ってあげたら」

「いえ、タクシーで行くつもりなので、結構です」

広岡は断ったが、進藤は勧めつづけた。

「遠慮しないで。これも佳菜ちゃんの仕事のうちですから」

佳菜子も笑顔になってうなずいている。

「それでは、お願いしようかな」


店を出て、車に乗り込もうとすると、藤原が言った。

「ちょっと待ってくれないか」

広岡がなぜと訊く前に、藤原は商店街の駅寄りの方に歩いていってしまった。

どうしたのだろうと見ていると、通りの途中にある精肉店の前で立ち止まり、何かを買っている。

戻って来た藤原は、手にポリ袋をぶら下げていた。そこには揚げ物が入っているらしく、油の匂いが漂ってくる。

「何を買ったんだ」

広岡が訊ねた。

「コロッケ」

「いい匂い」

佳菜子が言った。

「さっき仁のところに行く途中、店先で揚げているのを見て、よっぽど買い食いしようかと思ったけど我慢したんだ」

なるほど、揚げ立てのコロッケなどというのは刑務所では決して食べられないもののひとつだったろう。

広岡が助手席に、藤原が後部座席に座った。

走り出すと、車の中に揚げ物の香ばしい匂いが満ちた。

「遠慮しないで食べていいぞ」

広岡が前を向いたまま言った。

「いや、ビールと一緒に食べたい」

揚げ立てのコロッケとビールというのはなかなかの組み合わせかもしれない。

「それはいいな」

そう言ってから、広岡は藤原の方に振り向いた。

「そうだ、紹介してなかったな。こちらは土井さん」

「仁は相変わらず堅苦しいな。佳菜ちゃんでいいんだろ」

進藤が佳菜子に呼びかけるのを聞いていたらしい。

すると、運転をしている佳菜子も前を向いたままうなずいて言った。

「ええ、みなさんそう呼んでくれます」

そして、小さな声で付け加えた。

「広岡さん以外は」

そう言われれば、進藤や氷見のように佳菜子を「佳菜ちゃん」と呼んだことはなかった。親しげに名前を呼ぶことを無意識のうちに避けていたかもしれない。

「やっぱり、土井さんかい」

「いえ、名前を呼んでくださったことがないんです」

「まったく仁は……」

しかし、藤原はそれ以上、名前についての話題を続けようとしなかった。

車が多摩川に架かる橋に差しかかった。すると、後部座席から呻《うめ》くような藤原の声が洩《も》れてきた。

「ああ……」

広岡にはその声の意味がよくわかった。

「変わっただろう」

「変わった……」

以前、多摩川に架かるこの橋はまったく異なる姿をしていたのだ。欄干もこのように巨大なアーチ型のものではなかった。

かつて広岡たち四人は、毎朝、ロードワークのためにジムから多摩川に架かるこの橋まで走ってきていた。

橋に着くと土手の上の細い道を次の橋に向かって走る。そして、そこに着くとまたジムまで走って戻る。

最初のうちはそのロードワークの苦しさに耐えられなかった。もし、そのルートをただ普通に走るだけでよければさほど苦しくはなかっただろう。距離にして五、六キロにすぎない。ところが、トレーナーの白石の指示で、橋から橋までのおよそ二キロを、信じられないような走り方で走り切らなくてはならなかったのだ。

土手の上の細い道と川沿いの河原は、傾斜のきつい雑草の生えた土手によってつながっている。白石は、その土手の上の細い道から川沿いの河原へ土手を斜めに降り、また斜めに登り返すことを求めた。まるで音の波形のようなコースを取って登り降りしながら前に進めというのだ。

最初のうちは、四、五回登り降りを繰り返すだけで、あまりの苦しさに土手の雑草の上に引っ繰り返ってしまった。しかし、それを毎朝続けていくうちに、しだいに登り降りできる距離が延び、ついには、障害物があるため登り降りできない箇所を除いて、橋から橋まで波形に走り切ることができるようになった。

もちろん、それでも、その走り方がつらいことには変わりなかった。ただ、雨になると、足場が悪くなるだけでなく、濡れた草によって滑りやすくなるため、波形の走りをしなくてもいいことになっていた。ボクサーのあいだでは、雨が降る日のロードワークはつらいということになっていたが、四人はむしろ雨が降らないかと願っていた。雨が降れば、あのつらい波形の登り降りをしなくて済むからだ。それに比べれば雨に濡れるくらい何ということもなかった。

しかし、そのロードワークが四人の強靭《きょうじん》な足腰とスタミナを養ってくれたということをのちに知ることになる。

橋を渡るあいだ、藤原は何も言葉を発しなかった。さまざまな思いが生まれては消えているのだろう。そっとしておこう、と広岡は思った。

やがて白い家に着いた。

車を降りた藤原は、初めてここを訪れたときの広岡と同じように前の道路に立ち、家を見上げてつぶやいた。

「凄《すご》い家だな……」

そして、広岡と佳菜子のあとに続いて家の中に入った。

玄関ホールから扉を開けて一階の居間兼食堂の広間に入り、神代楡《じんだいにれ》でできた長い木のテーブルを見ると藤原が声を上げた。

「おおっ！」

その声には驚きと懐かしさとがないまぜになっているようだった。

藤原が興味深そうに家の中を見てまわりはじめた。一階の、開け放たれている和室と洋室を眺め、さらにキッチンや洗面所ものぞいた。そして、広岡と佳菜子が立っているところに戻ると訊ねるように言った。

「ここで俺が暮らしてもいいのか」

「当たり前だ。おまえが来るので探した家だ」

「ありがとう」

ぞんざいな言葉づかいの藤原からそのようなていねいな礼の言葉が出てきたことに、佳菜子がちらっと驚きの表情を浮かべたのが広岡に見てとれた。

広岡たちが四十年以上前にジムの二階で合宿生活を始めたとき、会長の真田が言ったことがあった。

「この合宿所に規則を作るつもりはありません。ただ挨拶《あいさつ》だけは互いにしっかりしてください」

そして続けて口をついて出てきたのが、まるで入学したばかりの小学生に対して言うような台詞《せりふ》だったことに驚かされた。

「おはよう、おやすみ。いただきます、ごちそうさま。行ってきます、ただいま。ありがとう、ごめんなさい。この八つの言葉が言えれば、集団生活は円滑にいきます。これだけは常に口にしてください」

確かに、実際の集団生活の中で、どんなことがあっても挨拶だけはするということになっていると、互いにわだかまりが生じていてもいつの間にか解消しているということが少なくなかった。常に「おはよう」や「おやすみ」を言っている相手に、いつまでも腹を立てつづけていることはできないものなのだ。

とりわけ、会長の真田がうるさかったのは「ありがとう」と「ごめんなさい」についてだった。

「きちんと礼を言う。きちんと謝る」

それだけはまさに「口がすっぱくなる」のではないかと思えるほど頻繁に言われたものだった。佳菜子にも、「広岡さんはすぐありがとうと言うんですね」と笑われたが、合宿所でついたその習慣は、アメリカで暮らすようになった広岡に、どれほど役に立ったかしれないものだった。

「それにしても、よくこんな家が借りられたな」

藤原が溜め息をつくように言った。

「それにはそれなりの理由がある」

広岡がわざともったいぶった口調で応じた。

「どういうことだ」

「誰も借り手がいなかった」

「ここがか？　そうか、わけありの家ってことか」

「まあ、そうだ」

「お化けが出るとか」

広岡が思わせぶりに佳菜子に顔を向けると、佳菜子も笑いをこらえながらそれに合わせて思わせぶりな表情を浮かべた。

二人の様子を見て、藤原が半分真顔で声を上げた。

「おい、おい、ほんとに出るのか？」

藤原は広岡たち四人の中で、意外にも最も暗闇《くらやみ》が嫌いなタイプだったのだ。

「あとでゆっくり聞かせてやるよ」

広岡が笑いながら言うと、藤原も急に強がる口調で言った。

「まあ、出てきてもいいけど」

「それはそれとして、二階を見る前に、まずビールを飲むか。コロッケがまだ温かいうちに」

広岡が訊ねると、藤原が神代欅のテーブルの前に座りながら答えた。

「いいな。喉が渇いたし、腹も空いた」

広岡はあらかじめ買い置いてあったビールを冷蔵庫から取り出してきた。

佳菜子がキッチンの食器棚からグラスを二つ取り出してきて、テーブルに置いた。

「佳菜ちゃんのグラスは？」

藤原が言った。

「仕事中ですし、車なので」

「そうか。残念だな」

そして、広岡に向かって言った。

「ジュースか何かないのか」

「水しかない」

「それでもいいから、一緒に乾杯しよう」

「はい」

佳菜子は返事をすると、キッチンからミネラル・ウォーターのペットボトルとグラスを運び、さらに大皿を一枚持ってきた。

「ここにあけてもいいですか？」

少し時間は経っていたが、まだ充分に揚げ立ての気配を残したコロッケが十個、大皿に盛られた。

佳菜子がさらに小皿を二枚と箸《はし》を二膳《ぜん》運んできたのを見て、藤原が言った。

「佳菜ちゃんは食べないのかい」

「嬉《うれ》しい。食べてもいいんですか」

「十個もあるんだから」

「もしかしたら藤原さんがいっぱい食べたいのかと思って」

「さすがに二、三個も食えばたくさんになると思うよ」

「じゃあ、乾杯しようか」

広岡は藤原のグラスにビールを注ぎ、自分のグラスにも注いだ。佳菜子は自分の前に置いたグラスにミネラル・ウォーターを注いだ。

「佳菜ちゃんは、俺が刑務所から出てきたことは知ってるのか」

藤原が広岡に訊ねた。

「知ってる」

広岡の返事を聞いて、藤原が言った。

「それは気が楽だ。では、俺の出所と、ここへの入居を祝ってもらおうかな」

「乾杯！」

佳菜子が大きな明るい声でグラスを掲げた。藤原も広岡も自分のグラスをそれに合わせた。

「おいしいですね」

佳菜子がジャガイモにひき肉というシンプルなコロッケを食べながら言った。

ひとつ食べ終えて、藤原が言った。

「これにソースがあればなあ」

「ありますけど」

佳菜子が言った。

「どこに」

広岡が訊ねた。

「一応、醤油《しょうゆ》やソースやお酢やマヨネーズのような調味料はひと揃《そろ》いパントリーに入れておきました」

「そうか、ありがとう」

広岡は佳菜子に礼を言ってから藤原に説明するように言った。

「この家で俺たちが暮らせるように、いろいろなものを買い揃えてくれたんだよ」

佳菜子が市販の中濃ソースを持ってくると、藤原がコロッケのひとつにかけた。

「ソースをたっぷりかけた揚げ物が食いたかったんだ」

そして、おいしそうに二つ目のコロッケを食べはじめた。

広岡が一階の洋室を指さして言った。

「自分は一階のあの部屋で暮らす。次郎は二階に四つある部屋のどれでもいいから好きなところを選んでくれ」

するとと藤原がコロッケを食べるのを中断して二階に昇っていった。

しかし、すぐに降りてきて言った。

「決めた」

「どこだ」

広岡が訊ねると、藤原が天井を見上げて指さした。それは、広岡が予想していた通り、若夫婦の寝室に使われていたと思われる東側の広い洋室だった。

「それにしても、こんな広い家に二人じゃもったいないな」

藤原が嘆息するように言った。

「二人じゃない」

「………？」

「佐瀬が来ることになっている」

広岡が言うと、藤原が表情を輝かせるようにして言った。

「ほんとか？」

「山形でひとりくすんだような生活をしてたので誘ったんだ。こっちで一緒に生活しないかって」

「そうしたら？」

「七月に入ったら行くと連絡があった」

「そうか……また一緒に暮らせるんだな」

そのとき、広岡には、藤原がもうひとりの存在である星のことを思い浮かべていることがわかった。

「キッドは……」

広岡が言いかけると、藤原が口に運ぼうとしていたグラスの動きを止めて訊ねた。

「キッドにも会ったのか？」

「会った。奥さんを亡くしてつらそうだったから、よかったら次郎と一緒にみんなで暮らさないかと誘ったら」

「何だって？」

「御免だって。せっかくおまえたちと離れられたのに、何が悲しくてまた一緒に暮らさなければならないんだ……」

藤原がおかしそうに笑った。

「あいつらしい」

「そう、あいつらしい」

笑いが収まると、藤原が椅子に背をもたせかけ、天井を見上げるようにして言った。

「しかし、本心かな」

「………？」

「仁が最初に合宿所を出て行ったとき、いちばん寂しがったのはキッドだからな。そうは見せないようにしていたけど」

「それは知らなかった」

「あいつには兄弟がいなかったから……俺たちと暮らして、初めて味わうものがあったんだよ」

「そうか」

「でも、俺たちがここで暮らしていれば、きっと遊びにくるようになるさ」

藤原がいくらか断定的に言った。

佳菜子は広岡と藤原の話を黙って聞いていたが、タイミングを見つけて言った。

「もし出前を取るんでしたら、食器棚の引き出しに、いろいろなところのチラシを集めてありますから利用してください」

「いろいろすまないね。ありがとう」

藤原が言った。

「いえ、これも仕事……」

そう言いかけて、佳菜子は言い直した。

「……じゃありませんけど、楽しいことだから、いいんです」

そして立ち上がりながら言った。

「そろそろお店に戻ります」

「見送らないけど、気をつけて」

広岡が椅子に座ったまま言った。

「はい」

玄関の戸が閉まる音が聞こえたとき、藤原がつぶやくように言った。

「いい子だな」

また、ここでも、あの若い女性は年配のファンをひとり獲得したらしいとおかしくなり、広岡は小さく笑ってしまった。

3

翌朝、広岡はアパートの部屋から運送屋に電話をし、引っ越しの手筈《てはず》を整えた。

引っ越しといっても、寝具を入れるビニールケースを除けば、服や下着などを入れるプラスチックの衣装ケースがひとつと本や雑貨や履物などを入れる予定の段ボールの箱が三つだけだった。

白い家には、四、五人が暮らせるように大きめの冷蔵庫や洗濯機を買ってある。そのため、このアパートの部屋にある一人用の家電製品やテーブルや椅子などをどう処分しようか迷っていた。

廃品回収に出すのには新しすぎてもったいない。かといって、リサイクルショップに買い取ってもらうというほどのものでもない。

すると、先日の日曜日、佳菜子がこの部屋の次の借り手候補を連れてきた。

部屋の新しい借り手候補は若い男性の会社員で、これまで寮生活をしていたが初めての一人暮らしを始めるのだという。部屋は気に入ったらしく、佳菜子に借りたいと話している。それを耳にした広岡がその男性に訊ねてみる気になった。

「もしよかったら、ここにある電化製品や家具を使ってもらえないかな」

最初は驚いたようだったが、佳菜子が、大きい家に引っ越すので、家具は大きめの物に買い替えたため不要になってしまったのだと説明してくれた。その事情がわかると、何から何まで買い揃えるつもりだったらしいその男性は、大喜びで言った。

「こんな綺麗《きれい》なものをただで使わせてもらえるなら大助かりです」

それによって広岡は、引っ越しにほとんど持っていくものがなくなってしまったのだ。

運送屋は、荷物の量と運び先を聞くと、明日や明後日《あさって》というのではなく今日の午後からでもかまわないという。

前夜、白い家からこのアパートの部屋に戻ろうとすると、藤原が、仁はいつここに越してくるのかと訊ねてきた。数日はひとりの生活を楽しませてあげようと思っていたが、それは望んでいないらしく、言葉のはしばしにできるだけ早く越して来てほしいという気持が表れていた。

進藤不動産に電話を掛け、今日の午後に引っ越すことになったと告げると、佳菜子が言った。

「お手伝いに行かなくていいですか」

「必要なさそうだな」

「それでは、引っ越す際に出たゴミや不要な物はベランダに出しておいてください。あとでわたしが処理します。鍵はドアを閉めたあと、郵便受けの中に放り込んでいただければ」

そこで、広岡は、あらかじめ用意していた衣装ケースと段ボール箱に持っていくものを詰め、不要なものをポリ袋に入れた。

さらに、残していくことになっている掃除機で部屋の中を簡単に掃除した。

運送屋は午後一時過ぎに来ると言っていたが、午前十一時にはすっかり片付いた。

広岡は、これも新しい借り手に残していく予定のテーブルの前に座り、二カ月半ほどしかいなかったこの部屋をどこか去りがたく思っていることに戸惑っていた。

その思いを生んでいるのが何か、広岡にはわかっていた。

ネコ、だった。ベランダの段ボール箱をすみかとしている子猫のことが気になっていたのだ。あの子猫は自分がいなくなったらどうなるのだろう。餌《えさ》を与えているのは自分だけではないような気がする。だが、主要な餌の供給者と居心地のいいねぐらを失うことは確かだ。

だからといって、白い家に連れていくわけにはいかないだろう。かりに連れていこうとしても素直に従うとは思えない。それに、と広岡は思った。ネコは野良猫だ。飼い猫とは異なる野性を持っているはずだ。かつて、ロサンゼルスのダウンタウンの暗がりで必死に生きてきた自分のように、どんなことをしても生き抜こうとするはずだ。

不要な物を入れたポリ袋をベランダに出すため、ガラス戸を開けた。段ボール箱をのぞき込んだが、ネコはいなかった。どこかに遠征しているらしい。

この段ボール箱だけはそのままにしておいてあげよう、と広岡は思った。佳菜子が片付けてしまうまではねぐらとして利用できるように。

午後一時ぴったりに運送屋が来た。運転手は中年の男性だったが、玄関先に出されていた荷物を見て、驚いたように言った。

「これだけですか」

軽トラックへの積み込みは、ものの十分もかからないうちに終わってしまった。

玄関の扉に鍵を掛け、それを郵便受けに投げ込んだとき、ふと子猫の鳴き声が耳元で聞こえたような気がして微《かす》かに胸が痛んだ。自分はいつもこうやって関わりのあるものたちを切り捨て、切り捨てしながら生きてきてしまったのだなと思ったからだ。

白い家に着くと、玄関から出てきた藤原がトラックの荷台をのぞき込み、荷物の量を見て運送屋の運転手と同じような台詞を吐いた。

「これだけかよ」

広岡が運転手と藤原の三人で玄関ホールに運び入れると、ほとんど一瞬で終わってしまった。

寝具は、不意の来客用に持ってきたものだったのでケースごと和室の押し入れにしまい、あとの荷物は広岡が暮らす予定の一階の洋室に運び入れることで、引っ越しは簡単に終了してしまった。

広岡が神代楡のテーブルの前に腰を下ろすと、藤原が言った。

「茶でもいれようか」

それが、もうすでにこの家の主《あるじ》のような口調になっているのがおかしかったが、広岡は神妙な顔つきで答えた。

「ありがたい」

藤原がいれてくれた茶を飲みながら、広岡が訊ねた。

「住み心地はどうだ」

「極楽だよ」

「それはよかった」

「なんといっても、トイレにひとりでゆっくり入れるのがありがたかった」

雑居房では、房内にあるほとんど素通しに近いトイレで、大便も小便も衆人環視の中でしなくてはならないという。風呂と異なり、十五分と決められているわけではないが、やはり長居はしにくいらしい。

「ここの風呂はどんな具合だった」

広岡がさらに訊ねると、藤原が嬉しそうに答えた。

「風呂場の手前の戸棚に温泉の素というのが置いてあったんで、一袋使わせてもらったよ」

広岡には覚えのない物だった。

「そんなものがあったのか……」

「きっと佳菜ちゃんが買っておいてくれたんだと思う。俺が使ったのは登別《のぼりべつ》の湯というやつだったけど、湯が白く濁って、すごく気持がよかった」

藤原の新しい家での第一夜は、少しの問題もない順調なものだったらしい。

佳菜子が言っていた通り、食器棚の引き出しの中には、出前用の店舗のチラシが入っていたが、それだけではなく、周辺の食堂とその寸評が書かれたリストと、スーパーマーケットやコンビニエンス・ストアーのある場所などが印された手描きの地図が入っていた。

広岡が、アパートから運んで来た荷物をクローゼットとチェストの中にしまい終えると、二人でその地図に描かれているスーパーマーケットに出かけ、食材を買ってくることにした。

佳菜子の地図を見ながら駅の方へ歩いていく途中、藤原があらたまった口調で言った。

「俺はしばらくあそこに厄介になるつもりだが、どうやって金を払ったらいい」

「昨夜話したようにわけありの家だから、家賃は前のアパートの部屋代と同じでいいと言ってくれている。光熱費や水道代はひとりで暮らしていても払わなければならないものだ。次郎が心配する必要はない」

「しかし、食い物は……」

「もし払えるなら、払える分だけ食費を入れてもらおうかな」

「わかった」

「金、あるか？」

「刑務所で、ソファーを組み立てる作業をやって、スズメの涙ほどの報奨金を貰《もら》ったのがまだいくらか残っている。当座はそれで間に合わせてもらって、しばらくしたらどこかで働くようにするつもりだ」

「急ぐ必要はないぞ」

「わかった」


夕方、二人がレジ袋をそれぞれの両手に持たなければならないほど大量の食材を買い込み、帰って一息ついていると、突然、家の前で車のクラクションが鳴った。

そのまま放っておくと、また妙な節をつけたような鳴らし方でクラクションの音が響き渡った。

「うるさいなあ、まったく」

藤原が勢いよく立ち上がり、外へ見にいこうとした。

「文句を言ったりするなよ」

せっかく刑務所から出てきたばかりなのに、逆戻りするようなことがあってはいけない。広岡が念のため注意すると、藤原が苦笑しながらうなずいた。

「わかってる」

しばらくして、玄関を出て行った藤原が戻ってきたらしく、ドアが開いて怒鳴る声がした。

「仁、サセケンが来たぞ！」

そして、さらに続けた。

「キッドも一緒だ！」

広岡が驚いて玄関から外に出てみると、家の前に佐瀬の古い軽トラックが停まってい
た。砂埃《すなぼこり》をかぶり、前のときより、さらにポンコツ度が増している。

「これで来たのか？」

運転席から降りてきた佐瀬に、広岡が呆れたように言った。

「そうだ」

「こんな車でよく山形から来ることができたな」

「なんとか」

佐瀬がニコニコしながら言った。その顔つきは、山形で会ったときとはまるで違って
生き生きとしたものになっている。

「なんとか、か」

広岡も佐瀬の笑顔につられて思わず笑ってしまった。

佐瀬からは七月に入ったら行くことにするという連絡を受けていたが、まさか七月一
日に来るとは思っていなかった。

それにも驚かされたが、横浜にいるはずの星が助手席に座っていることに、もっと驚

かされた。

「それにしても、どうしてキッドが？」

なぜ佐瀬の車に星が乗っているのか。広岡が訊ねると、佐瀬が少し得意げな表情を浮かべて言った。

「線香をあげにキッドの家に寄ったんだが、話を聞いてみると……どうせあの部屋にいてもすることはないんだろうからと俺が強引に誘ったんだ」

ということは、山形から横浜に行き、そこからここに来たということになる。

二人で話しているところに、星が車の助手席から降りて近づいてきた。

「よく来たな」

広岡が言うと、星がどういう顔をしていいかわからないというような曖昧《あいまい》な表情を浮かべて応じた。

「ああ」

佐瀬が軽トラックを車庫へ入れているあいだに、広岡と藤原で荷台にあった荷物を家の中に運び入れた。もっとも、荷物といっても大きな布製のスポーツバッグと段ボール箱がひとつずつだけだった。ひょっとすると家財道具を一式持ってやって来はしないかと心配していたが、杞憂《きゆう》だった。

少し遅れて家の中に入ってきた佐瀬と星の二人が、一階の広間に置いてある長い神代檜のテーブルを見て、軽く息を呑《の》んだ。そして、星はテーブルに近寄ると、撫《な》でるように天板に触れながらつぶやいた。

「これはいいな……」

広岡が、前日の藤原のように一階の様子を見てまわっている佐瀬に声をかけた。

「サセケンの部屋は二階だ。三つ並んでいる部屋のどれでもいい。好きな部屋を選んでくれ」

佐瀬は一階の玄関ホールから二階に昇っていき、しばらくして降りてくると、星に向かって言った。

「キッドも来てくれ」

「どうして」

「先に選んでくれ」

「………？」

星は、佐瀬が何を言っているのか意味がわからないというように怪訝《けげん》そうな表情を浮かべた。

「部屋は三つとも気持がよさそうだ。どれを選ぶか決めてくれ」

佐瀬が言った。

「俺は関係ない」

星の無愛想な台詞を聞き流し、佐瀬がさらに言った。

「いいから、いいから。今夜は遅くなるから泊まっていくことになるだろ。その部屋を選べと言ってるんだよ」

不承不承というように星が佐瀬と二階に上がっていくと、藤原が広岡に目配せしながら言った。

「サセケンらしい」

広岡と藤原と佐瀬の三人が暮らすことになった家に来て、星はどこかで仲間外れになったような気分を味わっているかもしれない。佐瀬はそれを多少なりとも解消してやろうとしている。まさに藤原の言う通り、佐瀬らしい心づかいだった。

二人が二階にいるあいだに、藤原はキッチンからビールとグラスを運んできた。

「四十年ぶりだ。まずは、乾杯をしよう」

広岡は、三人とそれぞれ別々に会っているが、四人が一堂に会するのは確かに四十年ぶりのことだった。

佐瀬は二階から降りて来ると、天井を見上げるようにして広岡に言った。

「キッドがあっちの部屋を選んだから、俺はひとつ離れたこっちにすることにした」

佐瀬が指を差して示したのは、星が南向きの部屋で佐瀬が北向きの部屋ということだった。いかにも佐瀬らしい、と広岡はまた思った。

「喉が渇いただろう。一杯飲もう」

藤原が言い、四人が思い思いのところに座ると、広岡がグラスにビールを注いだ。

「まずは、元気で何よりだ」

藤原がグラスを掲げながら言うと、星がかつての口調をいくらか取り戻したようにシニカルに言った。

「元気潑剌《はつらつ》というわけじゃないけどな」

星の言葉を受けて、佐瀬がとりなすように言った。

「生きて会えるだけで充分だ」

「そうだな。こうやってまた会えただけでありがたい」

広岡も佐瀬に同調した。

最初の一杯を飲み干すと、それぞれが自分のグラスにビールを注ぎはじめた。

「それにしてもおかしいよな」

星が、注ぎ終わったビールを手に持ったまま言った。

「何が？」

佐瀬が訊き返した。

「気がつかないか」

星が苦笑に近い笑いを浮かべながら言った。

「何がだ」

藤原も隣に座っている星の方に顔を向けて訊ねた。

すると、星が、藤原、佐瀬、広岡と順に顔を見ながら言った。

「四十年も経っているのに、まったく変わらない」

「顔が、か？」

藤原が疑わしそうに言った。

「顔は充分すぎるくらい変わっているよ。そうじゃなくて、このテーブルの……」

そこまで星が言ったとき、広岡は不意に気がついて声を出した。

「そうか！」

「そうなんだよ」

星がうなずきながら言った。

「四人の席の座り方……」

広岡の言葉で、藤原も佐瀬も気がついて声を上げた。

「おっ！」

「あっ！」

四十年以上前に合宿所で共に暮らしていたときも、このような長いテーブルがあったが、いつしかそこで四人が座るときの場所が固定化されるようになっていった。片側に藤原と星が並ぶ、その向かいに広岡と佐瀬が並ぶ。

まったく気がつかなかったが、四十年ぶりのこの神代楡のテーブルでも、四人は無意識のうちにまったく同じ座り方をしていたのだ。

広岡の胸に、一瞬、甘酸っぱいものが込み上げてきた。しかし、それをどう表現していいかわからなかった広岡は立ち上がって言った。

「酒のつまみを出してくる」

広岡はキッチンに行き、冷蔵庫から、今夜の夕食用に買っておいた刺し身のパックを取り出した。前夜、出前の寿司を食べたにもかかわらず、今夜も刺し身が食べたいと藤原が言い出し、ご飯のおかずにもなるようにといくらか多めに買っておいたのだが、四人となると、酒のつまみとしてだけで終わってしまうだろう。

大皿に盛りつけ、テーブルに出すと、広岡が言った。

「夕食は別に用意するから、まずはこれを食べてくれ」

「出前を取るか？」

藤原が言った。

「いや、カレーにしよう。明日、作ろうと思っていたので材料の買い置きがある」

広岡が言うと、佐瀬がまさに相好を崩すという表現がぴったりの嬉しそうな表情になって言った。

「いいな、久しぶりに仁のカレーが食えるのか」

「いいな、仁のカレー」

星も声を揃えるようにして言った。

ジムの合宿所では、「おばさん」と呼んでいた通いの女性が朝食を作ってくれていた。昼はそれぞれが自分の行動範囲のところで食べるが、夜はジムの近くにある和風の定食屋と中華料理屋のどちらかで食べることになっていた。その二軒はツケがきき、月末にジムがすべての支払いをしてくれた。

ただ、商店街には週に一度の定休日が設けられており、二軒とも商店街の方針に従って休みになる。当初、その定休日には四人が交替で夕食を作る決まりになっていたが、いつの間にか広岡がカレーを作るということになってしまった。市販のルウでごく普通の肉を煮込むだけの広岡のカレーがとびきりおいしかったからだ。藤原と佐瀬と星の三人は、週に一回のカレーの日を楽しみにするようになった。

広岡の作るカレーに特別な調理法があるわけではなかった。

通っていた大学の近くに古いカレー屋があり、その味が好きだった広岡は、あるとき老店主に作り方を訊ねてみた。すると、その老店主は少しももったいぶらずに教えてくれた。

ニンニクとショウガをみじん切りにして香りが立つまで炒《いた》める。次に大量のタマネギを炒める。さらに各種のスパイスを炒めるが、それを揃えるのは普通の家庭では難しいだろうから市販のカレールウで代用して構わない。そこに水を注ぎ、あらかじめ炒めておいた肉を加えてひたすら煮ればいい。もし、たまに味を変えたかったら、トマトを入れて形がなくなるまで煮込んでみる。トマトの酸味がタマネギの甘さをより引き立ててくれるだろう。

そして、とその老店主は言ったのだ。大事なのは心を込めて、ゆっくりと、飴色《あめいろ》になるまでタマネギを炒めることだ。それさえできれば、どんな肉でも、どんなルウでもおいしくなる。

広岡は老店主が教えてくれた通りに作っていただけだった。唯一独自の工夫をしたと言えるのは、カレー作りの終盤に、三分の一ほど炒めないで残しておいたタマネギを投入するということだけだった。そうすることで、タマネギの食感が残り、肉だけのカレーという頼りなさをいくらかカバーしてくれることになったからだ。

藤原も佐瀬も星も、この広岡の作るカレーを好んだ。やがてプロ・デビューし、減量に苦しむようになっても、広岡の作るカレーを食べるために、そのウェイト分はあらかじめ落としておくというほどだったのだ……。

4

四人は、藤原が面白おかしく語る刑務所生活の話を肴《さかな》に、刺し身をつまみながらビールを飲んだ。

頃合いを見計らって、広岡が立ち上がりながら言った。

「これからカレーを作る。キッド、米を炊いてくれないか」

「わかった」

星が気軽に立ち上がったのを見て、藤原が冷やかした。

「炊けるのか」

合宿生活をしていた四人の中で、最も炊事や掃除を面倒がっていたのが星だったからだ。なんとかサボろうとしては三人から非難を浴びていた。

星は、藤原の冷やかしの言葉に対して声を立てずに笑うと、広岡のあとからキッチンに入った。

「シンクの下の扉を開けると、プラスチックの米びつがある」

広岡が言うと、星が訊ねた。

「何合くらい炊けばいいかな」

「昔は八合だったけど、さすがにいまは四合も炊けば充分じゃないかな」

「そうだな……でも、サセケンが明日の朝も残りのカレーを食べたがるだろうから、五合くらい炊いておくか」

星が言った。

「それがいいかもしれないな」

広岡はそう言い、佐瀬の好みをまだ覚えていた星の言葉に胸が少し熱くなるのを覚えながら、スーパーマーケットのレジ袋からタマネギを取り出し、皮を剝《む》き、切りはじめた。

カレー用には牛のスジ肉を買ってあったが、ゆっくり煮込んでいる時間はなさそうだったので、別の用途にと思って買っておいた鶏のモモ肉を使うことにした。

鶏肉の皮目に焼き色をつけてから鍋で煮込み、さらにフライパンで飴色になるまで炒めたタマネギを入れた。

カレーを作るのを横で黙って見ている星に、広岡が頼んだ。

「サラダのドレッシングを作ってくれるかな」

「どんなふうにすればいい？」

「タマネギをすりおろして、オリーブオイルと酢を混ぜたところに入れてくれればいい。割合は二対一、オリーブオイルが二だ。タマネギはそこに取り置いてある切れ端を使ってくれ」

「おろし金はどこにある？」

　星が広岡に訊ねた。

「そうか……うっかりしていた」

　おろし金がなければすり下ろせない。だが、自分は買っていないが、あるいは佳菜子が買っておいてくれたかもしれない。

「どこかにあるかもしれないから探してくれるか」

　しばらく、戸棚や引き出しを開けて探していたが、やっと見つかったらしく、星が言った。

「あった、あった」

　そして、タマネギを手に取ると、手際よくすり下ろしはじめた。

「これはいいおろし金だ……」

　星がつぶやくように言った。

　それを聞いて広岡は、星に何かをしてもらうことで居にくさを解消してあげようと思っていたが、もしかしたら、料理の腕前は自分より上なのかもしれないと気がついた。

「奥さんの店で料理をしていたのか」

「いや、仕込みのときにちょっとした手伝いをしていただけだけど、女房の作るところをいつも見ていたからな。いくらか料理の手順がわかってきた」

そこで、広岡は安心してサラダ作りを任せることにした。

「サラダに入れるものはレタスとルッコラとトマトとキュウリ。その上にカリカリに炒めた細切りのベーコンとゆで卵をスライスしたものをのせる。作ってくれるか？」

「了解」

星は、あとは何も聞かないで、広岡の隣でサラダ作りをはじめた。

「奥さんの料理を食べたかったな」

広岡が言うと、星がしばらくレタスの葉を洗う手を休めて、ぽつりと言った。

「食べさせたかったよ……」

そのとき、インターフォンのチャイムが鳴った。誰かが来たらしい。しかし、インターフォンでやりとりする前に、藤原が席を立って玄関に向かったらしく、声が聞こえた。

「誰だ？」

それと同時に扉を開けると、藤原から驚いたような声が上がった。

「佳菜ちゃん！」

「こんな時間にすいません」

佳菜子の声だった。

広岡は鍋《なべ》の火加減を弱めてから玄関に向かった。そして、玄関の中に入り、立っていだ。

る佳菜子に訊ねた。

「アパートの部屋がどうかしたのかな?」

引っ越したばかりのアパートの部屋に何か問題を残してきてしまったかと思ったから

「いえ……」

見ると、佳菜子は手に小さな動物を入れて運ぶためのキャリーケージを持っている。

広岡がそのケージの隙間《すきま》から中をのぞき込むようにすると、猫の鳴き声が聞こえてきた。

ミャウ。

それはあの野良の子猫の声だった。どうしてそこにネコがいるのか。広岡が、なぜというように佳菜子の顔を見ると、少し困ったような表情を浮かべて言った。

「夕方、あの部屋の後片付けにうかがったら、ベランダの段ボール箱の中にこの子がいて、悲しそうに鳴いていたんです」

自分と半日くらい顔を合わせないことなどよくあることなのに、今日に限ってどうして悲しそうに鳴いてなどいたのだろう。

広岡が考えていると、佳菜子が言った。

「広岡さんのところに行きたそうだったので……商店街のペットショップでこのケージをお借りして、連れて来たんです」

広岡と佳菜子が話していると、藤原が割り込むように声をかけてきた。

「佳菜ちゃん、とにかく上がりなよ」

広岡もうなずくと、佳菜子がケージを持ったまま家の中に入ってきた。

藤原がテーブルの前に座っている佐瀬とキッチンから出てきた星に佳菜子を紹介した。

互いの初対面の挨拶が終わると、藤原が自分のことのように得意げに言った。

「佳菜ちゃんがここで俺たちが住めるようにすべて手配してくれたんだよ」

藤原の大袈裟《おおげさ》な物言いに、佳菜子が慌てて訂正した。

「いえ、広岡さんのお手伝いをほんの少ししただけです」

「そんなことはない。仁だけだったら、今頃、きっとあれが足りないこれがないと大騒ぎだったと思う」

藤原が言うと、ケージの中でまた猫の鳴き声がした。

「その猫は？」

佐瀬が佳菜子に訊ねた。

「えーと……」

佳菜子が言い淀《よど》んでいると、広岡が引き取って説明した。

「前に住んでいたアパートの付近をうろついている野良猫だったんだけど、餌をやっていたんだ」

「それを置いてきたのか？」

佐瀬が非難するような口調で言った。

「いや、置いてくるも何も、別に飼っていたわけじゃないんだ」

「餌をあげていたら、最後まで責任を持たなければな」

佐瀬の意見ももっともだった。広岡がうまく弁明できずに口ごもっていると、佐瀬が佳菜子に向かって言った。

「それにしても、野良猫がよくおとなしくそんな籠《かご》に入ったね」

「広岡さんのところに行きたいかと訊ねたら、行きたいと答えたものですから」

「行きたいと答えた、というのはいいね」

星が冗談と受け取って笑ったが、広岡は本当にネコがそう言うのを佳菜子は聞いたのかもしれないと思った。

「飼ってやろう」

佐瀬が言った。

「野良猫を飼うことなんかできるのか」

藤原が疑わしそうに言った。

「以前、俺のところには、家の縁の下をすみかにしている猫がいたんだ。餌をやるだけだったけど、俺もそいつも気分は飼い主と飼い猫という感じだった。二年前に死んでしまって……世話は俺がするから飼ってやろう」

佐瀬は佳菜子からケージを受け取ると、庭に面したガラス戸の網戸を開け、ベランダに出た。そして、ケージの出入り口を開けた。

次の瞬間、子猫は素早く外に出て、ベランダから飛び降りた。しかし、遠くに走り去ることはせず、庭からじっとこちらを見ている。

「しかし、この家には縁の下というものがないからなあ……」

佐瀬がつぶやくと、佳菜子が言った。

「一応、アパートのベランダにあった段ボール箱を持ってきてありますけど」

「段ボール箱？」

佐瀬が佳菜子に訊き返すと、広岡がまた代わりに説明した。

「炊飯器が入っていた箱をベランダに置いてあったんだが、そこにあいつが寝泊まりしていたんだ」

「そうか。それなら、当座はその箱に寝泊まりしていてもらおう」

「それじゃあ、車にあるので、持ってきますね」

佳菜子が外に出て、段ボール箱を持って戻ってきた。

佐瀬はそれを受け取ると、ベランダの片隅に置いた。

「ところで、あの子猫、名前は何というんだ」

藤原が広岡に訊ねた。

「野良猫だ。名前なんかない」

広岡が答えると、ベランダから戻った佐瀬が言った。

「それはよくないぞ。生き物には何にでも名前をつけてやらなければいけないんだ」

「牛や豚にもか」

藤原がまぜっ返した。

「そうさ、木にだってつけてやった方がいいんだ」

「わかった。それなら名前をつけよう」

藤原が言った。

「だけど、タマとかミケくらいしか思い浮かばないな」

星が言った。

しばらく藤原と星とであれこれ名前を挙げていたが、それが一段落すると、佐瀬が遠慮がちに提案した。

「チャンプ、というのはどうだろう」

「チャンプ？」

藤原が突拍子もない声を上げた。

「俺たちは誰ひとりとして世界チャンピオンになれなかったというのに、あの子猫だけがチャンプを名乗るのか？」

アメリカでは、チャンピオンに呼びかけるときなど、名前ではなく「ヘイ、チャンプ」と言ったりする。だが、それも、藤原が言うように、同じチャンピオンでも世界チャンピオンくらいにならないとなかなか使いにくい言葉であることは確かだった。

「二年前に死んだ猫の名前だったんだ」

佐瀬が言うと、星が子猫に眼をやりながら、もっともな疑問を口にした。

「オスかメスかわからないのに、そんな名前でいいのか」

すると、それまで黙ってやりとりを聞いていた佳菜子が口を開いた。

「オスだと思います」

「どうしてわかったんだい」

佐瀬が訊ねた。

「抱いたとき……」

「あいつが抱かせたのかい」

「ええ」

「爪を立てられなかった？」

佳菜子がうなずくと、佐瀬が驚いたように佳菜子の顔を見た。

「死んだチャンプは、最後まで、触ろうとすると爪を立てたものだったが……」

「よし、今夜からあいつの名前はチャンプに決まった」

藤原が断定的に言った。そして、ベランダの外からこちらをうかがうように見ている子猫に向かって呼びかけた。

「今夜からおまえはチャンプだ。わかったか！」

すると、子猫が返事をするように鳴き声を上げた。そのタイミングの絶妙さに、みんながどっと笑い声を上げると、びくっとしたように子猫は庭の端まで逃げ去った。

「そうだ、カレーが作りかけだった」

広岡が慌ててキッチンに戻りかけると、一緒にサラダを作っていた星もあとに続こうとした。

その星の背中に向かって藤原が呼びかけた。

「キッド！」

星が振り向くと、藤原が柄《がら》に似合わないやさしい声で言った。

「キッドも一緒にここで暮らせ」

広岡も立ち止まって振り返った。星はしばらく黙っていたが、やがて広岡に向かって言った。

「仁、いいのか」

「当たり前だ。おまえが何と言おうと、最初からそのつもりだった」

「ありがとう……」

「よし、これで四天王に戻った」

藤原が言うと、佐瀬が真面目な顔をして首を振った。

「いや、四天王じゃない。五人衆だ。チャンプがいる」

「そうか、白浪《しらなみ》五人男ならぬ白家五人男というわけだ」

藤原が言うと、佐瀬も嬉しそうに笑い出した。


翌朝、佐瀬はオンボロの軽トラックに星を乗せて横浜に向かった。

星によれば、部屋から持って来るものは妻の遺影と遺骨だけだという。

妻の着物はかつての仕事仲間の女性たちが形見分けとして貰ってくれたし、家具類は不動産屋が処分してくれることになっているという。一日でも早く退去してもらうためなら何でもするということらしい。

佐瀬の軽トラックを送り出した広岡はしばらく玄関の前にぼんやり立っていた。すると、この白い「訳あり」の家が、自分たちにとってはいつの日にか帰るべきところ、帰るべき家だったような気がしてきた。

「ワレラ帰還セリ……」

広岡は誰にともなくつぶやいている自分に気がついて、ひとり苦笑してしまった。

第十章　いつかどこかで

1

広岡、藤原、佐瀬、星の四人がＪＲの駅の改札を出ていくと、構内の壁際のところに立っていた佳菜子が、手を挙げて走り寄ってきた。

「待たせたかな」

広岡が詫《わ》びるように訊《たず》ねると、佳菜子が首を振って答えた。

「いえ、わたしもちょっと前に着いたところです」

「一本前の電車だったのかな」

「そうかもしれません」

すると、そんなことはいいからというように藤原が言った。

「さあ、佳菜ちゃんに案内してもらおう」

四人が白い家で一緒に暮らすようになって一週間が過ぎようとしていた。

広岡は、かつてジムの会長である真田が合宿所においてまったく規則を設けなかったように、白い家での生活にルールのようなものを設けるつもりはなかった。いつか自然に落ち着くところに落ち着いていけばいいと思っていたが、日が経つにつれてそれぞれがそれぞれに少しずつ生活のペースを摑《つか》むようになっているようだった。

暮らしはじめて三日ほど過ぎたとき、藤原が街のどこかの店で四人が揃《そろ》った祝いの宴会をやろうと言い出した。そして、その会には佳菜子も参加してもらおうと付け加えた。

広岡が佳菜子に連絡すると、四日後のこの日なら休みの日なのでありがたいと言い、さらに、四人の祝いの食事の席に参加することになったと話すと社長の進藤から魚のおいしい居酒屋を勧められたとかで、それならと、その店のある駅で待ち合わせすることになったのだ。

ＪＲと私鉄が乗り入れている一種のターミナル駅のせいか、周辺には洒落《しゃれ》たデザインの大きなビルがいくつも建っている。

進藤が勧めてくれたという居酒屋を目指して歩きながら、佳菜子が誰にともなく言った。

「でも、本当にわたしなんかがご一緒していいんですか」

「もちろんだよ、今日の主役は佳菜ちゃんだからね」

藤原が言った。

「次郎は佳菜ちゃん佳菜ちゃんてうるさくてね」

星が、藤原をからかうような調子で言った。だが、実際は、佳菜子を呼ぶことに最も強い賛意を示したのは星だった。キッチンの戸棚に半ダースずつセットされている食器をはじめとして、鍋《なべ》やフライパンやザルに至るまで、質がよく、しかも使い勝手のいい物が買い揃えられていることに感心しつづけていたのだ。

佳菜子が、手にしたスマートフォンに表示された地図を頼りに、広岡たち四人を先導するように目的の居酒屋を目指した。

駅前から繁華街の奥に入る道路を真っすぐ行き、二本目の狭い通りを曲がったところにその店はあった。

確かにチェーンの居酒屋とは違い、年季の入った暖簾《のれん》からしていかにも魚がおいしそうな雰囲気を醸《かも》し出している。

ところが、佳菜子が先に入って店の中をのぞくと、すぐに出てきてしまった。

「申し訳ありません。いま満席なんだそうです」

「そうか……」

予期しないことに広岡が困惑してつぶやいた。

「社長が、予約をするほどの店じゃないと言うものですから、すっかり安心していたんですけど、本当にすいません」

佳菜子が頭を下げると、藤原がむしろ機嫌よく言った。

「それなら、みんなでよさそうな店を探すことにしよう」

「いいな。俺たちの勘が試されるというわけだ」

佐瀬が楽しそうに相槌《あいづち》を打った。

二人とも佳菜子に心理的な負担をかけまいとしているのが広岡にはよくわかった。

その通りをさらに歩いていくと焼き鳥屋の看板が見えた。店先から肉が甘いタレをつけて焼かれるいい匂いが漂ってくる。

「ここはどうだ」

広岡が星に訊ねた。

「いいかもしれないな」

そう応じると、星は入り口の戸を少し開けて店の中をのぞき込み、振り向いて言った。

「悪くないかもしれない」

それを合図に、星を先頭にみんなで入っていった。

すでにその店も満員状態だったが、奥の方に六人がけのテーブルがひとつだけ空いている。

店員に案内されたそのテーブルには、壁側の奥の席から佐瀬、広岡と座り、その向かいに星と藤原が座った。ここでも自然にいつもと同じ座り方になった。違っていたのは、広岡の横に佳菜子が座っていることだった。佳菜子は店員とのやりとりをしようと思っているのか最後に座ることで通路側の席を選んだのだ。

注文を取りに来た店員に向かって、まず藤原が勢いよく声を上げた。

「生ビールを四つ！」

そして佳菜子に向かって訊ねた。

「佳菜ちゃんは何を飲む？」

「えーと……何がいいでしょう」

佳菜子が広岡に顔を向けて訊ねた。

青山のレストランでは、ミモザだけでなく、ボトルのワインをウェイターに注がれるままに二杯飲んでも酔った気配はなかった。だが、とりあえず、軽いものがいいのではないかと思えた。

「何か甘い酒はあるかな」

広岡が店員に訊ねると、佐瀬がテーブルに置いてあったメニューを見て言った。

「アルコールが駄目じゃないなら、サワーでもいいかもしれないな」

星が言った。

「グレープフルーツ・サワーはどうかな」

藤原もうなずきながら言った。

「グレープフルーツは大好きです」

そのひとことで佳菜子の飲み物が決まり、店員が注文を奥に通しにいった。

やがて酒が運ばれてきて、全員でグラスを合わせた。

「全員再集合に乾杯！」

バラエティー番組好きの佐瀬が言った。他の三人は苦笑していただけだったが、意味のわからないいらしい佳菜子は佐瀬のあとに続けてそのまま唱和した。

「全員再集合に乾杯！」

食べる物については、適当なものを注文してくれないかと広岡が星に頼んだ。星はメニューを見ながら、焼き鳥を中心に、店員に何品か注文を出した。

注文が終わると、星が他の三人の顔を見て言った。

「それにしても面白いよな」

「席の座り方だろ」

「梅酒があるぞ」

藤原が、星の言いたいことはわかっているというようにうなずきながら言った。

「いや、それじゃないんだ」

「何だ」

佐瀬が訊ねた。

「あの家に入居する順番だ」

そこまで星が言ったとき、広岡にも何を言いたいのかがわかってきた。

「なるほど、ジムの合宿所に入る順番と同じということだな」

広岡のその言葉で藤原と佐瀬も気がついたらしく、「ああ」というように口を動かした。

ジムの合宿所には、最初に藤原が入り、次に広岡が入った。さらに佐瀬が入り、最後が星だった。偶然のことだが、白い家に住みはじめるタイミングがこのときの順番とまったく同じになってしまった。

「昔をなぞっているようで、いやか？」

広岡が星に訊ねた。横浜に住む星を訪ね、またみんなで一緒に暮らさないかと最初に誘ったとき、昔をなぞっても仕方がないと断られたことがあったからだ。

「そんなことはない。ただ、どうしてそういうことになるのか、不思議だなと」

「きっと、ボクシングの神様が面白がってそうすることにしたのかもしれないな」

佐瀬がひとりでうなずきながら言った。

最初に出てきた料理は、鶏のささみを軽く湯通しして、スライスしたものだった。まわりは白いが、中は薄いピンク色をしている。大根おろしにウズラの卵黄がのっている小鉢が添えられており、藤原はそこに醬油《しょうゆ》をたらしてかきまぜ、ささみをつけて食べはじめた。

「これは、うまい」

広岡も同じようにささみを口に運んだ。

「うん、おいしいな」

すると、星がまた笑った。

「何がおかしい」

藤原が少しむっとしたように訊ねた。

「次郎はうまい、仁はおいしい。仁は絶対にうまいと言わない」

星が言うのを聞いて、藤原が昔を思い出すかのように言った。

「そういえば、仁がうまいと言うのを聞いたことがないな」

「どうしてか、わかるか」

藤原が考えていると、質問をした星が先に答えてしまった。

「会長だよ。会長がうまいという言葉を使わなかったからさ。そうだろ、仁？」

星に指摘されて初めて気がついたが、そうだったかもしれないと広岡は思った。

「そうかもしれない」

「仁はまったく変わらないんだな、あの頃と……」

そう言いかけて、藤原が斜め前に座っている佳菜子に謝った。

「佳菜ちゃん、ごめんな。俺たちがあの頃だの何だのと言ったって、佳菜ちゃんはまだ生まれてもいない頃のことだから、面白くもおかしくもないだろうけどね」

「いいえ、興味深いです」

「あの頃というのは、きっと年寄りの話の枕ことばのようなものなんだな」

藤原がいくらか自嘲《じちよう》気味に言うと、星がふっと真面目な口調になって言った。

「でもな、それは幸せなことなんだよ」

「何が？」

藤原が、意味がわからないというように訊き返した。

「あの頃と言って、何の注釈もなくて通じ合える相手がいるというのは、実はとても幸せなことなんだ。俺は女房が死んで初めてわかった。女房が死ぬというのは、ただそこから生身の女房がいなくなるというだけじゃないんだ。女房と一緒に暮らしていた年月の半分が消えるということなんだ。あの頃は……と言って、すぐに通じる相手がいなくなると、あの頃というその年月の半分がなくなってしまうんだ。いや、もしかしたら、半分じゃなくて全部かもしれない。だから、俺たちのあのジムの合宿所での七年間について、あの頃と言っただけで通じる相手がまだいるということはすごく幸せなことなんだよ」

「なるほど……」

つぶやきながら、広岡は星の言葉に強く心を動かされている自分を感じていた。

あの頃、と口に出して、何も補うことなく通じ合う相手がいるのは幸せなことだと星は言う。同じ記憶を持った相手がまだいるということ。確かに、それは、その過ぎ去った時間をいつでも取り戻すことができるということかもしれない。だが、と広岡は思った。果たして、自分はその時間を取り戻したいと思っているのだろうか……。

2

ビールを飲み干した四人は、それぞれ好みの酒を注文した。佐瀬と広岡が冷酒、藤原が焼酎《しょうちゅう》のオンザロック、星はビールをもう少し続けるという。

「ところで、気になっていたんだが、あの家に住むにあたって、俺たちは金をどのように払えばいいのかな」

星があらたまった口調で広岡に訊ねた。

「次郎にも言ってあるんだが、家賃と光熱費は俺が持つ。それはひとりで暮らしていても同じだからだ。もしよかったら、食費だけ出してもらいたい」

広岡が言うと、佐瀬が訊ねた。

「いくら出せばいい」

「月にどれくらいかかるかわからないが、とりあえず二万くらい出し合ってカステラ方式で使ってみないか」

「懐かしいな、カステラ方式……」

藤原が言った。

「わかった、カステラ方式で行こう」

星も賛成した。

「カステラ方式？」

佳菜子が不思議そうにつぶやいた。

「ああ、佳菜ちゃんにはわからないよな」

そう言って、星が説明した。

真拳ジムの合宿所では、基本的に一切の費用がかからなかった。トレーニング代はもちろんのこと、部屋代も無料だった。朝食は通いの女性が作ってくれ、夕食は近くの定食屋でジムのツケで食べることができる。昼だけは大学やアルバイト先でそれぞれの負担で食べることになるが、必要な金はそれだけだった。ただ、個人的な金は不要だったが、共同生活をするうえで無くてはならない物を買う金は必要だった。そこで、トイレットペーパーや洗剤のような日用雑貨、あるいはジュースやミルクなどの食料品を買うときは、共用スペースの食器棚に置かれている箱の中の金を使うことになっていた。

毎月、月の初めになると、会長の真田の手によって箱の中に千円札が十枚入れられる。四人は、それを自由に取り出し、自由に使うことができた。ただし、それは四人すべてにとって必要な物に限られていた。みんなに必要だと思えるかぎりはその箱に入っている金を持ち出し、好きなように買うことができた。そして、その品物の領収書を必ず貰《もら》い、残りの釣銭は一円まできちんと戻す。月末になると、広岡が領収書と減った金額とを照らし合わせ、領収書と残った金を封筒に入れておく。すると、会長の真田がその封筒のかわりに十枚の千円札を箱の中に入れておいてくれる。

それに使われていたのがもともとカステラが入っていた箱だったので、いつの間にかカステラ方式と呼ぶようになったのだ。カステラ方式とは、四人が自分の責任において、みんなに必要なものだと思うものを買い、領収書を残しておくという金の使い方を意味していた。

やがて、真拳ジムに四人以外の練習生が通うようになって、金を入れる箱はカステラの箱から鍵のかかる簡易金庫に変えられたが、領収書と使った金額は常にほとんど一円の狂いもなく一致した。

「すごいですね、みなさん」

佳菜子が星の話を聞いて嘆声を上げた。

「いや、本当は狂うときもあったはずなんだけど、仁が自腹を切って合わせていたこともあるんだよ。そうだろ、仁」

星が言った。

「本当か？　ちっとも知らなかったな」

藤原が驚いたように言った。

「いや、そんなことは滅多になかったよ」

そして、広岡が言った。

「とにかく、どのくらいのスピードでみんなが出し合った二万がなくなるか、それを見てから月の金額を決めることにしよう」

「それがいい」

佐瀬が賛成すると、藤原が冗談めかして言った。

「この帰りに、さっそくどこかでカステラかクッキーでも買っていくことにするか」

みんなで笑い合ったあと、星がさりげなく訊ねた。

「次郎、金はあるのか」

「箱に二万を入れたら、もう風前の灯《ともしび》というところだな。だから、働こうと思っている。とりあえず一カ月分の食費を稼げばいいんだから、そんなに難しくはないと思う。キッドは？」

「女房が貯えておいてくれたものがいくらかと、保険金がある。それも、女房が自分で払い込んでおいてくれたもんだけどな」

「サセケンは？」

藤原が佐瀬に顔を向けた。

「おふくろさんが掛けておいてくれた年金があるらしい」

なんとなく言いにくそうにしている佐瀬のかわりに広岡が答えた。

「仁は？」

星が訊ねた。

「ロサンゼルスで住んでいたところを売った金がある」

星は軽くうなずいて受け流そうとしたが、藤原が興味深そうに広岡に訊ねた。

「アメリカの家というのは、いくらくらいで買ったり売ったりできるものなんだ」

広岡は一瞬どうしようか迷った。だが、すぐに、三人には正直に伝えておこうと思い直した。

「売ったのは、コンドミニアムといって一軒家じゃないんだが、およそワン・ミリオンだった」

「ワン・ミリオンというと……百万か」

星が言った。

「百万円か……」

佐瀬がつぶやくと、藤原が嗤《わら》った。

「馬鹿、百万ドルだよ。そうだろ？」

「そうだ」

広岡がうなずいた。

「百万ドル……一億円か。そいつはよかったな」

佐瀬があっさりと言った。そこにはまったく羨《うらや》むような気配がなかった。聞いた藤原にも星にもその気配がない。

ジムの合宿所で一緒に暮らしているときもそうだった。プロ・デビューし、ファイトマネーを貰うようになると、試合の大きさによって収入に差がつくようになった。しかし、それを羨んだり悔しがったりするようなことを誰も口にしなかった。

やはりこの三人に話してよかったと広岡は思った。実際は、その金以外に、所有している二つのホテルからの収入がある。たぶん、そのことを話しても、三人の態度は変わらないだろう。藤原が「そいつはいいな、ただで泊まれるところが増えた」などとまぜっ返すくらいのことで終わるにちがいない。広岡には、そのときの藤原の声の調子まで聞こえてきそうな気がした。

　通路を挟んだ隣にある四人掛けの席が空き、店員が急いで片付けると、すぐに新しい客が席に着いた。

　チンピラ風の若い男の四人連れで、二十代後半と思われる二人に、二十前後と思われるさらに若い二人が一緒だった。

　広岡には、なんとなく、先輩風を吹かせている年長の二人の柄《がら》が悪そうなことが気になった。ひとりは夜だというのにサングラスをかけたままであり、もうひとりは派手な柄の半袖シャツのボタンをはずし、大きく胸をはだけている。

　だが、広岡たちのテーブルにタレをつけて焼いたものと塩だけで焼いたものの二種類の焼き鳥の盛り合わせが運ばれてくると、しばらくは食べる方が忙しくなった。

　酒を飲み、串を平らげることが一段落した頃合いを見て、藤原がいかにも気になって仕方がないというように言った。

「ところで、あの家での食事はどうする」

「朝は、それぞれ食べたいものを自分で用意して食べることにしないか」

広岡が言うと、三人がうなずいた。

この一週間ほどで、四人の朝食の好みはほぼ明らかになっていた。広岡がシリアルにミルクをかけたものに果物とコーヒー、藤原がトーストと簡単な卵料理、佐瀬は前夜の残りのごはんを温め直して納豆や味噌汁《みそしる》で食べている。星は妻が小料理屋をやっていたときの習慣が抜けないということで朝食抜きだった。

「夜は……」

広岡が言いかけると、星が軽い調子であとを引き取った。

「俺が作ろう」

「キッドが？」

藤原が意外そうに言った。

「キッドは小料理屋をやっていた奥さんに仕込まれているから料理がとても上手だ」

広岡が言った。

「すると、俺たちは、毎晩、小料理屋の飯が食えるのか」

藤原が相好を崩して言った。

「馬鹿言え。そんなものはすぐ飽きる。普通の飯を作る」

普通の飯、というところに星の自信が表れていた。

「それはありがたいが、毎日というのは大変だから土曜と日曜は俺が作ろう」

広岡が言った。

「カレーばかりじゃな」

藤原がからかうような口調で言った。

「わかってる。ひとり暮らしは自分がいちばん長い。おまえたちが知らないようなレパートリーがある」

「俺は土日のどちらかは仁のカレーが食べたいな」

佐瀬が言うと、それまで黙って聞いていた佳菜子が口を挟んだ。

「広岡さんのカレーの日は、わたしもご馳走《ちそう》になりに行きたいです」

佳菜子が子猫のチャンプを連れてきたときも、結局、カレーができあがるのを待って一緒に食べることになったのだ。

「いいね。佳菜ちゃんが来てくれたら、仁のカレーでも大ご馳走になる」

藤原が嬉《うれ》しそうに言った。

「昼は……」

どうするのか、という言葉を省略して佐瀬が言った。

「外で食べてもいいし、家にある材料で何か自分で作ってもいいし、とにかく昔と同じくそれぞれ自由にやろう」

広岡が言うと、佳菜子が遠慮がちに言った。

「食料品や日用品で足りなくなった物は、気がついたら買っておくようにしましょうか」

「そんなことをさせてもいいのかい」

星が言うと、佳菜子が冗談ぽく応えた。

「ええ、わたしもみなさんの家で暮らしたいくらいですから、カステラ方式に慣れておいた方がいいかもしれませんもんね」

「佳菜ちゃんなら、大歓迎だね。きっとうまくやっていけるよ」

藤原がかなりの本気を見せて言った。

「進藤さんが心配するよ」

広岡が苦笑しながら言った。

「もしもみなさんと一緒に暮らすと言ったら……かえって社長も安心すると思います」

かえって、という言い方が広岡には気になった。進藤には、ひとり暮らしをしている佳菜子に、何か心配をしなければならない理由でもあるのだろうか。

だが、広岡が佳菜子の口にした「かえって」という言葉の意味を深く考える間もなく、佐瀬が言った。

「悪い虫がつかなくなるからかな」

「いや、むしろこっちの方が危ないぞ」

星が笑いながら言った。

「そうそう。まだまだ枯れ切っていないことを知らないな」

藤原が自分で自分の意見をぶち壊すようなことを口にすると、佐瀬が佳菜子に向かって忠告した。

「佳菜ちゃん、やっぱりやめておいた方がいいよ」

「どうしてです」

「すぐに介護士の代わりをさせられることになるから」

そこでみんな声を上げて笑った。

すると、通路を挟《はさ》んで反対の席に座っている四人の若者たちのひとりがわざとらしく舌打ちをしてから言った。

「うるせーな、まったく」

それを聞いて、藤原が顔を横に向けて若者たちを睨《にら》みつけた。

まずいな、と広岡は思った。

藤原は気が短い。若い頃も、手は絶対に出さなかったものの、口先で相手をやり込めることがよくあった。当時は、その威圧感に相手も喧嘩《けんか》を売ってこようとはしなかったが、いまは誰が見てもただの年寄りだ。気に障ることを言われれば、相手も黙っていないだろう。つい最近まで刑務所に入っていなければならなかったときの小競《こぜ》り合いもそれが理由だったろうし、この局面も同じような危険な臭いがする。

それを感じ取ったらしい佐瀬が、みんなに相談するような口調で言った。

「とにかく、まずあの家に表札を出さないとな」

「そうか、すっかり忘れていた」

広岡が言った。白い家には、前に住んでいた人の名前が記されていたため破棄されたのか、郵便受けがなかった。それは早いうちにつけなければならないと思っていたが、表札までは思いついていなかった。

「初めて着いたときも、玄関に表札が出てないんで、そこが本当に仁が教えてくれた家かどうかわからなかった」

佐瀬がそのときの困惑を思い出すかのような口調で言った。

「それでクラクションを何度も鳴らしたわけか」

藤原があらためて納得したように言った。

「そうなんだ」

「仁の名前だけ出しておけばいいんじゃないか」

星が簡単に片付けようとすると、広岡が首を振った。

「いや、それはよくないような気がする。みんなの家だから」

「四人の名前を連記した表札を出すか」

藤原が言った。

「それも鬱陶《うっとう》しいな」

星が言い、さらにこう続けた。

「だったら、いっそのことあの家に名前をつけるとするか」

「そうだな……」

広岡がつぶやきながら考えはじめると、星がいくらか自嘲的に言った。

「真拳老人ホーム、とか」

「老人ホームはやめてほしいな」

藤原が真顔で言ってから、しばらくして思いついた名前を口にした。

「ボクサー・ハウス」

「ボクサー・パンツみたいじゃないか」

星がまぜっ返すように言った。

「うーん……」

みんなが家の名前をつけるのに頭を悩ませていると、それまで黙っていた佐瀬がためらいがちに言った。

「チャンプの家、というのはどうだろう」

「チャンプの家……」

星が、口の中で一度その言葉を転がしてから言った。

「悪くない」

しかし、藤原が少し顔をしかめるようにして言った。

「おいおい、するとあの子猫が家の主《あるじ》ということになるわけか？」

すると佐瀬が、一語一語、まるで口の奥で確かめてから吐き出すようにゆっくりと話しはじめた。

「そうじゃないんだ。このあいだ、仁が山形まで来てくれたとき、俺は世界チャンピオンになれなかった負け犬だと言った。ボクサーも、世界チャンピオンになれなければ、たとえ世界三位になろうと世界一位であろうと意味がないと。だけど、そのあとで、仁と一緒に温泉に入っていたときにふと思ったんだ。確かに俺も仁も世界チャンピオンになれなかった。でも、負け犬だろうか。負け犬と片付けていいんだろうか。俺たちは、プロのボクサーだった。何度も何度も、あの危険なリングの上にあがって、どんなパンチを持った奴かわからない相手に向かって戦いを挑んでいったんだ。いや、たとえ一度でもリングの上にあがって、たとえ一歩でも相手に向かって足を踏み出していったことのあるボクサーは、それだけで勇気のある男と言っていいはずだ。たとえ、そこで負けて、一戦一敗でボクサーとしてのキャリアを終えてしまったとしても、とにかくリングの上にあがって戦ったというだけで、それは特別な男、チャンプと呼んでいいんじゃないかと思い返したんだ。俺たちは、四人が四人とも世界チャンピオンになれなかった。だけど、やはりチャンプだと思うんだ……」

いつにない佐瀬の長い台詞《せりふ》を、藤原も星も、グラスや天井に視線を向けて静かに聞き入っていた。

広岡は、藤原と星の二人が佐瀬の言葉に心を動かされているのがわかった。そしてまた広岡にも、その言葉が、世界チャンピオンになれなかった佐瀬が必死に考え出した自分の人生に対する了解の仕方であり、同時に他の三人への思いやりの言葉でもあるということが伝わってきた。

「チャンプの家、素敵だと思います」

佳菜子が言った。

「佳菜ちゃんがそう言うんだ。チャンプの家で決まりだな」

星が言った。

「それなら、俺がその表札を作ろう」

藤原が言った。

「作れるのか」

星が疑わしそうに言った。かつての星が炊事や掃除を苦手にしていたように、かつての藤原は手先が不器用で、合宿所の壁紙の貼り替えやボクシング用具の修理のような細かい手作業が不得手だった。

「だてに一年半も刑務所にいない」

藤原が自慢そうに言った。

「木工を教わったのか」

星が訊ねた。

「作業はソファーの組み立てだったが、俺が担当していたのは芯の部分の木組みだったんだ」

答えた藤原に、広岡が言った。

「ついでに、郵便受けも作ってもらおうかな」

「お安い御用だ」

そこに店員が椀を運んできた。鶏のつくねと白髪《しらが》ネギだけのシンプルなスープだった。しかし、あっさりした塩味にすり下ろしたショウガがよくきいている。

その椀を食べ終わった藤原が、独り言のようにつぶやいた。

「住むところはできたけど、これから何をしたらいいんだろうな……」

そのひとことは、誰の胸にも深く突き刺さるものだったらしく、箸《はし》の動きが止まり、話が途切れた。

「あの頃は世界チャンピオンになるというはっきりとした目的があった。だけど、今度は、何を目的にしたらいいんだろう」

藤原が誰にともなく話しつづけた。

すると、佐瀬が沈んだ空気を打ち破るように言った。

「俺は、野菜を作る」

「野菜？」

「近くの家庭菜園を借りて野菜を作る」

佐瀬が言うと、佳菜子が弾《はず》むような声を上げた。

「素敵！　おいしいサラダが作れそう」

そこに藤原が口を挟んだ。

「サセケンはサラダより漬物だよな」

「キッドは？」

広岡が黙っている星に訊ねた。

「俺がやらなけりゃならないことはひとつだけだ。女房の遺骨を海に撒《ま》く」

「散骨か」

藤原が言った。

「うん。女房が望んだことなんだ」

「しかし、墓がないというのも拠《よ》り所がなくはないか」

藤原が首をかしげるようにして言った。

「いや、海に撒いてくれれば、それを包んでくれていた海水が蒸発して雲になり、雨になり、あなたのところにまた戻ってこられる。土に染み込んだ雨はまた海に流れ込み、また雨になって降り注ぐ。いつもあなたの身のまわりにいられるというんだ」

「キッドはいつから純愛路線に転向したんだ」

藤原が茶化すと、広岡が鋭く言った。

「次郎！」

「ごめん、悪気はなかったんだ」

藤原がすぐに謝った。

「いや、いいんだ。純愛路線なんてもんじゃないんだが……今度ゆっくり話させてもらうよ」

そして、星が広岡を見て言った。

「仁は何をするんだ」

「まだ、何も見つかっていない……」

広岡がいくらか途方に暮れたように答えると、佳菜子が言った。

「しばらくしたら、きっと見つかります」

それは慰めというのではなく、すでに決まっているというような口調だった。

「佳菜ちゃんに言われると、そんな気がするのが不思議だよな」

藤原が言ったが、広岡もまったく同じ気持だった。

「ひとつだけ、みんなでやったらいいと思えることがある」

広岡が三人に諮《はか》るように言った。

「このあいだ、目黒に行ったとき、思い出して会長の菩提《ぼだい》寺に寄ってみたんだ。会長もそこの墓に入っていた。一度、みんなで墓参りに行かないか」

会長の墓参りをしようという広岡の提案に、いいな、そうしようと、他の三人がうなずきかかったとき、隣に座っていた若者たちのグループから不意に野卑な笑い声が上がった。

広岡が顔を横に向けると、その中のひとりでシャツの胸をはだけた若者がニヤつきながら佳菜子に視線を向けているのが見えた。そして、その若者は、広岡が自分を睨みつけていることがわかると、肩をそびやかすようにして佳菜子に声をかけた。

「彼女、そんなジイさんたちの相手じゃ辛気《しんき》臭くて仕方がないだろう。塩漬けになっちゃう前にこっちで一緒に飲もうよ」

佳菜子が無視していると、今度はサングラスをかけた若者が声をかけてきた。

「そんなお高くとまってないで。ほんとは俺たちと飲みたいんだろ。素直にこっちへおいでよ」

「ガキは早く家に帰ってミルクでも飲んで寝ろ！」

藤原が声を荒らげた。

しかし、それでおとなしく引っ込むはずもなく、最初に声をかけてきた若者が間髪をいれずに言い返してきた。

「年寄りは早くくたばって棺桶《かんおけ》に入れ！」

鮮やかに切り返されて、我慢できなくなったらしい藤原はいまにも立ち向かっていきそうな気配を示している。

そのとき、タイミングよく、佳菜子がみんなに向かって言った。

「そろそろ出ましょうか」

もしかしたら、星の注文した料理はまだ一品くらい残っていたかもしれないが、当の星も腰を上げて言った。

「そうしよう」

広岡たちが立ち上がると、サングラスの若者が言った。

「口先だけの老いぼれが、しっぽを巻いて逃げてくぜ」

「ほんとですね」

後輩風の片耳にピアスをした若者が迎合するように言った。

すると、それまで男たちに対して何も反応していなかった星が鋭い口調で言った。

「半グレだか阿呆《あほ》グレだか知らないが、他の客のいるところで粋《いき》がるのはやめろ」

「なんだと！」

「客商売の店には、おまえたちみたいな半端者がいちばん迷惑なんだよ」

「このジジイ、死にたいのか！」

サングラスの若者が立ち上がりかかったところで、後輩らしいもうひとりの白いTシャツ姿の若者に手で抑えられた。

広岡はその隙に、素早く勘定書を手にするとキャッシャーに向かった。

3

外に出た広岡たちはぶらぶらと歩きはじめた。

焼き鳥屋に入るときは空にまだいくらか明るさが残っていたが、いまはもうネオンの灯が鮮やかに見えるようになっている。

「こうして夜の街をみんなで歩くのは四十年ぶりだな」

藤原が懐かしそうに言った。

「あれは新宿だったな」

星が応じた。広岡がアメリカに渡る前日の夜、四人で飲み歩いたのだ。

それが最後の夜になるとは誰も思っていなかったが、なんとなく別れがたく、それぞれが知っている数少ない飲み屋をハシゴして、夜明けまで飲みつづけた。

「どこかでもう一杯、飲み直すか」

藤原が言った。

「いいな」

佐瀬が言った。

「佳菜ちゃんは、時間、大丈夫？」

藤原が訊ねると、佳菜子が嬉しそうに答えた。

「ええ、そのためのお休みですから」

焼き鳥屋のあった通りから広い道路に出て、また別の飲食店街に入って歩いていると、背後からバタバタッと何人かが走ってくる足音がした。

広岡が振り返ると、焼き鳥屋で隣の席に座っていたチンピラたちが追いかけてくるのが見えた。

「待てよ！」

少し離れたところからの声で振り向いた藤原が、小競り合いのあったチンピラが駆け寄ってこようとしているのを認めると不機嫌そうに怒鳴った。

「何か用か！」

ようやく五人に追いつき、息を整えてから、リーダー風のサングラスをかけた若者が言った。

「おまえたちの、さっきの偉そうな態度はなんだ！」

それを聞いて、藤原がからかうような口調で言った。

「おお、生意気にもイチャモンをつけに来たらしいぞ、こいつら」

「ただじゃ済まさないぞ！」

シャツの胸をだらしなくはだけた若者が言った。

「ジジイだからって、容赦しねぇぞ」

サングラスの若者がさらに言い募った。

後輩風の二人は、そのやりとりを背後からいくらか困惑したように見つめている。

藤原が笑いを含んだ声で言った。

「どうすれば許してくれるんだ」

「土下座をしろ」

それを聞いて、藤原が笑い出した。

「土下座だってよ。時代劇に出てくる悪代官みたいなことを言いやがる。水戸黄門じゃあるまいし、なんでおまえらに土下座をしなけりゃならないんだ」

「俺たちをそこらのガキと同じような扱いをしただろ」

サングラスの若者が言った。

「ガキをガキ扱いして何が悪い」

藤原が嘲笑《あざわら》うように言った。

「何を！」

サングラスの若者が言った。

「土下座をしたら許してくれるのかい」

藤原の前に出た佐瀬が静かに訊ねた。

「その女を置いて、とっとと消えれば許してやる」

サングラスの若者の言葉を聞くと、佐瀬が佳菜子の方に顔を向けて訊ねた。

「佳菜ちゃん、付き合ってくれって言ってるんだけど、どうする」

「遠慮させていただきます」

佳菜子が澄ました顔で言った。

「御免だってよ」

藤原がまた佐瀬を押しのけるようにして言った。

「彼女、そんなジジイたちの面倒を見ることはないから一緒に行こうぜ」

サングラスの若者が佳菜子に言った。

「おまえら、ただガキなだけかと思っていたら、正真正銘の馬鹿だな。こんなかわいい女の子がおまえらのような半端者の相手をしたがるわけがないだろ」

藤原が嗤うと、サングラスの若者が大声を出して言った。

「いいから早く土下座をしろ！」

「どうする？」

藤原がみんなに相談するように言った。

「俺は別に土下座くらいならしてもいいんだが……」

佐瀬が言った。

「……でも、こんなところで正座すると、膝《ひざ》に悪そうだな」

それを受けて、藤原も言った。

「そうだな。俺も最近なんとなく膝が思わしくないんだ」

体の調子の話を始めてしまったことに苛立《いらだ》ったサングラスの若者が、我慢がならない
というように言った。

「早くしろ！」

それを面白がって藤原が言った。

「やっぱり、断ろうか」

「それがよさそうだな」

佐瀬が言った。

「次郎、前に出るな。巻き込まれるとまずいことになる」

広岡が背後から声をかけた。

「わかってる。手出しはしないから」

藤原が悪戯《いたずら》をとがめられた子供のような口調で弁解すると、広岡が言った。

「しなくても、どんなことになるかわからないぞ」

「佳菜ちゃんがいるから平気だよ。俺が手出ししなかったことを証明してくれる」

「何をゴチャゴチャ言ってるんだ！」

サングラスの若者が叫ぶように言った。

「おお、怖い」

佐瀬が少しも怖そうでなく言った。

あらためて若者たちを見ると、全員がやはり二十代のような顔をしている。広岡には、若いというより、幼いと映った。それが精一杯威圧的に振る舞い、自分たちを恐れさせようとしている。

こいつらは相手が年寄りだと思って甘く見ている。いや、こいつらはすべてにおいて世の中を甘く見ているのだろうな、と広岡は思った。あるいは、いくらか腕に覚えがあるのかもしれない。こんな年寄りなら簡単にぶちのめすことができると思っている。それとも何か刃物のようなものを持っているのだろうか。いや、彼らのジーンズにナイフを隠し持つことのできるようなポケットはない。

広岡は四人の姿をゆっくり見まわしていき、思った。あいつらも四人、こちらも四人。自分たちがまだどれくらい体が動くかわからないが、四対四、つまり一対一ならたぶん負けないだろう。藤原は手出しさせられないが、背後で存在感を示してくれていさえすれば、自分が最終的に二人を片付ければいいことになる。

こいつらは、人の表づらしか見ようとしない。自分たちよりはるかに強い年寄りがいるなどということは考えたこともないのだろう。そろそろ、世の中には自分たちが想像もしていなかったようなことが起きるものなのだということを、わきまえさせてやってもいい頃だ……。

広岡は、自分でも意外だったが、このような局面になったことをどこかで楽しんでいることに気がついた。

若いチンピラたちに絡まれ、因縁《いんねん》をつけられている。それをどこかで楽しんでいるのは広岡だけではなく、他の三人もまったく同じようだった。

「佳菜ちゃん、怖くない？」

佐瀬が訊ねた。

「皆さんと一緒ですから」

佳菜子もむしろ楽しそうに言った。

二つのグループが睨み合っていることから不穏なものを感じるらしく、通行人がこわごわと道の離れたところを足早に通り過ぎていく。

「おまえら、通行人のみんなに女連れの年寄りを苛《いじ》めていると思われてるぞ」

藤原が若者たちに向かって言った。

「じゃあ、早く土下座しろ」

「また、土下座か」

「素直に言うことをきかないと、叩《たた》きのめすぞ」

すると、星が静かに言った。

「やってみるか」

サングラスの若者が我慢できないというように最も手近なところに立っていた星に近づくと、左手で胸倉を摑んだ。その勢いで、星のシャツのボタンが弾《はじ》け飛んだ。

「おお、元気がいい」

星が笑いながら言った。少しも恐れてなさそうなその態度に血が昇ったらしいその若者が、左手で胸倉を摑んだまま、星の顔面にパンチを叩き込もうと右手を大きく振りかぶった。

「ウッ！」

その次の瞬間、サングラスの若者が短い呻《うめ》き声を上げた。

そして、その場に崩れ落ちた。

「おっ、キッドのキドニー」

藤原が嬉しそうに言うと、星が息も切らさず訂正した。

「キドニーは打ってない。レバーだ」

若者が右手を大きく振りかぶった瞬間、星は左足をわずかに前に出し、体をいくらか左に沈めると、若者の大きく空いた右の脇腹にアッパー気味のフックを叩き込んでいたのだ。

「この野郎、なめたことをしやがって」

胸をはだけた若者が星に向かって行こうとしたが、佐瀬に体を入れられ、遮《さえぎ》られてしまった。

「落ち着いて、落ち着いて」

「なんだと。おまえが相手をしたいのか」

「ぜひにというわけじゃないけど、そっちがよかったら」

「ハゲのデブには用はない」

すると、佐瀬が振り返って訊ねた。

「まだそんなに禿《は》げてはいないよな」

「禿げてない、禿げてない」

藤原が囃《はや》すように言った。

「だ、そうだ。どうする？」

佐瀬がのんびり訊ねた。

「うるさい。いずれみんな叩きのめしてやるんだ。おまえを最初に地面に這《は》いつくばらせてやる」

威勢のいい言葉とは裏腹に、胸をはだけた若者は、サングラスの若者が訳のわからないうちにうずくまってしまったのを見たせいか、いくらか警戒するように離れて両手の拳を胸の前で握った。

佐瀬は、左足と左手をいくらか前に出すオーソドックスなファイティング・ポーズを取った。それは昔と変わらない安定感のある構え方だった。

それが胸をはだけた若者にもわかったのか、なかなか殴《なぐ》りかかってこなかった。

「早くやっちまってくださいよ」

耳にピアスをしている後輩風の若者が背後からけしかけるように声を出した。

そのとたん、胸をはだけた若者は真っすぐに右のパンチを突き出した。しかし、佐瀬は正確に見切って顔を少し動かすだけでよけてしまった。空を切ったため、胸をはだけた若者は二、三歩たたらを踏んだが、体勢を立て直すと、また右でストレート気味のパンチを放とうとした。

その瞬間、佐瀬が軽く左の拳を突き出した。ジャブを放ったのだ。ストレートが真っすぐ打ち抜くパンチだとすれば、ジャブは英語の意味の通り、前に突き出すパンチでしかない。

顔面にジャブを浴びた若者はよろよろと後退した。佐瀬は敏捷《びんしょう》に間合いを詰め、同じ左の拳で二発目のジャブを浴びせた。軽いパンチだったが、続けて同じ拳から同じようなパンチがとんでくるとは予期していなかった若者はさらに大きく後退した。佐瀬はその顔面にさらにもう一発ジャブを突き出した。若者はついに後退し切れず、足がもつれて尻餅《しりもち》をついてしまった。

「サセケンの、ジャブの三段打ち！」

藤原がまた嬉しそうに言った。

胸をはだけた若者が、尻餅をついたまま茫然《ぼうぜん》とした表情で佐瀬を見上げた。

先輩風の二人が簡単に路上に倒されてしまった。すると、それまで事の成り行きを背後で黙って見ていた白いTシャツ姿の若者が、すっと前に出てきた。顔つきは幼いが、体つきは他の三人に比べていくらか大きい。その体格を見て、藤原が言った。

「おお、真打ちのお出ましかな」

「ライトか……いや、ウェルターはあるかな……それなら、仁の出番だ」

星の言葉に促されるように、広岡が苦笑しながら前に出た。と同時に、若者は軽く握った拳を胸の前で構えた。

「お、ボクシングをやるつもりか」

藤原が小馬鹿にするように言った。しかし広岡は少し表情を引き締めた。その構えが、柔らかだが、力のこもった隙《すき》のないものだったからだ。それは他の三人にもすぐにわかったらしく、星が言った。

「仁、気をつけろ」

「どうする。おまえもああなりたいか」

広岡がいちおう訊ねてみた。

白いTシャツ姿の若者は黙ってファイティング・ポーズをとりつづけた。ああなりたいかと口に出したが、そう簡単にはいかないだろうということは広岡にもわかっていた。この若者のパンチをまともに食らったら大怪我《おおけが》をするだろう。自分のパンチにどれくらいの威力が残っているかわからないが、やはり相手の急所に入ればそれなりの怪我を負わすことになるだろう。さてどうしよう。

まだ無傷だった片耳にピアスをした後輩風の若者が、広岡と向かい合っている白いTシャツ姿の若者の背後に近づくと、倒れている二人に聞こえないように、そっとささやくように言った。

「ショーゴ、やめろ。ライセンスが……」

それを耳に留めた佐瀬が驚いて言った。

「ライセンス？　おまえ、プロのボクサーか？」

だが、その佐瀬の問いかけには無反応のまま、若者は静かに広岡との間合いを詰めてきた。

広岡が、若者に言った。

「プロなら、やめておけ。リングに上がれなくなるぞ」

年寄りに因縁をつけて喧嘩をしたというだけでも危ないが、ましてやその拳で相手を傷つけたということになれば、間違いなくライセンスの剝奪《はくだつ》につながるだろう。

しかし、若者は無言で広岡にじりじりと迫ってくる。

そのとき、若者と向かい合っている広岡に奇妙な感覚が生まれた。

ひとつは、遠い昔のことながら、まだ体の奥底に残っている、パンチを受けたときの衝撃と痛みの感覚をまた味わってみたいという思い。もうひとつは、この若者とはいつかどこかで会ったことがあるのではないかという思い。

もちろん、そんなはずはない。

そのような錯覚を生んだのも、若いときの広岡と同じように、その若者がジーンズの上に白いTシャツを着ているせいかもしれなかった。広岡もまた、みんなからまるで制服のようだと嗤われるほど、合宿所では常に白いTシャツを着つづけていた。夏はもちろんのこと、春も秋も、よほど寒いとき以外はTシャツ一枚で過ごしていた。その若者とどこかで会ったことがあると感じたのも、まるで若いときの自分を見ているような気がしたからかもしれなかった。

だとすれば、この奇妙な感覚は、自分にもこのような時代があったという単なる懐かしさによるものでしかないのだろうか。

いや、単なる懐かしさだけではないように思える。

かつてこの若者とは、いつかどこかで、このように戦うために向かい合ったことがある……。

不意に若者は左、右と鋭いストレートを繰り出してきた。ブレのまったくない真っすぐのパンチだ。

まだ相手との距離を計っているようなパンチだったため、広岡はかろうじてよけることができた。しかし、次にパンチを放ってきたら、こちらも反応することになるだろう。打たれないようにするだけでなく、打ち返すことになる。

そのとき、やはりこのような若者を傷つけたくないという強い思いが沸き起こってきた。

「やめろ！」

広岡の呼びかけを無視して、若者は鋭く息を吐いた。

「シュッ！」

その声と同時に左を出し、さらに右のストレートを繰り出してきた。

広岡は、スウェーバックをしながら後退し、若者のパンチをよけた。

「やめておけ！」

広岡がもういちど叫ぶと、若者は今度は左からではなく、いきなり右で顔面に向けて大きなフックを放ってきた。

が、次の瞬間、道路に昏倒《こんとう》したのは若者の方だった。倒れるとき、アスファルトに頭を打ちつけたような音がした。

しまった、と広岡は思った。

「見えたか、仁のクロス……」

藤原が佐瀬に言いかけたとき、不意にパトカーのサイレンが聞こえてきた。しかもこちらに近づいてくる。道の両側に並んでいる飲食店のどこかから見ていた人が通報したらしい。

星に腹を殴られてうずくまっていたサングラスの若者と、佐瀬のジャブを食らって尻餅をついた若者はすでに立ち上がっていたが、サイレンの音を聞くと何も言わずに慌てふためいて逃げ去った。

四人のうちただひとり無傷だった耳にピアスをした若者は、先輩風の二人と一緒に走り出そうとして、昏倒したばかりの若者のことを気にする素振りを見せたが、結局そのまま走り去ってしまった。

「逃げ足だけは速い」

藤原が嘲笑《ちょうしょう》するように言った。

「次郎、やっぱり警察沙汰になるのはまずいだろう?」

広岡がその藤原に訊ねた。

「そうだな、しばらくは身元引き受け人の妹夫婦のところにいることになっているからな。そこにいないのがバレてしまう」

「俺たちも逃げるか」

広岡が言うと、星が不満そうに言った。

「何も悪いことをしていないのにか?」

「次郎のことがある」

「それはそうだが……」

星が言っているそばで、佐瀬が訊ねた。

「佳菜ちゃん、走れるか?」

「負けません」

佳菜子のその声を合図に、全員がサイレンの音と反対の方向に走り出そうとしたとき、広岡がまだ倒れたままの白いTシャツ姿の若者の方を見て言った。

「こいつをひとり残していくのはまずいかもしれないな」

「どうして？」

藤原が不思議そうに訊き返した。

「もし、本当にプロのボクサーだったら、ライセンスを剝奪されてしまうかもしれない」

「俺たちが被害届を出さなければ大丈夫だろ」

藤原が言うと、佐瀬がとぼけた口調で言った。

「俺たちは何も被害なんて受けてない」

「被害を受けたのはこいつらだ」

星も笑いながら言った。

「いやそれだけじゃないんだ。こいつが倒れたとき地面で頭を打ったようなのも気になる」

白いTシャツ姿の若者は、気を失っているのかぐったり横になったまま動かない。

「ほっとけ。ちょっとした脳振盪《のうしんとう》だ」

星が言ったが、広岡は藤原に言った。

「次郎、そっちの脇から抱え上げてくれるか」

藤原はその意図をすぐ理解したらしく、倒れている若者の腕を取ると自分の首にまわし、広岡と一緒に抱え起こした。

パトカーのサイレンが近づいてきて近くで止まった。

「急ごう」

広岡が言うと、星を先頭に店と店とのあいだにある路地風の細い抜け道から次の通りに出た。さらに、その場所からできるだけ遠ざかるように歩きつづけ、ようやく車が何台も行き交うところに出てきた。

「ひとまずタクシーで家まで帰ろう。二台に分乗して」

広岡が言った。

まず最初に停まったタクシーに星と佐瀬と佳菜子を乗り込ませた。そして、広岡は佳菜子に言った。

「道はわかるね」

「ええ」

「次のタクシーが停まるまで待ってくれるように運転手に言ってくれないか」

「わかりました」

だが、さほど待つこともなく、すぐに二台目のタクシーが停まってくれた。

広岡は、藤原と二人で抱えている白いTシャツ姿の若者の足取りが少しずつしっかりしはじめているのを感じていたが、そのままタクシーに乗り込ませた。

運転手には、念のために家の住所を告げてから、前の車のあとを追ってくれと頼んだ。

タクシーが走り出すと、若者を挟んで反対側に座っている藤原が声をかけた。

「おい、若いの、大丈夫か」

すると、若者がコクンと、まるで音でもするのではないかというような調子でうなずいた。広岡は、さほどひどいダメージを受けてなさそうなことに安心したが、それ以上に、若者のその動作が、意外に思えるほど素直なものに感じられた。

「頭はどうだ」

広岡が訊ねると、若者は微《かす》かに頭を振るようにして答えた。

「大丈夫」

「地面に頭を打ったのか」

「少し」

「そうか。しかし、一応、医者に診《み》せたほうがいいかもしれないな」

そういえば、家の近くに市民病院というのがあった。佳菜子が描いてくれた地図に載っていた。市民病院というからには救急外来もあるはずだ。

「どうかしましたか」

タクシーの運転手が訊ねてきた。

「喧嘩に巻き込まれてね、ちょっとしたダメージを受けてしまった」

広岡が言うと、藤原が少し笑った。巻き込まれたのはこちらだが、この若者にダメージを与えたのもこちらだったからだ。

「頭を打ったんですか？」

「少し」

若者がまた、短いけれどはっきりとした声で答えた。やはり、この若者は逃げ去った三人とは違ったタイプの若者なのかもしれないと広岡は思った。何がやはりなのかよくはわからなかったのだが。

「頭は気をつけたほうがいいよ。仲間にも、いざこざに巻き込まれて、ひどいことになった奴がいるからね。客に突き飛ばされて、倒れた拍子に、頭をぶつけてね」

「病院に行くか」

藤原が訊ねた。若者は首を振ったが、広岡はやはり病院で診てもらった方がいいかもしれないと思った。

考えているうちにも、白い家がしだいに近づいてくる。

「運転手さん、市民病院に行ってくれますか」

広岡が頼むと、運転手は急に姿勢を正して返事をした。

「わかりました」

そして、アクセルを踏み込むと、前のタクシーとは別の道を選び、車を市民病院に向けて走らせはじめた。

そのとき、広岡は胸騒ぎのようなものを覚えた。危険な何かに巻き込まれていくような、しかし同時に新しい何かが始まっていくような、不安と期待がないまぜになった不思議なときめきと共に……。


（下巻に続く）

春《はる》に散《ち》る　上《じょう》

朝日文庫

2020年2月28日　第1刷発行
2023年6月20日　第4刷発行

著　者　沢木耕太郎《さわきこうたろう》

発行者　宇都宮健太朗
発行所　朝日新聞出版
〒104-8011　東京都中央区築地5-3-2
電話　03-5541-8832（編集）
03-5540-7793（販売）
印刷製本　大日本印刷株式会社

ISBN978-4-02-264947-8

柴田　元幸
生半可版　英米小説演習
メルヴィル、サリンジャー、ミルハウザーなど、古典から現代まで英米作家の代表作のさわりと対訳、そして解説をたっぷりと！《解説・大橋健三郎》

柴田　元幸
翻訳教室
東大人気講義の載録。九つの英語作品をどう訳すか。日本語と英語の個性、物語の社会背景や文化まで知的好奇心の広がる一冊。《解説・岸本佐知子》

落合　恵子
積極的その日暮らし
母を失った日々を深く重ねながら、喜びも悲しみも憤りも積極的に引きうけてきた著者が綴る、優しい怒髪のひと時。《解説・長谷川義史》

落合　恵子
決定版　母に歌う子守唄
介護、そして見送ったあとに
七年の介護を経て母は逝った。襲ってくる後悔と空いた時間。大切な人を失った悲しみとどう向かい合うか。介護・見送りエッセイの決定版。

沢木　耕太郎
銀の森へ
『グリーンマイル』『メゾン・ド・ヒミコ』『父親たちの星条旗』などの映画評から始まるエッセイ集・前編。《解説・石飛徳樹》

沢木　耕太郎
銀の街から
『バベル』『ブラック・スワン』『風立ちぬ』などの映画評から始まるエッセイ集・後編。文庫版あとがきを収録する。

小説トリッパー編集部編
20の短編小説
人気作家二〇人が「二〇」をテーマに短編を競作。現代小説の最前線にいる作家たちのエッセンスが一冊で味わえる、最強のアンソロジー。

荻原　浩
愛しの座敷わらし（上）（下）
家族が一番の宝もの。バラバラだった一家が座敷わらしとの出会いを機に、その絆を取り戻していく、心温まる希望と再生の物語。《解説・水谷　豊》

奥田　英朗
沈黙の町で
北関東のある県で中学二年生の男子生徒が転落死した。事故か？　自殺か？　その背景には陰湿ないじめが……。町にひろがる波紋を描く問題作。

藤井　太洋
アンダーグラウンド・マーケット
仮想通貨N円による地下経済圏で生きるしかない若者たちがあふれる近未来の日本を舞台にしたSFサスペンス。

さだ　まさし
ラストレター
聴取率〇％台。人気低迷に苦しむ深夜ラジオ番組を改革しようと、入社四年目の新米アナウンサーが名乗りを上げるのだが……。《解説・劇団ひとり》

松尾　スズキ
私はテレビに出たかった
普通に生きてきた四三歳のサラリーマンに突如「テレビに出たい」衝動が！　ここから途方もない冒険が始まる。芸能界冒険活劇。《解説・大根　仁》

吉田　修一
平成猿蟹合戦図

歌舞伎町のバーテンダー浜本純平と、世界的チェロ奏者のマネージャー園夕子。別世界に生きる二人が「ひき逃げ事件」をきっかけに知り合って。

吉田　修一
悪人
新装版

ほしいものなんてなかった。あの人と出会うまでは——。なぜ殺したのか？　なぜ愛したのか？　時代を超えて魂を揺さぶる、罪と愛の傑作長編。

角田　光代
坂の途中の家

娘を殺した母親は、私かもしれない。社会を震撼させた乳幼児の虐待死事件と〈家族〉であることの光と闇に迫る心理サスペンス。《解説・河合香織》

伊坂　幸太郎
ガソリン生活

望月兄弟の前に現れた女優と強面の芸能記者⁉次々に謎が降りかかる、仲良し一家の冒険譚！愛すべき長編ミステリー。《解説・津村記久子》

小川　洋子
ことり
《芸術選奨文部科学大臣賞受賞作》

人間の言葉は話せないが小鳥のさえずりを理解する兄と、兄の言葉を唯一わかる弟。慎み深い兄弟の一生を描く、著者の会心作。《解説・小野正嗣》

森見　登美彦
聖なる怠け者の冒険
《京都本大賞受賞作》

宵山で賑やかな京都を舞台に、全く動かない主人公・小和田君の果てしなく長い冒険が始まる。著者による文庫版あとがき付き。